August K. Lewis



E L

PET

# un Cadavere di troppo

SUPERPOCKET

Titolo originale:
*One Corpse Too Many*
Traduzione di Elsa Pelitti



Edizione su licenza di TEA
Superpocket © 2000 R.L. Libri s.r.l., Milano

ISBN 88-462-0137-X

# UN CADAVERE DI TROPPO

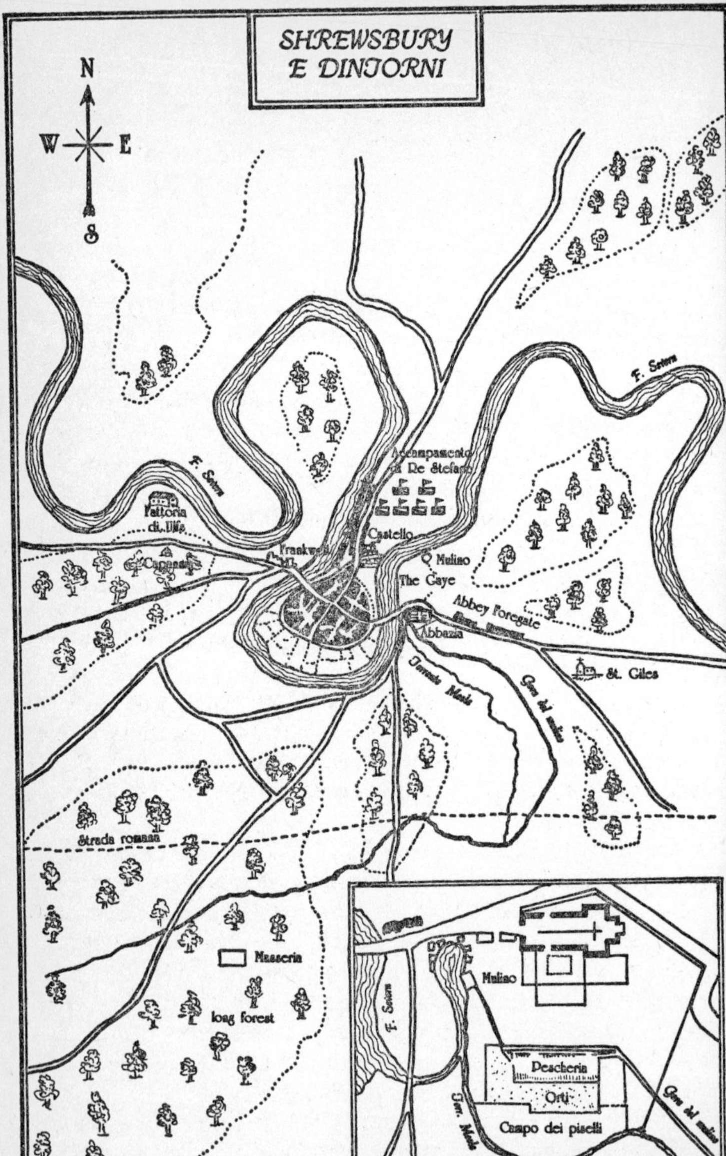
SHREWSBURY
E DINTORNI
N
W
E
S
F. Severn
F. Severn
Accampamento di Re Stefano
Castello
Fattoria di Ulf
Frankwell
Capanna
Mulino
The Gaye
Abbey Foregate
Abbazia
St. Giles
Torrente Meole
Gora del mulino
Strada romana
Masseria
long forest
Mulino
F. Severn
Pescheria
Orti
Torr. Meole
Campo dei piselli
Gora del mulino
ABBAZIA DI SHREWSBURY

# CAPITOLO I

FRATELLO CADFAEL stava lavorando nel piccolo orto vicino alla peschiera quando gli portarono il ragazzo. Era un torrido meriggio di agosto e a quell'ora lui e i suoi due aiutanti, se li avesse avuti ancora, se ne sarebbero tranquillamente stati a russare all'ombra, invece di sudare sotto il sole, ma uno aveva rinunciato al noviziato per raggiungere il fratello maggiore in seno all'esercito di re Stefano impegnato nella guerra civile per la corona d'Inghilterra e l'altro, atterrito dall'avvicinarsi di quello stesso esercito perché la sua famiglia parteggiava invece per la regina Maud, aveva ritenuto che il maniero nel Cheshire dov'era nato fosse un posto assai più sicuro di Shrewsbury assediata.

Così, fratello Cadfael era rimasto a sbrigarsela da solo, ma in passato aveva sudato sotto canicole ben più spietate e in ogni caso era risoluto a non lasciar cadere nello sfascio il proprio regno, qualunque potesse essere il caos che travolgeva il mondo esterno.

In quella torrida estate del 1138 la guerra fratricida durava già da due anni, ma non era mai arrivata vicino a Shrewsbury. Ora, invece, incombeva minacciosa come l'ombra della morte sulla piccola città e sul suo castello. Ciò nonostante fratello Cadfael, tutto preso dai suoi lavori agresti, non sospettava neppure lontanamente che ben presto un altro modo di uccidere, il puro e semplice assassinio a tradimento, condannato persino in quei tempi di anarchia, avrebbe gravemente compromesso la calma della sua vita monastica.

In circostanze normali, agosto non sarebbe stato il periodo più impegnativo, nell'orto: il lavoro diventava faticoso perché lui era solo. L'unico aiuto che poteva offrirgli il convento era quello di fratello Athanasius, che era sordo e quasi rincitrullito, e non sapeva distinguere un ortaggio da un'erbaccia. Aveva rifiutato con fermezza: se la sarebbe cavata meglio da solo. C'era da dissodare l'aiuola per trapiantare i cavoli tardivi e seminare quelli invernali, bisognava cogliere i piselli nuovi ed estirpare gli steli di quelli già colti per farne lettiere e mangime. E nella capanna di legno dell'erbario, il suo orgoglio più grande, c'erano cinque o sei preparati medicinali, raccolti sugli scaffali in vasi di vetro e mortai, che richiedevano le sue attente cure, per non parlare dei suoi liquori d'erbe che erano ormai arrivati alla fermentazione. In più era giunto il momento di raccogliere le piante per le medicine invernali.

E fratello Cadfael non era uomo da lasciar sfuggire al proprio controllo neppure un angolino del proprio regno, quali che fossero i disastri provocati all'esterno dell'abbazia dalla contesa fra i due regali cugini Stefano e Maud. Gli bastava alzare la testa per vedere i pigri pennacchi di fumo stagnanti sopra i tetti dell'abbazia, della città e del castello, mentre arrivava fino a lui l'odore acre degli incendi del giorno avanti. Quel fumo e quell'odore stagnavano da più di un mese come un cupo baldacchino sopra la città, mentre re Stefano scalpitava e imprecava nel suo accampamento oltre la porta settentrionale, l'unico accesso alla città, a eccezione dei ponti, e FitzAlan, asserragliato nella fortezza, teneva ansionsamente d'occhio le scorte che andavano assottigliandosi e lasciava le esplosioni di sfida al suo incorreggibile zio, Arnolfo di Hesdin, il quale non aveva ancora imparato a temperare il valore con la cautela. Intanto la gente della città teneva la testa bassa e le porte sprangate, sbarrava le botteghe e, se ci riusciva, prendeva la via dell'ovest, per rifugiarsi dai vecchi amici-nemici del Galles, che facevano meno paura di Stefano. Ai gallesi andava benissimo che gli inglesi avessero paura di altri inglesi (ammesso che Maud e Stefano, nipoti di Guglielmo il Conquistatore, si potessero considerare inglesi) e lasciassero tranquilli loro che non rifiutavano di prestare qualche cura ai feriti in fuga, purché la guerra continuasse.

Cadfael raddrizzò la schiena per asciugarsi il sudore dal

cranio color noce per l'abbronzatura e vide fratello Oswald, l'elemosiniere, che sgambettava verso di lui spingendo davanti a sé un ragazzotto di circa sedici anni, in ruvida casacca e brache corte come usavano i contadini, con i polpacci nudi ma i piedi ben calzati di cuoio: nell'insieme, sembrava lavato e strigliato per un'occasione speciale. Andava dove fratello Oswald lo spingeva, con gli occhi bassi e un'espressione mansueta sotto la quale traspariva un certo nervosismo. "Un'altra famiglia che si dà da fare per allontanare i suoi figli dalla mischia", pensò Cadfael con un senso di fastidio.

« Fratello Cadfael, voi qui avete bisogno di un aiutante, mi pare, e questo ragazzo dice di non temere la fatica. Lo ha condotto da noi una brava donna di Shrewsbury che ci ha pregati di tenerlo e istruirlo come servitore laico. È un suo nipote di Hencot, dice, orfano di padre e di madre. Ha pagato per un anno di mantenimento. Il priore Robert ha dato il permesso di tenerlo e in dormitorio c'è posto anche per lui. Andrà a lezione con i novizi, ma non prenderà i voti se non sarà lui a chiederlo. Che ne dite, lo volete? »

Cadfael esaminò il ragazzo con profondo interesse e disse subito di sì, ben contento di avere un aiutante giovane, sano e volonteroso. Era un giovanotto alto e snello ma vigoroso e ben saldo sulle gambe, con movimenti scattanti. Alzò lo sguardo sotto un ingarbugliato ciuffo di capelli bruni e ricci: i suoi occhi azzurro cupo, frangiati di ciglia lunghissime, erano svegli e brillanti.

Il ragazzo si comportava con decorosa modestia, ma non appariva per nulla intimidito.

« Ben contento di prenderti con me, se vuoi venire a lavorare qui, figliolo », disse Cadfael. « Come ti chiami? »

« Godric, signore », rispose il ragazzo con una vocetta un po' aspra, ricambiando l'esame che il frate faceva a lui.

« Bene, Godric, vedrai che andremo d'accordo, tu e io. Per cominciare, faremo un giro nell'orto, così vedrai come stanno le cose tra queste mura. Ti sembrerà un po' bizzarro, ma almeno sarai più al sicuro che in città. È per questo che tua zia ti ha portato da noi, no? »

I lucenti occhi azzurri gli lanciarono un rapido sguardo, poi sparirono di nuovo sotto lo schermo delle palpebre.

« Verrai al vespro con fratello Cadfael », disse l'elemosiniere, « poi fratello Paul, il maestro dei novizi, ti farà vedere il dormitorio e ti spiegherà quali sono i tuoi doveri dopo cena. Ascolta con attenzione ciò che ti dirà fratello Cadfael e obbedisci ai suoi ordini. »

« Sì, signore », mormorò il ragazzo con aria virtuosa. Ma sotto tanta mansuetudine pareva che volesse farsi strada una risata. Come fratello Oswald fu lontano, gli occhi azzurri si fissarono su Cadfael. Un viso serio, dalla bocca larga e ferma che pareva tagliata per le risate, ma che era pronta a tornare a una triste gravità. Correvano tempi difficili anche per chi era allegro di natura.

« Vieni, vieni a vedere che lavoro ti sei preso sulle spalle », disse gaiamente il frate, posando la zappa per accompagnare in giro il suo nuovo pupillo, mostrandogli il suo regno, le erbe che profumavano l'aria, la peschiera, le aiuole di piselli. Quelle seminate per prime si erano già seccate al sole ed erano completamente spoglie, e le ultime erano cariche di baccelli maturi.

« Questi dovremo coglierli fra domani e doman l'altro. Con questo caldo, passano la maturazione in un giorno. E quelli già passati bisogna toglierli di mezzo, ma senza strapparli. Li devi tagliare con la falce raso terra così, quando vangheremo, le radici serviranno a nutrire il terreno. » Cadfael parlava in tono gaio, per aiutare il ragazzo a superare la malinconia e il disagio del brusco cambiamento di vita. « Quanti anni hai, Godric? »

« Diciassette », rispose la vocetta stridula al suo fianco. "Un po' magrino, per la sua età", pensò il frate, "aspettiamo un po' a farlo zappare, questo terreno è piuttosto duro."

« So lavorare sodo », disse il ragazzo, quasi avesse indovinato i suoi pensieri e se ne fosse avuto a male. « Non so molto, ma farò tutto quel che mi verrà detto. »

« D'accordo. Comincerai con i piselli. Ammucchia gli steli secchi da quella parte, serviranno per farne lettiera nelle stalle. E le radici torneranno alla madre terra. »

« Come il genere umano », osservò inaspettatamente il giovane aiutante.

« Esatto, come il genere umano. » Purtroppo, con quella guerra fratricida, troppi vi tornavano prematuramente. Vide il ragazzo girare di scatto la testa verso la città, dove le martoriate torri del castello si ergevano confuse in un manto di fumo. « Hai parenti in città, figliolo? » domandò in tono affettuoso.

« No! » rispose Godric, troppo in fretta. « Ma non posso non pensare a quella povera gente. Dicono che l'assedio non può più durare a lungo... che forse la città cadrà domani stesso. Eppure si sono battuti per una giusta causa! Prima di morire, re Enrico fece riconoscere ai suoi baroni la regina Maud come sua erede e loro le giurarono fedeltà. Era la sua unica figlia vivente, *doveva* essere regina! Eppure quando suo cugino, il conte Stefano, si è impadronito del trono e si è fatto incoronare re, troppi di loro sono stati pronti a dimenticare il proprio giuramento. Non è possibile che pretendano di essere dalla parte del giusto, e che abbia torto chi è rimasto con la regina. Come possono giustificare il tradimento? Come possono riconoscere le pretese del conte Stefano? »

« Forse non è questione di tradimento. Molti di loro dicono che è meglio avere un uomo come sovrano, invece di una donna. E in tal caso, perché non Stefano? È anche lui nipote di re Guglielmo, come Maud ».

« Ma non è figlio dell'ultimo re. E in ogni caso è nipote per parte di madre, che era anche lei una donna come Maud, no? » La voce giovanile, dimenticato il tono cauto e dimesso, squillò a un tratto limpida e veemente. « La verità è che il conte Stefano si è precipitato qui e si è preso quel che voleva approfittando della lontananza della regina, che se ne sta in Normandia ignara delle sue trame. E ora che la metà dei baroni ha ricordato il giuramento e ha preso parte per lei, che cosa potrà venirne se non sangue e morte? Comincia a Shrewsbury, ma non finirà qui! »

« Figliolo », lo rimproverò dolcemente Cadfael, « non ti stai fidando troppo di me? »

Il ragazzo, che aveva preso la falce e la stava manovrando

con mano decisa e capace, si voltò a guardarlo con gli occhi azzurri a un tratto spalancati e indifesi. « Be', sì, mi fido », mormorò.

« E puoi farlo a cuor leggero, se è per questo! Ma tieni la bocca ben chiusa quando c'è qualcun altro. Siamo in pieno campo di battaglia, sai, e la nostra porta è sempre aperta a tutti. Qui sta a contatto di gomito gente di tutte le specie e in tempi difficili come questi ci può sempre essere qualcuno che cerca di acquistarsi favori andando a riferire quello che ha sentito. Qualcuno lo fa addirittura per campare. Dentro la tua testa i tuoi pensieri sono al sicuro. Tienili lì. »

Il ragazzo chinò il capo e non rispose. "Forse si sente rimproverato", pensò Cadfael. "O forse no."

« Ricambierò fiducia con fiducia », riprese il frate. « Per me, c'è poco da scegliere tra due sovrani simili, ma molto da dire a proposito della fede alla parola data. E ora vediamo se sei davvero capace di lavorare sodo. Quando avrò finito con i miei cavoli verrò a darti una mano. »

Rimase a osservare il ragazzo che si rimetteva al lavoro con grande energia. La ruvida casacca gli andava molto larga, e faceva sembrare il suo corpo sottile un fagotto di panno legato a metà: forse l'aveva avuto da qualche parente molto più grosso e vecchio di lui, quando la stoffa cominciava a essere un po' logora. "Mio caro figliolo", pensò il frate, "sotto il sole non andrai avanti per molto con questo ritmo, e allora vedremo!"

Dopo un po', infatti, il ragazzo cominciò a sudare e a sbuffare a ogni colpo di falce, ma il suo impegno non diminuì minimamente. « Non è il caso che tu ne faccia una penitenza, figliolo », disse Cadfael. « Togliti la casacca e mettiti a tuo agio. » Si sfilò lui stesso il saio dalle spalle robuste e abbronzate, lasciandolo ricadere intorno ai fianchi.

Il ragazzo troncò a mezzo un colpo e disse: « Sto bene così », con ammirevole compostezza, ma con voce di qualche ottava più alta del suo solito tono aspro da adolescente, poi tornò risolutamente al suo lavoro, mentre un'ondata di rossore gli saliva dal collo fino alla fronte. Significava davvero quel che pensava? Forse Godric aveva soltanto mentito a proposito della sua età e la sua voce aveva ancora l'instabilità dell'ultima adolescenza. O forse non aveva la camicia, sotto la casacca, e si vergognava di farlo sapere a un estraneo. Oh, be', si potevano fare altre prove. Meglio accertarsene subito. Se quel che Cadfael sospettava era vero, ci sarebbe stato da riflettere molto seriamente.

« Ah, guarda, di nuovo quell'airone che viene a saccheggiare il nostro vivaio! » esclamò a un tratto il frate, indicando il rio Meole dove il grosso uccello, che non aveva ancora finito di ripiegare le ali, avanzava tranquillo. « Tiragli un sasso, figliolo, tu sei più vicino di me. » Il povero airone era un innocente sconosciuto ma, se Cadfael aveva visto giusto, non avrebbe sofferto alcun danno.

Godric afferrò una grossa pietra, portò all'indietro il braccio e la scagliò da sotto in su, mandandola a cadere con un tonfo a qualche metro dall'animale.

« Bene, bene », disse a se stesso Cadfael e si dispose a riflettere molto seriamente.

Nell'accampamento che si stendeva nella pianura davanti alle mura del castello, fra le due ampie anse del fiume Severn, re Stefano smaniava, s'imbizziva, scialava nei festeggiamenti per i pochi leali salopiani (leali verso di lui, naturalmente) venuti a offrirgli aiuto, e progettava feroci vendette contro i molti che non l'avevano fatto.

Il re era un bell'uomo biondo, grande grosso e rumoroso, semplice e gentile, totalmente scombussolato, in quella fase della sua vita, dal contrasto tra il suo naturale buon cuore e la spinta irresistibile a vendicare le offese. Si diceva che fosse un po' lento di riflessi, ma quando suo zio Enrico era morto, lasciando unica erede una figlia, svantaggiata oltretutto per il fatto di avere sposato un Angiò e di risiedere in Francia, Stefano si era mosso una volta tanto con ammirevole rapidità e precisione, cogliendo di sorpresa i suoi potenziali sudditi e facendosi accettare come unico sovrano senza lasciar loro il tempo di riflettere sul proprio tornaconto e di ricordare i propri riluttanti giuramenti. Come mai quel colpo così ben riuscito ora faceva acqua da tutte le parti? Stefano non riusciva a capirlo. Perché metà dai suoi sudditi più influenti gli si rivoltavano contro dopo essere rimasti inerti per tutto quel tempo? Rimorsi? Antipatia per un re che si era loro imposto? Superstizioso timore di re Enrico e della sua possibile influenza su Dio?

Costretto a prendere sul serio quell'opposizione e a fare ricorso alle armi, Stefano aveva scelto la via che gli era più congeniale: colpire duramente dov'era necessario, ma lasciare la porta aperta per eventuali pentiti. Con quale risultato? Lui li aveva risparmiati e quelli ne avevano tratto vantaggio, disprezzandolo per la sua debolezza. Aveva dichiarato che non avrebbe punito chi si fosse sottomesso, mentre muoveva a nord verso la fortezza dei ribelli, eppure i baroni locali si erano tenuti lontani da lui dimostrando una sprezzante alterigia. Bene, all'alba di domani avrebbe sferrato l'attacco che avrebbe segnato la sorte dei difensori di Shrewsbury e sarebbe servito di esempio a tutti gli altri. Se non avessero risposto al suo invito e non avessero chinato il capo, li avrebbe stanati come topi. Quanto ad Arnolfo di Hesdin... Si sarebbe pentito amaramente, anche se non avrebbe avuto molto tempo per farlo, delle oscenità e degli insulti che aveva rovesciato giù dalle torri della città!

Era il tardo pomeriggio, press'a poco l'ora in cui fratello Cadfael e Godric si lavavano le mani e si rassettavano i vestiti per andare al vespro, e re Stefano era a colloquio nella sua tenda con Gilbert Prestcote, suo aiutante in capo e futuro sceriffo della contea di Salop, e con Ten Heyt, comandante dei suoi mercenari fiamminghi. Era stata colpa della nobiltà locale che non gli aveva fornito soldati se re Stefano era stato costretto a ricorrere all'aiuto dei suoi fiamminghi, odiati da tutti perché erano stranieri e perché erano professionisti spietati, pronti a dar fuoco a un villaggio con la stessa facilità con la quale si ubriacavano, e per nulla contrari a fare l'una cosa e l'altra assieme. Ten Heyt era una sorta di bellissimo gigante dai capelli rossi e dai lunghi mustacchi, appena trentenne ma già veterano di molte guerre; Prestcote, un tranquillo e laconico cavaliere di oltre cinquant'anni, era uomo di grande esperienza, formidabile in battaglia e cauto nei consigli, ma anche lui, pure avverso ai rimedi estremi, ora chiedeva insistentemente maggiore severità.

« Siete stato generoso, sire, e la vostra generosità è stata vergognosamente volta a vostro danno. Ora è tempo di ricorrere al terrore. »

« Prima bisogna conquistare la città e il castello », fu la secca risposta del sovrano.

« Potete considerarla cosa fatta, sire. Quel che abbiamo preparato per domattina vi porterà dritto in città. Dopo, se sopravviveranno all'assalto, potrete fare quel che vorrete di FitzAlan, di Adeney, di Hesdin e di tutti gli altri. »

Al re sarebbe bastato ampiamente vendicarsi su quei tre, capi della resistenza della città. FitzAlan doveva il posto di sceriffo della contea di Salop a re Stefano eppure si era schierato dalla parte della sua rivale, difendendo a spada tratta il castello per lei. Fulke Adeney, il più importante vassallo di FitzAlan, lo aveva seguito nel tradimento e lo aveva appoggiato con tutte le proprie forze. Quanto a Hesdin, si era ripetutamente condannato da solo con l'arroganza del suo linguaggio. Tutti gli altri erano pedine, la cui morte non avrebbe avuto alcun significato.

« In città », disse Prestcote, « corre voce che FitzAlan abbia già mandato via moglie e figli, prima che noi chiudessimo la strada verso nord. Ma anche Adeney ha una figlia, che a quanto pare è ancora al castello. » Prestcote veniva da quella contea e conosceva, almeno a grandi linee, le vicende della nobiltà locale. « La figlia di Adeney è fidanzata col figlio di Robert Beringar di Maesbury, vicino a Oswestry. Le loro terre, in quella zona, confinano. Lo dico perché è lui l'uomo che è venuto a chiedervi udienza, Hugh Beringar di Maesbury. Servitevene come vi parrà meglio, sire, ma fino a oggi avrei giurato che fosse un seguace di FitzAlan e vostro nemico. Ricevetelo e giudicate voi. Se ha cambiato casacca, benone, ha al proprio comando abbastanza uomini da essere di notevole aiuto, ma io consiglierei prudenza. »

Era entrato nella tenda l'ufficiale di guardia, che si teneva un po' in disparte, aspettando di essere autorizzato a parlare. Era Adam Courcelle, un abile soldato di trent'anni, vassallo di Prestcote e suo braccio destro.

« Avete un'altra visita, sire », disse quando il re si voltò verso di lui. « Una signora. Volete riceverla per prima? Non ha ancora un posto dove alloggiare e data l'ora... Ha detto di essere Aline Siward e assicura che suo padre, che è stato sepolto pochi giorni fa, era vostro fedele seguace. »

« Il tempo stringe », ribatté il re. « Fateli entrare tutti e due. Parlerò prima con la signora. »

Courcelle l'accompagnò alla presenza del re con manifesti segni di deferenza e di ammirazione, e la damigella meritava appieno l'una e l'altra. Esile e riservata, certo non più che diciottenne, l'austerità dell'abito a lutto, la candida cuffia bianca e soggolo dal quale sfuggiva qualche ciocca bionda che le incorniciava il viso, servivano soltanto a farla apparire anche più giovane e più patetica. Aveva la fierezza di una bambina, un portamento dignitoso e modesto a un tempo. Fece l'inchino protocollare al sovrano, fissandolo con i grandi occhi viola.

« Signora », disse il re tendendole la destra, « sono profondamente addolorato per il vostro grave lutto, del quale sono stato informato solo in questo momento. Se la mia protezione può esservi di qualche utilità, sono ai vostri ordini. »

« Siete molto buono e generoso, sire », rispose la ragazza con voce dolce e rispettosa. « Sono orfana, ora, e l'unica rimasta del mio casato per portarvi il segno della nostra devozione e della nostra fedeltà. Faccio ciò che avrebbe fatto mio padre, se la malattia e la morte non glielo avessero impedito. Da quando Vostra Maestà è giunta a Shrewsbury, ci è mancata la possibilità di venire a consegnarvi le chiavi dei nostri due castelli. Ve le porto ora. »

La sua cameriera, una giovane donna molto composta di una decina d'anni più anziana di lei, le si avvicinò porgendole le chiavi che Aline consegnò nelle mani del re.

« Possiamo mettere a disposizione di Vostra Maestà cinque cavalieri e oltre quaranta uomini armati, ma per ora li ho lasciati di guarnigione ai castelli, dove forse possono essere più utili a Vostra Maestà. » Fece il nome delle sue proprietà e dei suoi castellani come un bambino che ripete una lezione, ma con la dignità e la gravità di un generale in campo. « Ma debbo dirvi una cosa ancora, e lo faccio con profondo dolore. Avevo un fratello, avrebbe dovuto trovarsi qui al mio posto, a compiere questo dovere. » Le si spezzò la voce, ma si riprese subito con ammirevole autocontrollo. « Quando Vostra Maestà è salita al trono, mio fratello Giles purtroppo si è schierato dalla parte della regina Maud e, dopo una lite con mio padre, se ne è andato di casa per raggiungere i vostri nemici. Non so dove sia ora, ma corre voce che sia emigrato in Francia. Non potevo lasciare Vostra Maestà all'oscuro del grave dissenso che mi addolora profondamente quanto deve addolorare voi. Spero che non per questo vorrete rifiutare l'offerta che vi porto, ma accetterete di disporne a vostro piacere, come sarebbe stato desiderio di mio padre e come anch'io desidero. »

Aline emise un profondo sospiro, come se si fosse liberata di un peso. Il re era incantato. La prese per mano e le diede un bacio affettuoso su una guancia. A giudicare dall'espressione del viso, Courcelle gli invidiava quel privilegio.

« Guardi il cielo che io abbia ad aggiungere altri dispiaceri a quelli che già vi affliggono, piccina mia », disse il re. « Cercherò anzi di alleviarli per quanto posso. Accetto con tutto il cuore la vostra fedeltà e vi sono profondamente grato di ciò che fate per aiutarmi. E ora vediamo in che cosa posso servirvi, poiché non c'è posto per una dama come voi in un accampamento militare e mi è stato detto che non disponete di un alloggio adatto. Fra poco sarà notte. »

« Avevo pensato di farmi ospitare nella foresteria dell'abbazia », azzardò timidamente Aline. « Se sarà possibile trovare una barca per attraversare il fiume. »

« Senza dubbio. Provvederemo perché possiate attraversare sana e salva il fiume e chiederò personalmente all'abate di ospitarvi. Là sarete libera e al sicuro, finché non saremo in grado di darvi una scorta per riaccompagnarvi al vostro castello. » Stefano si guardò in giro alla ricerca di un accompagnatore per la damigella e non gli sfuggì l'ansia premurosa di Adam Courcelle. « Vuoi pensarci tu, Adam? Accompagna madamigella Siward e vedi che sia alloggiata come si deve e al sicuro. »

« Con tutto il cuore, sire », disse con entusiasmo il giovane, e offrì la mano alla giovane donna.

Hugh Beringar seguì con lo sguardo la ragazza che gli passava davanti, la manina candida chiusa nella grossa mano bruna del suo cavaliere, gli occhi bassi, il visino gentile dagli immensi occhi viola ancora più triste ora che il suo dovere era stato compiuto. Dall'esterno della tenda reale aveva udito ogni parola del colloquio. Aline pareva ora sul punto di scoppiare in lacrime, come una sposa bambina, abbigliata in modo da rendere evidenti le sue ricchezze o il suo lignaggio, che dopo il contratto formale fosse stata allontanata bruscamente dalla sua stanza dei giochi. L'ufficiale del re le camminava accanto come un conquistatore conquistato.

« Venite, il re vi attende », disse al suo orecchio la voce gutturale di Ten Heyt, e il giovane si girò, chinando la testa per passare sotto il telo sollevato della tenda. La relativa oscurità dell'interno sfumava un poco l'imponente e chiara figura del sovrano.

« Eccomi a voi, mio signore », disse inchinandosi profondamente. « Hugh Beringar di Maesbury, al vostro servizio con tutto ciò che mi appartiene. Non dispongo di molti uomini, appena sei cavalieri e una cinquantina di armigeri, ma almeno la metà sono arcieri, sire, e molto abili. E sono tutti vostri. »

« Il vostro nome ci è già noto, messer Beringar », rispose il re, asciutto. « E anche la vostra casata. Ma che essa sia tanto devota alla nostra causa, non è altrettanto noto. A quanto ho udito sul vostro conto, fino a non molto tempo fa siete stato alleato di FitzAlan e di Adeney, traditori della nostra causa. Il mutamento dei vostri sentimenti avviene un po' in ritardo, signore. Sono nei dintorni da quattro settimane e voi non vi siete mai fatto vivo. »

« Sire », replicò Beringar, senza fretta di giustificarsi né disagio apparente per quella gelida accoglienza. « Fin dall'infanzia sono stato abituato a considerare i due uomini che, è comprensibile, giudicate traditori della vostra causa, come amici e pari, e come amici non hanno mai lasciato niente a desiderare. Vostra Maestà è troppo giusta per non riconoscere che per un giovane come me, che non ha ancora giurato fedeltà a nessuno, la scelta di una strada in momenti come questi richiede molta riflessione, se dev'essere una scelta irreversibile. Che la figlia di re Enrico abbia diritto al trono è senza dubbio indiscutibile, non posso definire traditore un uomo soltanto perché ha scelto la sua causa, anche se posso biasimarlo per avere rotto il giuramento fatto a voi. Quanto a me, sono entrato in possesso dei miei domini solo da pochi mesi e finora non ho giurato fedeltà a nessuno. Ho voluto riflettere prima di decidere chi servire, e ora sono qui. Coloro che si schierano al vostro fianco con troppa leggerezza, con altrettanta leggerezza possono abbandonarvi. »

« E voi non lo farete? » domandò scettico il re, osservando con occhio critico quel giovane audace e forse un po' prolisso. Magro, non molto alto e di costituzione un po' delicata, ma equilibrato e risoluto nei movimenti, poteva compensare con la sveltezza e l'agilità quel che gli mancava in forza e robustezza. Sui ventidue, ventitré anni, bruno, con lineamenti delicati e occhi vigili sotto l'arco delle folte sopracciglia scure, poteva essere un tipo pericoloso, perché era impossibile capire dal suo viso ciò che passava dietro i suoi occhi. Il suo discorso tanto giudizioso poteva essere schietto, ma poteva anche essere calcolato. Pareva astuto quanto bastava per avere soppesato il suo sovrano ed essere giunto alla conclusione che probabilmente un certa dose di audacia non gli sarebbe dispiaciuta.

« No, non lo farò », rispose risolutamente Beringar. « Ma non vi chiedo di credermi sulla parola. Mettetemi alla prova. »

« Non avete portato con voi i vostri uomini? »

« Soltanto tre. Sarebbe stata una follia lasciare il castello sguarnito, tutto o in parte, e un discutibile servizio per Vostra Maestà chiedervi di nutrire cinquanta uomini in più, senza fornirvene i mezzi. Vostra Maestà deve soltanto dirmi quel che debbo fare e sarà fatto. »

« Calma, calma, messere. Anche gli altri possono aver bisogno di riflettere prima di gettarvi le braccia al collo. Eravate amico e confidente di FitzAlan, non molto tempo fa. »

« È vero, sire. E ancora non ho niente contro di lui, salvo il fatto che lui ha scelto una strada e io un'altra. »

« E a quel che so, siete promesso sposo della figlia di Adeney. »

« Non so bene che cosa rispondere a questo, non so se dovrei dire 'lo sono' o 'lo ero'. I tempi hanno mutato molti progetti, per me come per altri. Al momento non so né dove sia la mia promessa sposa né se il patto sia ancora valido. »

« Si dice che al castello non vi siano più donne », osservò il re fissandolo attentamente. « Può darsi che i familiari di FitzAlan siano ben lontani, ormai, forse anche fuori del regno. Ma pare che la figlia di Adeney sia nascosta in città. E non mi dispiacerebbe affatto avere qui con me una giovane dama tanto preziosa... nel caso che anche i miei progetti dovessero subire qualche mutamento Voi eravate amico di suo padre, dovreste sapere dove è probabile che la tengano nascosta. Una volta che la strada sarà aperta, voi sarete l'uomo più qualificato per rintracciarla. »

Il giovane ricambiò lo sguardo del re con viso imperscrutabile, nel quale gli astuti occhi neri rivelavano comprensione ma non consenso né opposizione, e nemmeno lasciavano capire se il ragazzo si rendeva conto di affrontare una prova dalla quale potevano dipendere il consenso e il favore del re. Il suo viso era calmo e la sua voce perfettamente normale quando rispose: « È appunto il mio scopo, sire. Sono venuto da Maesbury proprio con questa idea ».

« Bene », concluse Stefano, senza compromettersi. « Potete restare qui in attesa che cada la città, ma per il momento non abbiamo alcun incarico da affidarvi. Dove potremo trovarvi, se avessimo bisogno di voi? »

« Alla foresteria dell'abbazia, se ci sarà posto. »

Godric assistette ai vespri insieme con gli scolari e i novizi, ma il suo pensiero sembrava lontano dalla piccola comunità del convento, come se ancora vivesse fuori da quelle mura, sull'altra riva del fiume, senza un rifugio sicuro. Sembrava così smilzo e sperduto, pensò fratello Cadfael osservandolo a distanza. Il suo viso, aperto e persino sfacciato quando erano nell'erbario, si era fatto ora grave e solenne. Si stava facendo notte, la sua prima notte nel convento. Oh, bene, le sue vicende riposavano in mani ben più sicure di quanto lui stesso pensasse e la prova severa contro la quale stava raccogliendo le proprie forze gli sarebbe stata risparmiata. Fratello Paul, maestro dei novizi, aveva tanti allievi cui badare ed era ben contento che se ne togliesse uno alle sue cure.

Cadfael chiamò a sé il suo protetto subito dopo cena, un pasto che Godric consumò con gagliardo appetito. Evidentemente era fatto di buona stoffa, capace di battersi contro pericoli e paure, e aveva il buon senso di fortificarsi con le cose della carne per le lotte dello spirito. Alzò gli occhi quando Cadfael gli posò una mano su una spalla e il frate si sentì più tranquillo quando vide che la sua espressione era di sollievo.

« Vieni, siamo liberi fino a compièta e fuori, nell'orto, fa molto più fresco. »

Godric fu ben contento di uscire nel fresco della sera. S'incamminarono senza fretta verso la peschiera e l'erbario e a un tratto il ragazzo si mise a fischiettare allegramente. Ma s'interruppe subito.

« Il maestro dei novizi aveva detto che sarei dovuto andare con lui, dopo cena. Non posso uscire. »

« Hai la sua santa benedizione, figliolo, non ti preoccupare. Ho parlato io con fratello Paul. Sei il mio aiutante e sei sotto la mia responsabilità. » Nell'orto, furono improvvisamente sommersi da un mare di fragranze: salvia, rosmarino, timo, finocchio, lavanda, un intero mondo di segrete dolcezze. Il calore del sole, carico di profumi, si attardava ancora nel fresco della sera. Sopra di loro le rondini roteavano veloci e garrivano estasiate.

Erano giunti alla baracca di legno. Cadfael aprì l'uscio. « Dormirai qui, Godric. »

In fondo allo stanzone c'era una panca trasformata in un lettuccio bene ordinato. Il ragazzo fissò la stanza e rabbrividì.

« Ci sono tutte quelle medicine in preparazione e alcune hanno bisogno di essere sorvegliate continuamente, sennò andrebbero a male. Ti insegnerò quel che devi fare, non è una cosa faticosa. Lì hai il tuo letto e qui c'è una finestrina che puoi aprire a tuo piacere. » Il ragazzo aveva smesso di tremare, e i suoi occhi azzurri spalancati fissavano implacabili il frate, quasi a soppesarlo. Pareva tremolasse un sorriso, sotto quello sguardo, ma c'era pure una certa aria di orgoglio offeso. Cadfael si voltò verso l'uscio e indicò la grossa stanga con la quale si poteva sbarrarlo dall'interno. « Puoi chiudere fuori tutto il mondo, me compreso, finché non sei pronto a venire da noi. »

Il ragazzo, che non era affatto un ragazzo, ora lo guardava con espressione accusatrice, metà offesa e metà felice, ma comunque palesemente sollevata.

« Come lo avete capito? » domandò, sporgendo il mento in atteggiamento bellicoso.

« Come te la saresti cavata nel dormitorio? » ribatté dolcemente fratello Cadfael.

« Oh, me la sarei cavata benone. I ragazzi non sono tanto furbi, sarei riuscita a imbrogliarli. Sotto un riparo come questo », e sollevò un mazzo di pieghe dell'ampia casacca, « tutti i corpi sembrano uguali e gli uomini sono ciechi e stupidi. » Scoppiò a ridere, rammentando la placida furbizia di Cadfael e a un tratto fu tutta donna, e una donna di una grazia sorprendente, in quella sua improvvisa spensierata gaiezza. « Oh, non 'voi', certo! Come l'avete capito? Sono stata attentissima, ero certa che avrei superato ogni prova. In che cosa ho sbagliato? »

« Non hai sbagliato in niente, ma io, figliola mia, sono vissuto per quarant'anni nel mondo, da un capo all'altro, prima di finire nella dolce pace verde di questo convento. In che cosa hai sbagliato? Non avertene a male se te lo dico. Prendilo come l'avvertimento di un alleato. Bene, quando ti scaldavi per qualche cosa, parlavi con una bella voce squillante, senza un frattura; poi, quando ti ho consigliato di spogliarti fino alla cintola, hai rifiutato quasi con sdegno... no, non arrossire, allora non ne sapevo assolutamente nulla. Infine quando ti ho detto di lanciare quel sasso, lo hai fatto come fanno le ragazze, da sotto in su, tendendo il braccio a cerchio. Quando mai si è visto un ragazzo fare altrettanto? Non lasciarti mai più attirare in un tranello del genere finché non sarai del tutto sicura di te. Ti tradiresti immediatamente. »

Poi fratello Cadfael rimase a lungo in silenzio, paziente, perché lei si era lasciata cadere sul lettuccio, stringendosi la testa fra le mani, finché non scoppiò a ridere, poi a piangere e infine a fare le due cose insieme. Cadfael non s'intromise perché la ragazza non era meno padrona di sé di quanto potesse esserlo un uomo dibattuto fra perdita e guadagno e pareva sapesse valutare benissimo il pro e il contro. Ora sì credeva che avesse davvero diciassette anni, una donna in boccio, e anche davvero molto graziosa.

Quando fu pronta, la ragazza si asciugò gli occhi col dorso di una mano poi lo guardò schiettamente, con un sorriso che gli sembrò un raggio di sole attraverso un arcobaleno. « Dicevate sul serio? » domandò. « Vi sentite davvero responsabile per me? Allora avevo ragione a fidarmi ciecamente di voi. »

« Cara figliola », rispose Cadfael nel tono paziente col quale avrebbe parlato a un bambino. « Che cosa posso fare, ormai, se non aiutarti come posso, finché non sarà il momento di rimandarti sana e salva dove dovrai andare? »

« Ma non sapete neppure chi sono! Chi è che si fida troppo, ora? »

« Che cosa importa in questo momento come ti chiami? Una bambina che qualcuno ha portato qui ad aspettare che passi la burrasca, prima di riconsegnarla ai suoi... non ti pare più che sufficiente? Se vuoi dirmi altro, dillo, ma per me non ce n'è alcun bisogno, credimi. »

« Desidero dirvi tutto », ribatté lei semplicemente, alzando sul frate due occhi limpidi e trasparenti come un cielo sereno. « In questo momento, mio padre si trova ancora al castello di Shrewsbury, sotto la minaccia di una morte imminente, oppure è riuscito a scappare e sta cercando di mettere in salvo la propria vita e di raggiungere con FitzAlan la regina, in Normandia, col rischio di vedersi piombare addosso da un minuto all'altro i soldati del re. Io ora sono un peso per chiunque mi è amico e probabilmente diventerò ben presto un ostaggio cui dare la caccia, non appena si scoprirà che non sono più dove dovrei essere. Potrei diventare un pericolo anche per voi, fratello Cadfael. Sono Godith Adeney, la figlia del principale alleato e amico di FitzAlan. »

Lame Osbern, pur avendo le gambe paralizzate fin dalla nascita, aveva imparato a muoversi a velocità incredibile manovrando con le mani protette da supporti di legno il carrello sul quale stava seduto, ed era il più umile seguace del re presente nell'accampamento davanti a Shrewsbury. Di solito stazionava in città, nei pressi del palazzo, ma ormai era diventato un posto troppo pericoloso e l'aveva abbandonato, trasferendo la sua speranzosa fedeltà agli assedianti. Si teneva ai bordi del campo, il più vicino possibile all'ingresso principale, da dove entravano e uscivano quelli che contavano. Il sovrano era notoriamente generoso con tutti, fuorché con i propri nemici, e il raccolto dello storpio era sempre abbondante. Gli ufficiali del re erano troppo preoccupati per sprecare pensieri e denaro per un mendicante, ma molti di quelli che venivano a cercare il favore reale sacrificavano spesso un po' di monetine, forse pensando che anche l'elemosina poteva essere un mezzo per ottenere da Dio una benevola occhiata. Anche gli arcieri, e persino i fiamminghi, quando erano di buonumore, gettavano al mendicante qualche moneta di rame o gli avanzi della mensa.

Quella sera Osbern si era messo al riparo, col suo carrettino, sottovento a un grosso cespuglio, vicino al posto di guardia, dove poteva sempre trovare una crosta di pane o un bicchiere di vino e, soprattutto, il calore del fuoco notturno. Anche in piena estate le notti potevano essere gelide quando si aveva addosso soltanto qualche cencio logoro. Le guardie cercavano di nascondere il bagliore del fuoco con una protezione di terriccio, ma lasciavano sempre abbastanza luce per poter riconoscere chi arrivava al campo in ritardo.

Era circa mezzanotte quando il mendicante si destò di soprassalto da un sonno inquieto e, tendendo l'orecchio, colse un fruscio fra i cespugli, in direzione di Shrewsbury. Qualcuno si stava avvicinando, e non veniva certo dalla porta principale della città. Doveva avere aggirato le mura tenendosi lungo la riva del fiume, ne era certo: Osbern conosceva la città come il palmo della sua mano callosa. Forse era un osservatore di ritorno da un giro di ricognizione (ma in tal caso perché si nascondeva?), oppure qualcuno uscito di soppiatto dalla città o dal castello servendosi non della porta principale delle mura, ma della postierla che dava accesso al fiume.

Un'ombra scura, visibile più come un movimento che come una figura concreta nel chiarore lunare, scivolò fuori dai cespugli e, quasi rannicchiata su se stessa, raggiunse con una corsa rapida e silenziosa il posto di guardia. Al chi va là della sentinella s'immobilizzò di colpo e Osbern poté così distinguere i vaghi contorni di una figura avvolta da capo a piedi in un mantello nero sopra il quale spiccava soltanto la macchia chiara del volto. La voce che rispose alla sentinella era limpida e giovanile, ma palesemente ansiosa e rotta dalla paura.

« Chiedo udienza, non sono armato! Portatemi dal vostro ufficiale. Ho qualcosa da riferire... qualcosa che sarà utile al re. »

Lo lasciarono entrare e lo perquisirono rapidamente per accertarsi che non avesse armi, poi lo accompagnarono dentro l'accampamento e Osbern non lo vide più.

Ma non riuscì a riaddormentarsi, il freddo lo mordeva attraverso i suoi cenci. Un mantello come quello, pensò rabbrividendo. Se il buon Dio me ne mandasse uno! Tuttavia, anche il proprietario di quello splendido indumento tremava, la sua voce incerta tradiva la paura e, contemporaneamente, un'avida speranza. Un fatto abbastanza strano, ma di nessuna utilità per un povero mendicante. Quanto meno, finché non vide la stessa figura riemergere dall'ombra e fermarsi di nuovo all'entrata del campo. Camminava con passo più svelto e leggero e, ora, il suo modo di fare era meno furtivo e timoroso. Evidentemente portava con sé qualcosa che lo autorizzava a uscire com'era entrato: senza essere disturbato né molestato. Osbern riuscì ad afferrare qualche parola: « Debbo ritornare per non destare sospetti... Ho degli ordini da eseguire ».

Bene, sollevato dai suoi timori, lo sconosciuto sarebbe stato forse disposto a regalare qualcosa a un povero mendicante. Lo storpio si trascinò velocemente col suo carrello verso l'uomo intabarrato.

« Per amore di Dio, padrone! Se egli è stato buono con voi, siate buono anche voi con un povero infelice! »

Colse il lampo di un viso pallido ma composto, udì un sospiro di sollievo e di speranza. Il riverbero del fuoco fece brillare per un attimo la strana fibbia di metallo che teneva chiuso il mantello attorno alla gola. Dalle ampie pieghe emerse una mano che lasciò cadere una moneta nella mano tesa del mendicante. « Di' una preghiera per me, domani », sussurrò una voce ansante, e lo sconosciuto scivolò via senza rumore com'era venuto, sparendo fra i cespugli prima che Osbern avesse il tempo di benedirlo per la sua generosità.

Strappato di nuovo al sonno prima dell'alba, il mendicante si ritirò in gran fretta nel folto dei cespugli, lontano da tutti. Nel cielo si profilava appena la promessa di un'alba serena, ma l'accampamento reale era già in movimento, anche se in maniera così silenziosa e ordinata che si intuiva, più che sentire, il trepestio degli uomini che si radunavano, si disponevano nei ranghi, controllavano le armi. Da un'ansa all'altra del Severn, attraverso la striscia di terra che costituiva l'unica via di accesso alla città, quel sommesso mormorio dilagava come l'incresparsi di mille piccole onde silenziose, terribile ed eccitante, mentre l'esercito di re Stefano si disponeva in formazione di battaglia per l'ultimo assalto al castello Shrewsbury.

## CAPITOLO II

PRIMA di mezzogiorno era già finito tutto: le porte incendiate e sfondate, i cortili perlustrati a uno a uno, anche l'ultimo accanito arciere scaraventato giù da mura e torri, mentre una nube di fumo acre e denso si stendeva sopra la città e la fortezza. Per le strade non si vedeva anima viva, né uomo né cane. Al primo assalto, tutti gli uomini della città erano corsi a rifugiarsi dietro gli usci sbarrati con mogli, figli e animali, ed erano rimasti accovacciati ad ascoltare i rombi, le urla e il fragore della battaglia. La guarnigione era ormai allo stremo, denutrita, assottigliata dalle defezioni avvenute quando c'era ancora qualche possibilità di scampo. Sapevano tutti che al primo vero assalto la città sarebbe caduta. I mercanti di Shrewsbury aspettavano col cuore in gola l'inevitabile saccheggio, ma respirarono di sollievo quando il re stesso lo vietò perentoriamente, non perché intendesse negare ai suoi fiamminghi il diritto al bottino ma perché preferiva averli accanto a sé. Anche un re era vulnerabile, e quella era una città nemica non ancora sottomessa. In quel momento, il suo obiettivo più urgente era la guarnigione del castello, con particolare riguardo per FitzAlan, Adeney e Arnolfo di Hesdin.

Avanzando a grandi passi attraverso il cortile fumoso, insanguinato e cosparso di pezzi di ferro, Stefano entrò nel vestibolo e spedì Courcelle, Ten Heyt e i loro uomini a cercare i capi, con l'ordine tassativo di tradurli immediatamente alla sua presenza. Tutte le chiavi erano già state affidate al nuovo ufficiale responsabile e si stavano già esaminando i provvedimenti da prendere nei confronti della guarnigione.

« Tutto sommato, la conquista non vi è costata molto, sire », osservò Prestcote, che era rimasto al suo fianco. « Non avete perduto molti uomini e quanto al denaro... Il tempo perduto vi è costato, sì, ma il castello è praticamente intatto. Qualche riparazione alle mura, il rifacimento delle porte... Ma è una roccaforte che non perderete mai più, penso che valga bene il tempo impiegato per conquistarla. »

« Vedremo », brontolò Stefano col viso scuro, ripensando ad Arnolfo di Hesdin che vomitava insulti dalle torri. Pareva corteggiare la morte, quell'uomo!

Courcelle ritornò. Si era tolto l'elmo e i suoi capelli castani splendevano. Un ufficiale molto promettente, sempre all'erta, quasi invincibile nel combattimento a corpo a corpo, autoritario con i suoi uomini: Stefano lo apprezzava senza riserve. « Bene, Adam, dove si sono rintanati? Non mi dirai che FitzAlan è corso a nascondersi in un granaio come un servo imbelle? »

« No, sire, purtroppo no », ammise Courcelle avvilito. « Abbiamo setacciato la fortezza dal tetto alle segrete, senza trascurare nulla, ma di FitzAlan non abbiamo trovato traccia. Se n'è andato, ma se mi date tempo scoprirò il giorno e l'ora della fuga, la strada che hanno preso e anche i loro piani... »

« *Loro*? » esclamò Stefano.

« Adeney è andato con lui. Sono scomparsi, questo è certo. Mi duole di dovervi portare notizie simili, sire, ma la verità è la verità. » E, onore al merito, Courcelle aveva il coraggio di dirla, qualunque fosse. « Però abbiamo catturato Hesdin », proseguì. « È qui fuori. Ferito, ma non gravemente, poco più di un graffio. Gli ho messo i ferri per sicurezza, ma non mi sembra davvero tracotante come quando era al sicuro qui dentro, e Vostra Maestà era relegata là fuori. »

« Portalo qui », ordinò il re, preso da un nuovo impeto di collera per essersi lasciato sfuggire dalle dita due dei suoi più acerrimi nemici.

Arnolfo di Hesdin, un uomo robusto e florido vicino alla sessantina, tutto sporco di polvere, di fumo e di sangue, entrò zoppicando penosamente e trascinandosi dietro la catena che gli legava un polso e una caviglia. Due fiamminghi lo gettarono in ginocchio davanti al re. Benché gli si leggesse in viso la paura, non aveva perduto la sua espressione di sfida.

« Allora, dov'è tutta la tua baldanza, ora? » lo schernì il re. « Non vomiti più insolenze? Hai perduto la voce? O hai deciso di cambiare linguaggio? »

« Voi siete il vincitore, sire », disse Hesdin, pronunciando con sforzo evidente parole che dovevano essergli odiose, « e io sono alla vostra mercé. Sono qui ai vostri piedi, ma vi ho combattuto lealmente e chiedo di essere trattato con onore. Sono un gentiluomo d'Inghilterra e di Francia. Voi avete bisogno di denaro e io valgo un riscatto da conte e che posso pagare. »

« Troppo tardi vieni a parlarmi di onore e di lealtà, tu che urlavi ingiurie come un pazzo quando fra noi c'erano solide mura. Ho giurato di avere la tua vita e ora l'avrò. Un riscatto da conte non basta. Vuoi sapere qual è il mio prezzo? Dov'è FitzAlan? Dov'è Adeney? Dimmi dove posso trovarli e se avrai detto il vero, forse, e bada, dico 'forse', potrò prendere in considerazione l'idea di farti grazia della tua miserabile vita. »

Hesdin rialzò la testa e guardò fisso negli occhi Stefano. « Il tuo prezzo è troppo alto », dichiarò. « Ti dirò una cosa sola sul loro conto: sono fuggiti soltanto quando tutto era ormai perduto. E, vivo o morto, non saprai altro da me. Va' a dare tu stesso la caccia alla tua nobile selvaggina. »

« La vedremo! » urlò il re infuriato. « Vedremo se non riusciremo a strapparti altro! Portalo via, Adam, affidalo a Ten Heyt e vedi che cosa si può fare di lui. Hesdin, ti do tempo fino alle due perché tu ci dica tutto quel che sai della loro fuga, altrimenti ti farò appendere ai merli del castello. Portatelo via! »

Lo trascinarono fuori sulle ginocchia e Stefano sedette, smaniando e mordendosi le nocche delle dita. « Ci credi, tu, Prestcote, che siano scappati soltanto quando la battaglia era ormai perduta? Perché in tal caso potrebbero essere ancora in città. Ma come hanno potuto fuggire? Non certo dalla porta settentrionale, proprio attraverso le nostre file. E le nostre prime compagnie hanno occupato subito i due ponti. Devono per forza essere ancora nascosti in questa specie di isola che è Shrewsbury. Trovali! »

« Non possono avere raggiunto i ponti », affermò risolutamente Prestcote. « E oltre quelli, restava loro soltanto un'altra strada, la postierla che dà sul fiume. Però dubito che possano essersi allontanati a nuoto lungo il Severn senza essere visti e sono certo che non disponevano di barche. Perciò è molto probabile che siano ancora nascosti da qualche parte in città. »

« Setacciala a palmo a palmo! Trovali! Niente saccheggio finché quei due non saranno in mano nostra. Cercate dappertutto e scovateli! »

Mentre Ten Heyt e i suoi fiamminghi radunavano i prigionieri colti con le armi in pugno e predisponevano la nuova guarnigione secondo gli ordini di Prestcote, Courcelle e altri ufficiali con le loro compagnie pattugliavano la città, rafforzavano le guardie ai ponti e iniziavano le ricerche in ogni casa e in ogni bottega. Il re, intanto, era tornato all'accampamento, scortato dalla sua guardia del corpo, in attesa di notizie dei fuggiaschi. Erano le due passate quando finalmente lo raggiunse Courcelle.

« Sire », disse il giovane ufficiale, « purtroppo non vi porto altra notizia che quella di un completo fallimento. Abbiamo perlustrato ogni strada, interrogato ogni abitante, perquisito ogni casa. Non è una città grande e, a meno di un miracolo, non vedo come possano avere superato le mura. Eppure non abbiamo trovato alcuna traccia né di FitzAlan né di Adeney. Ho mandato una pattuglia fin oltre l'abbazia, ma senza alcun risultato. E Hesdin è ostinato come un mulo, non si riesce a strappargli di bocca una sola parola. Ten Heyt ha fatto di tutto, meno che ucciderlo. Non otterremo niente da lui. Sa già qual è il prezzo che dovrà pagare. Le minacce non servono a nulla. »

« Avrà quel che gli ho promesso », dichiarò cupamente Stefano. « E gli altri? Quanti sono i prigionieri? »

« Novantatré, oltre a Hesdin. Tutti presi con le armi in pugno. » Courcelle scrutò il bel viso corrucciato del re: per quanto deluso e infuriato fosse, Stefano non sapeva serbare a lungo il proprio rancore, per quanto tutti andassero ripetendogli da settimane che, nella sua situazione, era un errore perdonare troppo in fretta. « Sire, in questo momento la clemenza verrebbe scambiata per debolezza », esclamò con enfasi Courcelle.

« Impiccateli tutti! » ribatté precipitosamente il re, pronunciando la sentenza prima di potersene pentire.

« Tutti? »

« Tutti e subito. Prima di domattina devono essersene andati da questo mondo. »

Il macabro compito fu affidato ai fiamminghi. I mercenari erano lì per questo e oltretutto quell'impresa, che richiese un'intera giornata di lavoro, valse pure a tenerli fuori dalle case della città, che altrimenti sarebbero state depredate di ogni bene. Quell'interludio, per quanto spaventoso, lasciò ai capi delle gilde, al balivo e al podestà il tempo per riunire frettolosamente una delegazione che andasse dal re a fare dichiarazione di lealtà, ottenendone in cambio almeno uno scontroso e scettico cenno di benevolenza. Anche se non credette a quell'improvvisa devozione, Stefano ne apprezzò almeno la prontezza.

Prestcote dispose la nuova guarnigione riportando l'ordine e la tranquillità in tutto il castello, mentre Ten Heyt e i suoi uomini impiccavano ai bastioni ogni uomo della vecchia guarnigione. Il primo fu Arnolfo di Hesdin. Il secondo fu un giovane nobile che aveva comandato una delle squadre di Arnolfo; il ragazzo era terrorizzato e, mentre lo trascinavano a morire, continuava a gridare che lui doveva essere risparmiato: gliel'avevano promesso. I fiamminghi che si occupavano di lui capivano qualche parola d'inglese, e si divertirono ad ascoltare le sue suppliche finché il cappio non le troncò bruscamente.

Adam Courcelle non nascose il proprio compiacimento per non avere avuto mano in quella strage e proseguì nelle ricerche dei due capi fuggiaschi spingendosi fino ai sobborghi di

Shrewsbury, ma non riuscì a trovare alcuna traccia né di William FitzAlan né di Fulke Adeney.

Dal primo allarme della mattina fino alla spaventosa strage conclusasi a tarda notte, una raggelante atmosfera di orrore gravò sull'abbazia dei Santi Pietro e Paolo. Le voci si susseguivano a ritmo serrato come un ronzio di api in fermento e, benché non si sapesse con certezza che cosa stava accadendo, nessuno dubitava che fossero cose terribili. I frati continuavano imperterriti la loro vita di ogni giorno, alternando il lavoro alle preghiere, perché l'unico modo per salvaguardare la continuità della vita è quello di impedire che essa venga sconvolta dalla guerra, dalle distruzioni, dalla morte. Alla messa dopo il capitolo apparve, con la sua cameriera Constance, Aline Siward, pallida e turbata ma eroicamente composta e, forse come conseguenza, presenziò al rito anche Hugh Beringar, che aveva visto la damigella uscire dalla dimora che le era stata assegnata alla foresteria dell'abbazia, nei pressi del grande mulino. Durante il servizio divino, il giovane prestò maggiore attenzione al casto, infantile profilo che sporgeva dal candido soggolo, che non alle parole del celebrante.

Le sue manine erano devotamente congiunte, e le sue labbra vulnerabili e risolute si muovevano in silenzio, pregando pietosamente per tutti gli uomini che in quello stesso momento venivano feriti o uccisi. Constance la sorvegliava da vicino, gelosamente, cercando di proteggerla con la sua presenza visto che non poteva allontanare la guerra da lei.

Beringar seguì a distanza le due donne finché non le vide rientrare in casa, ma non tentò di avvicinarsi né di rivolgere la parola alla damigella. Quando lei fu scomparsa, si separò dal proprio scudiero e proseguì in direzione della città. Il ponte levatoio era ancora alzato, bloccando l'accesso, ma alla sua destra, dove il castello si delineava confusamente nella nube di fumo oltre il fiume, il fragore e le grida della battaglia si andavano già attenuando. Beringar avrebbe dovuto attendere ancora prima di potersi dedicare alla ricerca della sua promessa sposa, ma entro un'ora, se aveva bene interpretato i segni premonitori, il ponte sarebbe stato abbassato, consentendogli così di entrare e Shrewsbury. Se ne andò dunque tranquillamente a pranzare. Non c'era fretta.

Alla locanda, come dappertutto, correva voce che il castello fosse ormai caduto e che lo scotto da pagare sarebbe stato molto alto. D'allora in poi conveniva inchinarsi all'autorità di re Stefano, si diceva, perché lui era lì ed era il vincitore, mentre la regina Maud, per quanto legittimi fossero i suoi diritti, era lontana, in Normandia, e nell'assoluta impossibilità di offrire ai suoi sudditi una protezione qualsiasi. Si sussurrava pure che FitzAlan e Adeney fossero riusciti a fuggire prima che la trappola si chiudesse e fossero ormai in salvo. E di questo molti ringraziavano il Signore, anche se si guardavano benc dal dirlo.

Quando Beringar uscì dalla locanda, il ponte era abbassato e le sentinelle di re Stefano montavano la guardia al suo ingresso. Esaminarono attentamente le sue credenziali, ma poi lo lasciarono passare dimostrando il massimo rispetto. Stefano doveva avere impartito ordini precisi nei suoi confronti. Appena varcata la porta la strada saliva ripida, perché la città sorgeva su un'altura. Beringar la conosceva bene e sapeva con esattezza dove dirigersi. Alla sommità del colle si allineavano, silenziose e deserte, le stalle e le case dei macellai.

La bottega di Edric Flesher era la più bella, ma anch'essa era sbarrata come le altre. Quasi nessuno si azzardava a dare un'occhiata all'esterno; e quelli che lo facevano mettevano fuori la testa per un istante e si ritiravano subito dopo dietro le porte serrate. A quanto pareva, almeno a giudicare dall'esterno, nessuna bottega era stata ancora saccheggiata. Beringar bussò alla porta chiusa e quando udì oltre il battente qualche rumore furtivo, alzò la voce. « Aprite, sono Hugh Beringar! Edric, Petronilla... fatemi entrare, sono solo! »

Si aspettava quasi che la porta restasse sbarrata e che quei due non dessero alcun segno di vita, nel qual caso non avrebbe saputo biasimarli, invece la porta si spalancò di colpo e sulla soglia apparve Petronilla che gli aprì raggiante le braccia come a un salvatore. Era un po' invecchiata ma sempre florida, prosperosa e cordialissima, con i capelli grigi in perfetto ordine sotto la cuffia bianca e gli occhi grigi, brillanti e arguti come sempre, che lo invitavano a entrare.

« Padrone! Che piacere vedere finalmente una faccia conosciuta e fidata! » Beringar ebbe l'immediata certezza che Petronilla non si fidava affatto. « Entrate, entrate e siate il benvenuto! Edric, c'è Hugh... Hugh Beringar! » E il marito accorse pronto al richiamo, grosso, rubicondo ed efficiente, da maestro qual era della sua corporazione e consigliere della città.

Fecero entrare il giovane, poi sprangarono accuratamente la porta. Beringar disse ciò che ci si aspettava dicesse un innamorato, entrando dritto in argomento. « Dov'è Godith? Sono venuto a prenderla, per badare a lei. Dove l'avete nascosta? »

Parve che i due non l'avessero udito, intenti com'erano ad accertarsi che le imposte fossero ben chiuse e ad ascoltare se fuori risuonassero per caso passi sospetti. E forse erano troppo ansiosi di interrogare Beringar, per dare retta alle sue domande.

« Vi danno la caccia? » domandò Edric preoccupato. « Avete bisogno di un posto dove nascondervi? »

« Facevate parte della guarnigione? » domandò contemporaneamente Petronilla, tastandolo da tutte le parti per accertarsi che non fosse ferito. Come se fosse stata la *sua* balia, invece che quella di Godith, e lo avesse visto ogni giorno da quand'era nato invece che due o tre volte in tutto, dopo il fidanzamento. Una sollecitudine un po' eccessiva davvero e soltanto qualche brevissima pausa tra una frase e l'altra, giusto il tempo necessario per riflettere su quel ch'era meglio dire o non dire.

« Sono già stati qui a frugare dappertutto, alla ricerca di FitzAlan e di Lord Fulke Adeney », aggiunse Edric. « Non credo che torneranno, ormai: per poco non ci smontavano addirittura la casa. Se vi serve un rifugio, qui siete il benvenuto. Li avete alle calcagna? »

Beringar era ormai certo che i due sapessero benissimo che lui non era mai stato tra i difensori del castello. Quell'astuta, vecchia nutrice e suo marito, che godevano senza dubbio dell'assoluta fiducia di Adeney, dovevano pur sapere chi si era schierato al suo fianco e chi se n'era rimasto in disparte.

« No », rispose. « Io non corro alcun pericolo e non ho bisogno di niente. Sono venuto soltanto a cercare Godith. Dicono che Adeney abbia aspettato troppo e non abbia fatto in tempo a mandarla fuori con la famiglia di FitzAlan. Dove posso trovarla? »

« Chi vi ha detto di venire a cercarla qui? » indagò Edric.

« Nessuno... Ma dove avrebbe potuto mandarla, se non qui da voi? Di chi avrebbe potuto fidarsi più che della sua nutrice? Era logico che venissi da voi! E non ditemi che non è stata qui! »

« Sì, c'è stata », ammise Petronilla. « Fino a una settimana fa. Ma ora se n'è andata, Hugh. Siete arrivato tardi. Sono venuti due cavalieri a prenderla e non hanno detto neppure a noi dove la portavano. Se non si sa niente, non si può dire niente, hanno detto. Ma io credo che abbiano fatto in tempo a portarla fuori dalla città e che ora sia sana e salva, pregando Iddio! » Preghiera senza dubbio fervida e sincera: quella donna si sarebbe battuta fino alla morte per la sua pupilla, figurarsi se esitava davanti a un paio di bugie!

« Ma per l'amor del cielo, amici, possibile che non possiate aiutarmi a trovarla? Sono il suo promesso sposo, tocca a me aver cura di lei se suo padre è morto, come è molto probabile ormai... »

Quell'allusione gli fruttò finalmente una reazione, che si limitò però a una rapida occhiata fra i due, prima che esclamassero a una voce: « Guardi Iddio! » Sapevano di certo, grazie alle frenetiche ricerche fatte anche in casa loro, che FitzAlan e Adeney non erano stati uccisi né fatti prigionieri. Certo, non potevano sapere se fossero ormai al sicuro, lontani dalla città, ma avrebbero dato anche la vita per quella speranza. Così ora Beringar sapeva che lui, il rinnegato, non avrebbe cavato altro da quei due. In ogni caso, non con le domande dirette.

« Mi dispiace tanto, figliolo », dichiarò gravemente Edric Flesher, « ma non possiamo proprio fare niente per voi. Consolatevi pensando che almeno nessun nemico è arrivato a mettere le mani su di lei. E noi pregheremo Dio perché nessuno ci riesca. » Il che, rifletté Beringar, poteva anche essere una frecciata diretta a lui.

« Allora tanto vale che me ne vada e cerchi di scoprire qualcosa altrove, se mi riesce », mormorò deluso. « Non voglio farvi correre altri pericoli. Petronilla, per favore, guardate se la strada è libera. » La donna andò a guardare dalla porta e tornò riferendo che la strada era vuota come la mano di un mendicante. Beringar strinse la mano a Edric, si chinò a baciare sua moglie e fu ricompensato e vendicato da un'ondata di rossore che salì al viso di entrambi.

« Pregate per lei », raccomandò (certo che almeno quello non glielo avrebbero negato) e sgattaiolò fuori della porta appena socchiusa, che fu subito saldamente richiusa alle sue spalle. Senza fare troppo rumore, perché si doveva supporre che cercasse di nascondersi, ma badando tuttavia a farsi sentire chiaramente, si allontanò rapidamente fino all'angolo della casa, poi girò sui tacchi e, tornato in punta di piedi sui suoi passi, appoggiò l'orecchio all'imposta di una finestra.

« Veniva a cercare la sua promessa sposa », stava dicendo Petronilla in tono sprezzante. « Sicuro, e avrebbe magari anche pagato un buon prezzo per trovarla, sai che bella esca per costringere suo padre a tornare... e forse anche FitzAlan! Adesso deve farsi strada per arrivare a re Stefano e la mia bambina sarebbe un'arma formidabile, per lui! »

« Forse siamo stati ingiusti con lui », ribatté Edric, più pacato. « Può anche darsi che fosse sincero, che desiderasse veramente saperla al sicuro, ma non potevamo correre rischi. Che la trovi da solo, se ci riesce! »

« Grazie al cielo non saprà mai che l'ho nascosta nell'unico posto dove nessun uomo penserebbe mai cercarla », disse Petronilla, sogghignando mentre pronunciava la parola 'uomo'. « Poi, quando si saranno dimenticati di lei, verrà finalmente il momento di allontanarla da qui. Ora prego il Signore che suo padre sia ormai a parecchie miglia di distanza, sulla via della salvezza. E che la fortuna assista stanotte quei due, a Frankwell, nel loro viaggio verso ovest col tesoro dello sceriffo. Che possano arrivare sani e salvi in Normandia per mettersi al servizio della regina, che Dio la benedica! »

« Ssst! Mia cara, neanche dietro una porta sbarrata... »

Dovevano essere passati in una stanza interna, perché Beringar udì il lieve tonfo di una porta che si richiudeva e poi più nulla. Allora si allontanò definitivamente, dirigendosi verso la porta della città e il ponte levatoio.

Aveva saputo più di quanto sperava. Così, quella gente si apprestava a trafugare il tesoro di FitzAlan, portandolo quella notte stessa verso il Galles! E avevano già provveduto a metterlo in salvo fuori delle mura, prima della battaglia, nascondendolo da qualche parte nel sobborgo di Frankwell, dove non avrebbero più avuto porte da varcare né ponti da attraversare. Quanto a Godith... ora aveva una certa idea di dove poteva essere nascosta! "Con la ragazza e il denaro", rifletté, "si poteva comprare il favore anche di un uomo assai meno corruttibile di re Stefano!"

Un'ora prima del vespro, Godith era nella capanna dell'erbario, occupatissima a rimestare, a diluire, a mescolare come le era stato insegnato, ma aveva il cuore angosciato dall'incertezza e la mente dibattuta tra speranza e disperazione. Nel viso sudicio, poiché si era asciugata le lacrime con le mani sporche di terra, gli occhi profondamente cerchiati rivelavano il dolore e la preoccupazione. Malgrado i suoi sforzi per trattenerle, due lacrime le sfuggirono e caddero in una tisana che non doveva assolutamente essere diluita. Godith lanciò un'imprecazione che aveva imparato nelle scuderie, molti anni prima, da una servetta spensierata e impudente che per un po' era stata la sua amica del cuore.

« Direi piuttosto che è una benedizione », disse alle sue spalle la voce sommessa e affettuosa di fratello Cadfael. « Probabilmente questa diventerà la migliore tisana per gli occhi che io abbia mai preparato. Senza dubbio è stata la volontà del Signore. » La ragazza girò verso di lui il viso pallido e sporco, cercando consolazione nel tono calmo e rassicurante del frate.

« Sono stato fino al ponte e alla porta della città », continuò fratello Cadfael. « Cattive notizie da quelle parti: dovremo pregare per l'anima di quelli che stanno lasciando questo mondo. Ma prima o poi tutti dobbiamo lasciarlo, in una maniera o nell'altra. Questo non è poi il peggiore di tutti i mali. In compenso ho anche qualche notizia consolante. A quel che si dice da questa parte del Severn, io l'ho sentito da un arciere che è stato con me in terrasanta, tuo padre e FitzAlan non sono né morti, né feriti, né prigionieri e tutte le ricerche svolte in città non sono approdate a nulla. Ce l'hanno fatta, Godric, figliolo mio. E ormai dubito che Stefano potrà ancora acciuffarli, qualunque cosa faccia. E ora puoi badare tranquillamente a quel vino che mi stai annacquando con le tue lacrime ed esercitarti a fare il giovanotto, finché non riusciremo a portarti in salvo fuori di qui e a restituirti a tuo padre. »

Per un momento ancora le lacrime di Godith continuarono a scorrere copiose, poi il suo viso brillò di luce come il sole primaverile. C'era tanto di cui piangere e tanto di cui rallegrarsi e Godith, non sapendo da dove cominciare, tentò di mescolare questo e quello, come la primavera. Ma la sua età *era* la primavera e alla fine fu il sole della speranza a vincere.

« Fratello Cadfael », disse quando si fu calmata, « come vorrei che mio padre vi avesse conosciuto. Eppure voi non la pensate come lui, vero? »

« Bambina mia », rispose il frate senza scomporsi, « il mio sovrano non è Stefano e non è neppure Maud. In tutta la mia vita e in tutte le mie lotte mi sono battuto per un solo Re, ma apprezzo la devozione e la fedeltà. E non credo che importi molto se l'oggetto di quella devozione e di quella fedeltà non ne è degno. Importa quel che fai e quel che sei. La tua lealtà è sacra quanto la mia. E adesso lavati la faccia e bagnati gli occhi; potrai dormire per una mezz'oretta prima del vespro. Ma no, sei troppo giovane per possedere questo dono! »

Godith non aveva quel dono, che viene con gli anni, ma era esausta per la tensione nervosa e si addormentò nel giro di pochi secondi, inebriata dalla droga del sollievo. Cadfael la svegliò giusto in tempo per il vespro e Godith andò in chiesa con lui, cercando di non farsi notare, col ciuffo di riccioli bruni tirato giù sulla fronte per nascondere gli occhi ancora arrossati.

Riavvicinati a Dio dallo sgomento e dal terrore, anche tutti gli altri ospiti della foresteria si stavano recando alla funzione serale, compreso Hugh Beringar, trascinato non tanto dalla paura quanto dall'esca gentile costituita da Aline Siward che, camminando di buon passo, con gli occhi bassi e il cuore pesante, era appena uscita dal suo rifugio vicino al mulino. Beringar non perdeva tuttavia d'occhio quanto accadeva intorno a lui e non sfuggirono alla sua attenzione le due contrastanti figure provenienti dall'orto, un frate solido e massiccio, di mezz'età e abbronzato dalla vita all'aperto, che camminava col passo ondeggiante del marinaio tenendo una mano protettrice sulla spalla di un ragazzotto con le gambe nude, infagottato in una casacca enorme ereditata senza dubbio da qualche parente più robusto e più anziano di lui. Il ragazzo si stringeva al suo fianco gettando intorno occhiate furtive di sotto un gran ciuffo di capelli bruni. Guardandoli, Beringar ebbe un'idea che lo fece sorridere fra sé, un sorriso segreto che increspò appena la sua bocca larga e mobilissima.

Godith controllava attentamente l'espressione del proprio viso e il modo di camminare e non diede segno di averlo riconosciuto. In chiesa, si allontanò da Cadfael per unirsi ai compagni e scambiò persino qualche spintone e qualche smorfia con loro. Se lui la stava guardando, che si arrovellasse pure coi dubbi e con le incertezze. Non la vedeva da più di cinque anni e anche se aveva dei sospetti, non avrebbe mai potuto esserne sicuro. Del resto, si avvide ben presto che il suo promesso sposo non guardava molto dalla sua parte: i suoi occhi restavano quasi sempre puntati sulla sconosciuta giovane dama in lutto. Godith cominciò a respirare più liberamente e si concesse persino il lusso di osservare il suo promesso quasi con la stessa attenzione con la quale lui osservava Aline Siward. L'ultima volta che lo aveva visto era un goffo ragazzo di diciott'anni, tutto gomiti e ginocchia, ma ora aveva la grazia sicura e sprezzante di un gatto e un atteggiamento altero e solitario. Tutto sommato, un bel giovanotto, riconobbe Godith, per il quale tuttavia lei non nutriva più alcun interesse e che non aveva più alcun diritto su di lei. Le circostanze mutano i destini. Fu contenta di notare che Hugh non girò mai gli occhi dalla sua parte.

Ma, a ogni buon conto, ne parlò a fratello Cadfael non appena si ritrovarono soli nell'orto, dopo cena, quando la lezione serale fu terminata. Lui prese la cosa molto sul serio.

« Sicché quello è l'uomo che avresti dovuto sposare! È venuto qui direttamente dall'accampamento del re e si è certo unito ai partigiani di Stefano benché, stando a quanto dice fratello Dennis, che raccoglie tutti i pettegolezzi dei nostri ospiti, sia ancora fra gli aspiranti e debba dar prova della propria lealtà prima di essere accettato. » Il frate si soffregò per qualche momento il naso, riflettendo, prima di proseguire. « Hai avuto l'impressione che ti abbia riconosciuta? O che ti abbia guardata con una certa insistenza, come se gli ricordassi qualcuno di sua conoscenza? »

« Da principio mi era sembrato di sì, ma poi non ha più guardato dalla mia parte né ha dato segno di interessarsi minimamente a me. No, credo proprio che non mi abbia riconosciuta. Sono cambiata molto in cinque anni e conciata a questa maniera... Avremmo dovuto sposarci fra un anno! » esclamò a un tratto la ragazza, come se quell'allarmante pensiero l'avesse colta soltanto allora.

« Questa storia non mi piace affatto! » borbottò fratello Cadfael. « Dobbiamo badare a tenerti lontana da lui. Se riesce a ottenere il beneplacito del re, probabilmente se ne andrà con lui fra otto o dieci giorni, ma fino a quel momento devi girare al largo dalla foresteria e da tutti i posti dove potresti incontrarlo. Cerca di non farti vedere da lui, se puoi evitarlo. »

« Oh, lo so bene! » convenne Godith, seria e preoccupata. « Se mi scopre, potrebbe servirsi di me per i suoi scopi e se io fossi in pericolo, mio padre, anche se fosse già a bordo della nave, tornerebbe indietro e si consegnerebbe al re pur di salvarmi. E così morirebbe anche lui come sono morti tutti quegli altri infelici... » Non ebbe nemmeno la forza di girare la te-

sta verso le torri del castello dove, anche se lei non lo sapeva, tanti uomini stavano ancora morendo. Il macabro compito dei fiamminghi sarebbe andato avanti fino al calar delle tenebre.
« Lo fuggirò come la peste », disse con calore, « e pregherò il Signore perché se ne vada presto. »

L'abate Heribert era un vecchio stanco e amante della pace che le delusioni di quei tempi tristissimi, insieme con la determinata ambizione di fratello Robert, il priore dell'abbazia, avevano indotto a ritrarsi sempre più dal mondo per trincerarsi dietro le meno deludenti consolazioni dello spirito. Inoltre, come tutti coloro che avevano tardato a unirsi al coro chiassoso e osannante dei nuovi seguaci del re, era caduto in disgrazia e lo sapeva. Ma quando si trattò di assolvere un inevitabile quanto raccapricciante dovere, l'abate seppe trovare il coraggio necessario per mostrarsi all'altezza della situazione. C'erano novantaquattro uomini morti o sul punto di morire, e ognuno aveva un'anima e il diritto a un'onorata sepoltura, quali che fossero stati i suoi errori e i suoi delitti. I benedettini dell'abbazia erano i naturali difensori di quei diritti, e Heribert era risoluto a non permettere che gli avversari di re Stefano finissero ammucchiati e senza nome come bestie dentro una fossa comune. Tuttavia, poiché l'orrore di quel compito era troppo superiore alle sue forze, l'abate si guardò intorno alla ricerca di qualcuno più esperto di lui in fatto di guerre e di stragi. E, com'era naturale, la sua scelta cadde su fratello Cadfael, che aveva girato il mondo con i crociati e dopo era stato per dieci anni comandante di una nave lungo le coste della terrasanta, dove la guerra praticamente non era mai finita.

Dopo compièta, l'abate Heribert fece chiamare nel proprio studio fratello Cadfael.

« Fratello », esordì, « intendo chiedere stasera stessa a re Stefano il permesso e l'autorizzazione e dare sepoltura cristiana a tutti i prigionieri uccisi. Se acconsentirà, domani raccoglieremo tutte le salme e le prepareremo per la sepoltura. Alcuni corpi verranno reclamati dalle famiglie, ma gli altri toccherà a noi seppellirli con i debiti riti. Sei stato soldato anche tu, fratello. Accetti di assumerti questo incarico? »

« Non dirò con piacere, ma certo con tutto il cuore », ribatté pronto fratello Cadfael. « Sì, padre, accetto. »

# CAPITOLO III

VA BENE », disse Godith, « farò come volete. Andrò a lezione mattina e sera, andrò a pranzo e a cena senza scambiare una parola né un'occhiata con nessuno e per il resto della giornata me ne starò chiusa qui dentro in mezzo alle pozioni. Terrò la porta sbarrata notte e giorno e non aprirò se prima non avrò udito la vostra voce. Farò come volete, naturalmente. Ma ciò non toglie che muoia dalla voglia di venire con voi. Quella è la gente di mio padre, la mia gente, e darei non so quanto per potervi aiutare a rendere loro questo estremo servigio. »

« Anche se non corressi alcun pericolo avventurandoti là fuori, il che non è poi certo », ribatté fermamente Cádfael, « non ti lascerei venire lo stesso. L'orrore di quel che gli uomini sono capaci di fare ad altri uomini potrebbe indurti a dubitare della giustizia e della misericordia di Dio. Ci vuole una mezza vita per raggiungere il punto dal quale è visibile l'eternità, e la cruda ingiustizia di un momento può bastare a fartela perdere di vista. No, no, stattene qui e tieniti alla larga da Hugh Beringar. »

Fratello Cadfael aveva persino pensato di reclutare anche lui, fra i propri aiutanti, per essere certo che non potesse avvicinarsi a Godith. Forse per acquistare qualche merito alle proprie anime, o per una segreta affinità con gli ideali dei difensori uccisi, oppure per cercare tra i morti un amico o un parente, tre viandanti che alloggiavano nella foresteria si erano offerti volontari per quel compito. Con un simile esempio davanti agli occhi sarebbe stato facile far sentire obbligati anche gli altri, e persino Beringar, a fare lo stesso. Ma a quanto pareva, il giovane cavaliere si era già allontanato in groppa al suo destriero, probabilmente per andare a rendere uno speranzoso omaggio al re: una nuova recluta in cerca di un incarico non può correre il rischio che il suo viso venga dimenticato. Se n'era andato al galoppo anche la sera avanti, appena finito il vespro, avevano detto i fratelli laici che badavano alle stalle. I tre uomini al seguito di Beringar si trovavano ancora lì, senza nulla da fare dopo aver provveduto a strigliare e a nutrire i cavalli, ma non ci tenevano affatto a farsi coinvolgere in un'attività certamente poco piacevole, e che per di più rischiava di attirare su di loro la disapprovazione del re. Cadfael non poteva biasimarli. Cadfael, comunque, non aveva bisogno di altri aiutanti: quando varcò il ponte che dava accesso alla città, aveva con sé ben venti persone, tra confratelli e fratelli laici.

Probabilmente re Stefano fu ben contento di avere gente che gli faceva spontaneamente un lavoro che altrimenti avrebbe dovuto imporre con la forza. Qualcuno doveva pure seppellirli, quei morti, sennò la nuova guarnigione sarebbe stata la prima a subirne le conseguenze, e in una fortezza dentro una città interamente circondata da mura, un'epidemia si sarebbe diffusa e moltiplicata in maniera paurosa. Nonostante ciò, il re non avrebbe dimenticato l'implicito rimprovero dell'abate e il richiamo ai suoi doveri di cristiano. L'anziano frate, comunque, ritornò all'abbazia con il permesso che aveva chiesto: le sentinelle lasciarono entrare in città il gruppo dei volontari senza fare domande e fratello Cadfael fu subito ricevuto da Prestcote.

« Vostra Signoria avrà avuto ordini a nostro riguardo », disse senza preamboli il frate. « Siamo venuti per prenderci cura dei morti e chiedo che venga messo a nostra disposizione un posto adatto dove sia possibile sistemare in maniera decente le salme finché non le porteremo via per la sepoltura. Se ci concederete anche di attingere acqua dal pozzo, avremo tutto quel che ci serve. I lenzuoli li abbiamo portati noi. »

« Ho fatto sgombrare il cortile interno », rispose Prestcote. « Là c'è spazio più che sufficiente e troverete anche delle assi, se ne avrete bisogno. »

« Il re ci ha anche concesso di consegnare ai parenti che l'avessero chiesto le salme degli abitanti della città, per dare loro una sepoltura privata. Volete provvedere perché sia diffuso un bando in città, quando vi farò sapere che tutto è pronto? E concederete loro di entrare liberamente? »

« Se qualcuno avrà il coraggio di presentarsi qui », ribatté seccamente Prestcote, « che si prenda pure chi vuole. Sarà il benvenuto. Quanto prima ci liberiamo di quelle carogne, tanto meglio. »

« Molto bene. Dove sono i cadaveri, ora? » Quella domanda era stata suggerita dal fatto che, prima dell'alba, dalle torri e dalle mura del castello era sparita ogni traccia della macabra messe di impiccati maturata il giorno avanti. I mercenari fiamminghi dovevano aver lavorato tutta la notte per fare pulizia, senza dubbio per ordine di Prestcote che, se pure aveva approvato la condanna a morte in massa, probabilmente non era affatto compiaciuto dello spettacolo e, da vecchio soldato, desiderava che, per quanto possibile, nella sua guarnigione regnasse l'ordine.

« Li abbiamo tirati giù e li abbiamo rovesciati tutti nel fossato sotto le mura. Se uscite dalla porta settentrionale li troverete tutti là, tra la strada e le torri. »

Cadfael andò a ispezionare il piccolo cortile di cui aveva parlato Prestcote: se non altro era pulito e riservato, e ci sarebbe stato spazio per tutti. Poi uscì, con i suoi volontari, dalla porta che si apriva nelle mura della città e scese con loro nel profondo fossato asciutto sotto le torri. L'erba alta costellata di cespugli nascondeva in parte quel che, visto più da vicino, appariva come un campo di battaglia. I cadaveri giacevano a ridosso del muro, ammucchiati gli uni sopra gli altri e sparsi tutt'intorno in pose scomposte e contorte, come giocattoli rotti. Cadfael e i suoi compagni si rialzarono la tonaca e si misero all'opera in coppie, senza scambiare una parola, sciogliendo i nodi di corpi aggrovigliati, portando via per primi i più accessibili, sistemando in disparte quelli che la tremenda caduta aveva ridotto a fagotti che sembravano privi di ossa. Il sole era ormai alto e il caldo, riflesso dai macigni delle mura, rendeva l'aria quasi irrespirabile, in fondo al fossato; ma, pur ansando e intrisi di sudore, i frati non smisero un istante di lavorare. « Badate di controllare bene se qualcuno di questi poveretti respira ancora », ammonì fratello Cadfael. « Hanno fatto le cose in fretta, e potrebbero avere tagliato qualche corda prima del tempo; cadendo nel mucchio, un uomo potrebbe essere sopravvissuto anche alla caduta. » Ma i fiamminghi, nonostante il poco tempo a disposizione, erano stati accurati: nessuno era scampato al massacro.

I frati si erano messi all'opera di buon'ora ed era quasi mezzogiorno quando finirono di trasportare tutti i cadaveri nel cortiletto e si accinsero al non meno gravoso compito di lavarli e comporli come meglio si poteva, raddrizzando arti spezzati, chiudendo palpebre spalancate, pettinando capelli aggrovigliati, sostenendo con bende mandibole cadenti perché quei poveri volti martoriati non incutessero orrore a mogli o genitori che fossero venuti a riprendere il marito o il figlio che avevano amato. Prima di andare da Prestcote a chiedergli che proclamasse il bando come aveva promesso, Cadfael volle accertarsi che tutto fosse in ordine e passò in rassegna le file di cadaveri, contandoli quasi automaticamente uno per uno. Giunto alla fine, corrugò la fronte, si fermò un attimo a riflettere poi tornò indietro e ricominciò a contare. Fatto questo, iniziò un esame più accurato di tutti quelli che non aveva preparato lui stesso, scostando i lenzuoli che ricoprivano le salme in condizioni peggiori. Quando si rialzò, dopo l'ultimo esame, aveva il volto contratto e, senza dire una parola a nessuno, si avviò a lunghi passi alla ricerca di Prestcote.

« Quanti avete detto che erano gli uomini giustiziati per ordine del re? » domandò.

« Novantaquattro », ribatté Prestcote, perplesso e spazientito.

« O non li avete contati o avete contato male. I morti sono novantacinque », dichiarò il frate.

« Novantaquattro o novantacinque », sbuffò Prestcote esasperato, « che importa? Uno più, uno meno... Erano tutti traditori, dovrei forse strapparmi i capelli perché il conto non torna? »

« Voi forse no, ma Dio esigerà un rendiconto. Avevate avuto l'ordine di giustiziare novantaquattro persone compreso Arnolfo di Hesdin, e il rendiconto per quelli verrà più tardi, davanti a un altro tribunale. Ma il novantacinquesimo non c'entra, nessun re ha autorizzato la sua partenza da questo mondo, nessun castellano ha avuto ordine di ucciderlo, non è mai stato accusato e riconosciuto colpevole di tradimento o di ribellione o di alcun altro delitto, e l'uomo che lo ha ucciso è colpevole di omicidio puro e semplice. »

« Per tutti i diavoli dell'inferno! » esplose Prestcote infuriato. « Un ufficiale nel pieno della battaglia sbaglia il conto di uno e voi volete farne addirittura un caso *coram rege*! Il novantacinquesimo non è stato incluso nel conto, va bene, ma è stato preso con le armi in pugno e impiccato come tutti gli altri. Era un traditore come gli altri ed è stato impiccato come gli altri, punto e basta. In nome del cielo, che cosa volete che faccia? »

« Tanto per cominciare, sarebbe bene che veniste a dargli un'occhiata », ribatté il frate senza scomporsi. « Perché il novantacinquesimo non è come gli altri. Non è stato impiccato come gli altri, non ha le mani legate come gli altri, non ha niente in comune con gli altri... anche se qualcuno ha ritenuto che tutti ci saremmo limitati a guardare, come avete fatto voi, senza controllare il numero. Ve lo dico io, mio illustre signore, c'è un uomo assassinato fra i vostri giustiziati, una foglia nascosta nella vostra foresta. E se vi dispiace che io l'abbia scoperto, sappiate che Iddio l'aveva visto molto prima. Anche ammettendo che possiate ridurre al silenzio me, pensate forse di poter ridurre al silenzio Iddio? »

Prestcote aveva smesso di camminare avanti e indietro e fissava il frate con uno sguardo intenso. « Siete molto zelante », mormorò, scosso. « Come può esservi un uomo morto in un'altra maniera? Siete certo di quel che dite? »

« Certissimo. Venite a vedere voi stesso. È là in mezzo perché qualche ribaldo ce l'ha portato con la speranza che passasse inosservato nel mucchio, senza destare curiosità né provocare domande. »

« In tal caso, doveva sapere che là ci sarebbero stati tutti quei morti! »

« Ieri sera lo sapevano tutti, ormai, in città e nella guarnigione. Chi lo ha portato là, lo ha fatto stanotte. Venite, dunque, venite a vedere! »

Prestcote andò col frate e mostrò tutti i segni della costernazione e della preoccupazione. Ma non avrebbe fatto altrettanto il colpevole? E chi era in miglior posizione di lui per sapere tutto ciò che un colpevole doveva sapere per proteggere se stesso? Tuttavia si inginocchiò con fratello Cadfael accanto al corpo diverso dagli altri, nel cortiletto recinto da alti muri dove l'odore della morte cominciava già a stendere il suo nauseante mantello.

Era giovane e non portava armatura ma, quanto a questo, ne erano stati spogliati anche gli altri, perché cotte e corazze avevano molto valore. Però quello indossava vestiti dai quali era facile capire che non aveva mai portato né le une né le altre: era vestito di leggero panno scuro e ai piedi aveva gli stivali, la tenuta adatta per un viaggio in piena estate, tale da consentire di cavalcare senza impacci, di essere sufficientemente coperto di notte e di potersi sfilare la corta casacca per non soffrire il caldo di giorno. Dimostrava venticinque anni al massimo e aveva capelli rossicci e il viso tondo e piuttosto bello, se si trascurava la congestione provocata dallo strangolamento, peraltro ora parzialmente cancellata dalle dita esperte di Cadfael. I bulbi oculari erano coperti dalle palpebre, ma si vedeva che uscivano dalle orbite.

« È morto strangolato! » esclamò Prestcote, a cui non era sfuggito quell'indizio.

« Certo, ma non da una corda. E non con le mani legate come gli altri. Guardate! » Il frate scostò le pieghe dell'ampio cappuccio che nascondeva la gola del giovane e indicò la profonda, sottile linea infossata che pareva avere troncato la testa dal corpo. « Vedete? È stata fatta con una cordicella sottile, nessuno avrebbe potuto essere impiccato con un cappio simile! E la riga corre diritta intorno alla gola, netta come se fosse stata fatta con una lenza. E probabilmente è stata proprio una lenza! Vedete i margini del solco rimasto nelle carni, scoloriti e un po' lucenti? La corda che lo ha ucciso era stata incerata perché scorresse e affondasse meglio. E guardate questo.» Cadfael sollevò gentilmente la testa del morto e mostrò, alla base della nuca, un incavo profondo e violaceo con una macchia di sangue annerito al centro. «Il segno lasciato da un piolo di legno, usato per torcere e stringere la corda intorno al collo della vittima. Gli assassini da strada, uccelli rapaci che uccidono per depredare, usano appunto corde incerate, con due pioli di legno alle estremità. Basta la forza di una mano e un abile movimento del polso per spedire al Creatore un nemico. E qui, mio signore, dove il cappio è affondato nella carne, vedete come la pelle è lacerata e imperlata di sangue secco? Ora guardate qui, le sue mani. Guardate le unghie, nere del suo stesso sangue. Aveva artigliato la corda che lo stava uccidendo. Dunque aveva le mani libere! Qualcuno dei vostri impiccati aveva le mani libere?»

«No!» Prestcote era così preso da quei sinistri particolari che la risposta gli sfuggì prima che potesse controllarsi. Ma guardò subito fratello Cadfael, inginocchiato all'altro lato del giovane sconosciuto, e il suo viso s'indurì in un'espressione ostile. «Non c'è niente da guadagnare a rendere pubblica una storia simile», dichiarò in tono risoluto. «Seppellite il vostro morto e basta. Lasciate perdere il resto!»

«Non avete riflettuto», ribatté pacatamente Cadfael, «che ancora nessuno è in grado di dire chi o che cosa sia questo povero figliolo. Potrebbe essere un messo del re, oppure una spia nemica. Meglio trattarlo con giustizia e tenersi in pace con Dio e con gli uomini. Senza contare», aggiunse in tono ancor più innocente, «che potreste far sorgere qualche dubbio sulla vostra integrità morale, se cercaste di confondere le acque. Se fossi in voi, riferirei sinceramente l'accaduto e farei proclamare immediatamente in città il bando di cui s'è parlato. In tal modo, se qualcuno reclamerà il corpo di questo ragazzo, vi sarete liberato l'anima e, in caso contrario, avrete fatto tutto il possibile per raddrizzare un torto. E il vostro compito non va oltre.»

Prestcote lo fissò per qualche momento con uno sguardo bruciante, poi si rialzò bruscamente. « Farò proclamare il bando », dichiarò, e rientrò a grandi passi nel castello.

L'annuncio fu gridato per le strade di Shrewsbury e un messo fu inviato anche all'abbazia perché se ne informassero gli ospiti della foresteria. Tornando dal campo del re dopo aver guadato il fiume più a valle, Hugh Beringar udì l'annuncio mentre giungeva all'ingresso dell'abbazia e vide fra gli ansiosi ascoltatori la figura sottile di Aline Siward. Era la prima volta che la vedeva a capo scoperto. I suoi capelli erano di oro pallido e lucente come li aveva immaginati e qualche ciocca ricciuta le incorniciava il viso ovale. Le lunghe ciglia che le ombreggiavano gli occhi erano invece di una tonalità più scura, quasi color bronzo. La damigella ascoltava attentamente, mordendosi un labbro e stringendo l'una all'altra le manine candide. Sembrava dubbiosa, preoccupata ed estremamente giovane.

Beringar smontò da cavallo a pochi passi da lei, come avesse scelto casualmente quel punto per ascoltare quanto stava dicendo il priore Robert.

« ... e Sua Maestà dà piena garanzia a chiunque desideri riavere il corpo di un congiunto, se ne ha uno fra i giustiziati, per dargli sepoltura dove e come meglio crede. Inoltre, poiché fra i giustiziati c'è un giovane sconosciuto, il re desidera che quanti si recheranno al castello lo guardino attentamente, per il caso che qualcuno possa riconoscerlo. Tutto questo potrà essere fatto senza timori di punizione o di sfavore. »

Non tutti presero quelle parole per oro colato, ma Aline sì. Ciò che la turbava non era il timore delle conseguenze che poteva avere il suo gesto, ma la disperata convinzione di dover effettuare quel pellegrinaggio, mentre al tempo stesso la sua mente si ritraeva esterrefatta alla prospettiva degli orrori che avrebbe dovuto vedere. Aline, Beringar non l'aveva dimenticato, aveva un fratello che, sfidando le ire del padre, era fuggito per unirsi ai seguaci della regina Maud e benché fosse giunta fino a lei la voce che egli era ormai sano e salvo in Francia, non v'era assolutamente modo di sapere se era la verità. E ora la povera ragazza lottava per sottrarsi al convincimento che, ovunque una banda di armati appartenenti alla fazione di suo fratello fosse caduta vittima della guerra civile, lei aveva il dovere di accorrere per accertarsi che egli non fosse fra i caduti. Aline aveva un viso così innocente ed eloquente che ogni suo pensiero ne traspariva con chiarezza.

« Signora », disse Beringar in tono sommesso e molto rispettoso, « se posso servirvi in qualcosa, vi prego di comandarmi. »

Lei si girò a guardarlo e sorrise, perché lo aveva visto in chiesa e sapeva che era, come lei, ospite all'abbazia. La guerra aveva trasformato Shrewsbury in una città in cui ognuno vedeva il proprio vicino come un potenziale informatore, ma lei era incapace di un simile atteggiamento. Ciò nonostante, Hugh credette meglio presentare le proprie credenziali. « Ricorderete, spero, che mi sono presentato al re per offrirgli la mia fedeltà lo stesso giorno in cui lo avete fatto voi. Sono Hugh Beringar di Maesbury e sarei felice di potervi servire. Mi è sembrato che abbiate trovato motivo di ansia in ciò che abbiamo appena udito. Bene, se posso fare qualcosa per voi, lo farò con tutto il cuore. »

« Mi ricordo benissimo di voi », rispose Aline, « e vi ringrazio della vostra offerta. Ma si tratta di qualcosa che soltanto io posso fare, se deve essere fatta. Nessuno qui conosce mio fratello. Per essere sincera, esitavo... Ma dalla città verranno donne che sanno di trovare lassù i loro figli! Se possono andarci loro, potrò farlo anch'io! »

« Ma voi non avete motivo di pensare che vostro fratello possa trovarsi fra quei poveri infelici », obiettò Beringar.

« Io so soltanto che ha abbracciato la causa della regina, ma non ho idea di dove si trovi. Non è meglio essere certi? Non trascurare alcuna possibilità? Finché non lo troverò morto, potrò sempre sperare di rivederlo vivo! »

« Gli volete molto bene? », domandò con dolcezza Beringar.

Lei esitò qualche momento, riflettendo. « No », rispose alla fine. « Non siamo mai stati vicini come dovrebbero esserlo un fratello e una sorella. Giles ha cinque anni più di me e ha sempre preferito stare con i suoi amici, fare la propria vita. Poi, quando io avevo undici o dodici anni, se n'è andato da casa e tornava soltanto per litigare col babbo. Ma è il mio unico fratello e io non l'ho rinnegato. Ora dicono che fra i giustiziati ci sia un morto in più, uno che nessuno conosce... »

« Non è certamente Giles », cercò di rassicurarla Beringar.

« Ma se lo fosse? Se fosse lui, deve avere il proprio nome e sua sorella deve fare quel che è giusto. » Si risolse a un tratto. « Devo andare assolutamente. »

« Io penso che non dovreste, ma in ogni caso non dovete andare sola. » Si aspettava che Aline ribattesse che avrebbe condotto con sé la propria cameriera, invece lei disse: « Ah, non posso trascinare Constance in un posto simile! Lei non ha congiunti da cercare, perché dovrei imporle una simile sofferenza? »

« E allora, se volete che vi accompagni io, lo farò con tutto il cuore. »

Hugh dubitava che la ragazza usasse mai ricorrere ai consueti artifici femminili, e certo in quel momento non lo fece. Il suo viso preoccupato si illuminò a un tratto, mentre lei fissava il giovane cavaliere con un'espressione in cui si mescolavano ingenuo stupore, speranza e gratitudine. Tuttavia esitò ancora. « Siete molto gentile, ma non posso accettare. Perché sottoporvi a una prova tanto dura, soltanto perché devo farlo io? »

« Oh, andiamo! » ribatté lui paziente, ormai sicuro di se stesso e di lei. « Non avrei un momento di pace se rifiutaste la mia offerta e andaste sola. Mi rassegnerò a ubbidirvi soltanto se mi direte che venendo con voi aggraverei il vostro dolore! »

Era più di quanto lei potesse fare. Le tremarono le labbra. « No... sarebbe una bugia! Non sono molto coraggiosa. Bene, ve ne sarò grata. »

Beringar aveva ottenuto il proprio scopo e decise di trarne il massimo profitto. Perché andare a cavallo, quando una passeggiata a piedi avrebbe preso tanto più tempo e offerto possibilità tanto maggiori di conoscere meglio Aline? Hugh rimandò il cavallo alle scuderie e si incamminò con la ragazza verso il ponte che dava accesso alla città.

Fratello Cadfael stava di guardia accanto al cadavere dello sconosciuto in un angolo del cortile interno, di fianco all'arcata, passaggio obbligato per chiunque venisse a cercare un congiunto. Questo offriva al frate la possibilità di interrogare tutti, ma fino a quel momento non aveva ottenuto altro che cenni di diniego e occhiate dove alla pietà si mescolava il sollievo. Nessuno conosceva il giovane assassinato. E non poteva certo aspettarsi grande partecipazione da quella povera gente che veniva per cercare una faccia nota, e non aveva occhi quasi per nient'altro.

Prestcote aveva tenuto fede alla parola data: non si prendeva nota di chi veniva, non si frapponevano ostacoli, non si facevano domande. Purché il castello fosse sbarazzato al più presto possibile da quel macabro ingombro. Gli uomini di guardia, comandati da Adam Courcelle, avevano ordine di non intromettersi, anzi di dare persino una mano se questo fosse servito a liberarsi degli sgraditi ospiti prima di sera.

Cadfael aveva convinto anche gli uomini della guardia a esaminare lo sconosciuto, ma nessuno aveva saputo dargli un nome. Courcelle lo aveva osservato a lungo, corrugando la fronte, poi aveva scosso la testa.

« Mai visto in vita mia! Chissà come mai qualcuno era arrivato a odiarlo tanto da ucciderlo! »

« Si può uccidere anche senza odio », aveva ribattuto tristemente fratello Cadfael. « Vagabondi e ladri di strada prendono le loro vittime come capitano, senza badare ai sentimenti. »

« Bene, ma che cosa poteva avere indosso un uomo così, perché valesse la pena di ucciderlo per derubarlo? »

« Amico mio, a questo mondo c'è gente che ucciderebbe per strappare a un mendicante i pochi quattrini che ha raccolto durante la giornata. Quando un re ammazza in un colpo solo più di novanta persone che non avevano altra colpa se non quella di essersi battuti per la fazione opposta, c'è da stupirsi se un furfante si sente largamente giustificato? » Cadfael vide una vampata di rossore salire fino alla fronte di Courcelle, mentre i suoi occhi si accendevano di un lampo di collera, ma il giovane non aprì bocca. « Oh, lo so, dovevate eseguire degli ordini, non avevate scelta », riprese il frate. « Sono stato un soldato anch'io, ai miei tempi, ho dovuto sottostare alla stessa disciplina e fare cose che vorrei non aver mai fatto. È uno dei motivi per i quali ho accettato, alla fine, un'altra disciplina. »

« Dubito che potrei arrivarci mai », ribatté seccamente Courcelle.

« Ne dubitavo anch'io, allora. E invece eccomi qui e non tornerei certo indietro! Bene, ognuno di noi fa quello che può, con la propria vita! » E anche con quella degli altri, se ne ha il potere, aggiunse fra sé il frate, osservando le file di corpi immobili allineati nel cortile.

Ora v'erano parecchi posti vuoti, in quelle file. Dieci o dodici salme erano già state richieste da genitori o mogli e ben presto piccoli carretti trascinati a mano avrebbero risalito il pendio per portar via figli o mariti, ma altra gente affluiva ancora sotto l'arcata, donne col viso seminascosto dallo scialle, vecchi sparuti e rassegnati che venivano con passo malfermo a cercare i loro figli. Nessuna meraviglia che Courcelle, che probabilmente non si era mai trovato in una situazione simile, apparisse sconvolto quasi come quei poveretti.

Fissava il pavimento con espressione truce quando sotto l'arcata apparve Aline, una mano infilata sotto il braccio di Hugh Beringar, come in cerca di protezione. Aveva il viso pallidissimo e teso, gli occhi sbarrati e le labbra contratte, e le sue dita artigliavano la manica del suo cavaliere come quelle di un naufrago si aggrappano a un tronco galleggiante, ma teneva la testa bene eretta e il suo passo era deciso e sicuro. Beringar adattava il proprio passo al suo e non faceva niente per distrarre il suo sguardo dal doloroso spettacolo che si presentava loro, ma di tanto in tanto gettava un'ansiosa occhiata al viso terreo della ragazza. Sarebbe stato un grave errore ostentare la protettiva sollecitudine che sottintende il possesso, rifletté acutamente Cadfael: per quanto giovane, inesperta e di cuore tenero, era pur sempre la fiera discendente di una famiglia di antica nobiltà e non avrebbe tollerato interferenze nei suoi doveri. Era venuta lì per un affare di famiglia, come quei poveretti di Shrewsbury, e non avrebbe certo ringraziato chi avesse cercato di sostituirsi a lei. Ma poteva tuttavia essere profondamente grata al suo accompagnatore per la sua silenziosa, comprensiva presenza.

Quasi avesse avvertito un soffio di disagio muoversi davanti a loro, Courcelle alzò gli occhi e vide la coppia che emergeva nel sole, lo spietato sole pomeridiano che non risparmiava alcun particolare. Raddrizzò di scatto la testa e i suoi capelli lucenti parvero incendiarsi nel sole. « Oh, mio Dio! » esclamò in un sommesso sussurro e si precipitò per fermare i due sulla soglia del cortile.

« Aline! Signora, voi qui? Non è posto per voi, questo: uno spettacolo così terribile! Mi meraviglio », proseguì rivolgendosi infuriato a Beringar, « che voi l'abbiate portata, che l'abbiate esposta a una vista tanto angosciosa! »

« Non mi ha affatto portata lui », ribatté prontamente Aline. « Sono stata io a insistere. E poiché non ha potuto impedirmelo, è stato tanto cortese da accompagnarmi. »

« Allora, madamigella, è stata una follia imporre a voi stessa una prova tanto dolorosa. Perché? Non avete niente a che fare con questa gente. Non c'è sicuramente nessun vostro parente! »

« Mi auguro che abbiate ragione », mormorò Aline mentre il suo sguardo vagava come affascinato sui bianchi sudari e la sua primitiva espressione di contenuto orrore si mutava a poco a poco in sgomenta pietà. « Ma debbo accertarmene. Come tutta quest'altra gente. E ho un solo modo per farlo. Sapete che ho un fratello... eravate presente quando l'ho detto al re... »

« Ma non può essere qui! Avete detto voi stessa che era fuggito in Normandia. »

« Ho detto soltanto che correva voce... ma come posso esserne certa? Può essere arrivato in Francia, come può essersi semplicemente unito ai seguaci della regina qui in patria, come faccio a saperlo? Debbo vedere coi miei occhi se è venuto a Shrewsbury oppure no. »

« Ma qui la guarnigione lo avrebbe senz'altro saputo. Un nome come il vostro non passa certo inosservato! »

« L'annuncio proclamato in città parlava di uno sconosciuto », s'intromise Beringar. « Qualcuno che non apparteneva alla guarnigione. »

« Dovete consentirmi di controllare personalmente », insistette Aline in tono gentile ma fermo. « Altrimenti non avrò più pace. »

Courcelle, per quanto sgomento e infuriato, non aveva diritto di impedirglielo. E, almeno, il cadavere dello sconosciuto era il più vicino di tutti e l'avrebbe certo rassicurata.

« È qui, venite », disse, indicando l'angolo dove stava fratello Cadfael. Lei girò la testa da quella parte e la sorpresa portò sul suo viso la lieve luce di un sorriso, un lampo fugace che svanì immediatamente.

« Ma io vi conosco! Vi ho visto all'abbazia, siete fratello Cadfael, l'erborista. »

« È vero », ribatté il frate. « Per quanto non capisca come fate a sapere il mio nome! »

« Ho chiesto di voi al frate guardiano », confessò lei arrossendo. « Vi ho visto ai vespri e a compièta e... perdonatemi se sono stata indiscreta, ma ho notato in voi una certa aria... come se aveste corso parecchie avventure prima di giungere al chiostro. E lui mi ha detto che avete preso parte alla crociata, che siete stato con Goffredo di Buglione all'assedio di Gerusalemme. Quale compito meraviglioso... mio Dio! » Aveva abbassato gli occhi, confusa per il proprio slancio, e aveva visto il giovane viso ai propri piedi. Rimase a guardarlo a lungo, in silenzio. Non era una vista sgradevole: nella serenità della morte, che ne aveva disteso i lineamenti congestionati, il giovane viso dello sconosciuto aveva ritrovato una tranquilla bellezza.

« Ma è un compito più cristiano quello che vi siete assunto ora per questi poveri morti », mormorò sommessamente Aline. « È questo lo sconosciuto? Il morto in più? »

« Sì, è lui. » Cadfael si chinò a scostare il lenzuolo per mostrare i modesti indumenti del giovane, la totale assenza di qualsiasi segno militare. « Salvo la daga, che tutti gli uomini portano quando sono in viaggio, non aveva addosso armi di sorta. »

Aline alzò bruscamente gli occhi. Di sopra la sua spalla, Beringar fissava accigliato il viso tondo che in vita doveva essere stato gaio e simpatico. « Intendente dire che non era fra i combattenti? » domandò la ragazza. « Che non è stato catturato con la guarnigione? »

« A mio giudizio è così. Non lo conoscete? »

« No. » Aline tornò a guardare il morto con impersonale compassione. « Così giovane! Che peccato! No, mi dispiace, ma non l'ho mai visto. »

« E voi, messer Beringar? »

« No, non l'ho mai visto nemmeno io. » Beringar continuava a fissare il morto con espressione molto seria. Doveva avere all'incirca la sua età, forse un anno di più, al massimo, e chiunque assista alla sepoltura di un coetaneo ha la sensazione di vedere seppellire se stesso.

Sprizzando sollecitudine, Courcelle posò una mano sul braccio della donzella e disse in tono premuroso: « Andiamo ora, avete assolto il vostro compito, non trattenetevi oltre in questo triste luogo. Le vostre paure erano infondate, avete visto? Vostro fratello non è qui ».

« No, questo non è lui, ma tuttavia... Come posso essere certa che non sia qui se non li vedo tutti? » Si liberò con dolcezza dalla mano di Courcelle. « Sono arrivata fin qui e debbo andare fino in fondo. Fratello Cadfael, ora tocca a voi. Voi capite che debbo mettermi l'animo in pace. Volete farmi da guida? »

« Ben volentieri », rispose pronto il frate e s'incamminò con lei senza aggiungere altro, perché sapeva che le parole non sarebbero servite a dissuaderla e perché pensava che non fosse nemmeno giusto provarci. I due giovani li seguirono l'uno a fianco dell'altro. Nessuno dei due, naturalmente, voleva cedere al compagno la precedenza. Aline cominciò a esaminare uno per uno i volti scoperti, angosciata ma risoluta.

« Ha ventiquattro anni e non mi assomiglia affatto... ha i

capelli scuri... Oh, non ve ne sono molti più vecchi di lui, qui in mezzo! »

Avevano percorso circa la metà del doloroso cammino quando Aline si fermò di botto, stringendo un braccio del frate. Ma non gridò, le sfuggì soltanto un gemito sommesso nel quale solo fratello Cadfael, vicinissimo a lei, indovinò una parola. « Giles! » ripeté la ragazza, a voce un poco più alta, e anche il filo di colore che le era rimasto sul viso svanì, lasciandolo traslucido come alabastro mentre lei fissava il volto un tempo imperioso, bello e caparbio. Poi cadde in ginocchio, chinandosi a scrutare da vicino il volto gelido, infine strinse disperatamente fra le braccia il corpo del fratello e pianse, un pianto intimo e silenzioso, le sole lacrime che avesse mai versato per lui. La massa dei suoi capelli si sciolse avvolgendo entrambi in una cascata d'oro.

Fratello Cadfael, non nuovo a situazioni del genere, avrebbe aspettato in silenzio finché non fosse stato evidente che Aline aveva bisogno di conforto, invece che di muta comprensione, ma fu spinto brutalmente da parte e Adam Courcelle si gettò in ginocchio accanto a lei e la prese sotto le braccia stringendola contro il proprio petto. La brusca scoperta pareva averlo scosso profondamente, il suo viso era sconvolto dallo sgomento, la sua voce tremante e insicura.

« Signora!... Aline... Buon Dio, è dunque vostro fratello? Se l'avessi saputo... avrei fatto il possibile per salvarlo... a qualunque costo. Lo avrei liberato... Dio mi perdoni! »

Lei alzò il viso a guardarlo, sorpresa e addolorata per la sua inaspettata disperazione. « Oh, vi prego! Che colpa ne avete voi? Non potevate sapere. Avete fatto soltanto ciò che vi hanno ordinato di fare. E come avreste potuto salvarne uno, lasciando morire tutti gli altri? »

« Ma è proprio vostro fratello? »

« Sì », rispose lei guardando di nuovo il cadavere. Non piangeva più, ora, e dal suo viso era sparita ogni traccia di stupore e di angoscia. « È Giles ». Sapeva, ormai; ora non le restava altro che compiere fino in fondo il proprio dovere. Immobile fra le braccia di Courcelle, osservava intenta il fratello, e Cadfael, guardandola, si rallegrò con se stesso per essere riuscito a restituire almeno in parte la sua bellezza a quel viso che la morte aveva trasformato in una maschera di terrore.

Finalmente, con un brusco sospiro, Aline accennò a rialzarsi e Hugh Beringar, che fino a quel momento aveva dato prova di un ammirevole autocontrollo, le tese a sua volta una mano per aiutarla a rimettersi in piedi. Era perfettamente padrona di sé, ora, pronta a compiere fino in fondo il suo dovere.

« Fratello Cadfael, vi sono profondamente grata per tutto ciò che avete fatto, non soltanto per mio fratello e per me, ma per tutti questi poveretti. Ora, se permettete, provvederò io alla sepoltura di mio fratello, come è mio dovere. »

Vicino a lei, ancora profondamente scosso, Courcelle domandò: « Dove volete farlo portare? Ci penseranno i miei uomini, resteranno ai vostri ordini finché ne avrete bisogno. Vorrei venire io stesso, ma non posso lasciare il mio posto ».

« Siete molto cortese », rispose Aline, ormai perfettamente calma. « La famiglia di mia madre ha una tomba nella chiesa di St. Alkmund, qui a Shrewsbury. Padre Elias mi conosce. Vi sarò grata se i vostri uomini porteranno là il corpo di mio fratello, ma non sarà necessario che si trattengano. A tutto il resto posso provvedere io stessa. » Aveva assunto un tono pratico e risoluto: aveva un grave compito da assolvere, e in fretta, perché il gran caldo non consentiva indugi. Avrebbe dovuto predisporre ogni cosa per la sepoltura, e prendere accordi con le autorità locali.

« Messer Beringar, siete stato molto gentile e ve ne sono grata, ma ora debbo restare qui per assistere al rito. Non è il caso che sciupiate con queste tristezze tutto il resto della vostra giornata. Sono al sicuro, ormai. »

« Signora », ribatté il suo cavaliere, « sono venuto con voi e non tornerò senza di voi. » Era quello il tono da usare con lei in quel momento, senza discutere, senza ostentare compassione. E lei accettò quella decisione senza protestare, tornando a occuparsi del fratello morto. Due soldati portarono una barella e vi adagiarono il corpo di Giles Siward, mentre Aline stessa ne sorreggeva il capo ciondolante.

All'ultimo momento, Courcelle proruppe, fissando perplesso il cadavere: « Aspettate! Mi viene in mente ora... Credo che ci sia qualcosa di suo ».

Uscì quasi di corsa dal cortiletto, attraversò il cortile esterno e sparì nel posto di guardia, ritornando poco dopo con un ampio mantello nero sul braccio. « Era in mezzo alla roba che apparteneva a quelli della guarnigione », spiegò. « Penso che debba essere di vostro fratello: il fermaglio al collo è uguale alla fibbia della sua cintura, guardate! »

Era vero: su entrambi era raffigurato un drago che si mordeva la coda, simbolo dell'eternità, artisticamente lavorato in bronzo. « L'ho notato soltanto ora. Non può essere una semplice coincidenza. Permettemi almeno di restituirgli ciò che gli appartiene. » Il giovane distese il mantello e lo drappeggiò delicatamente sopra la barella, ricoprendo il viso del morto. Quando rialzò il capo, i suoi occhi incontrarono quelli di Aline che stavolta lo fissavano attraverso un velo di lacrime.

« Siete molto buono », mormorò lei porgendogli la destra. « Non lo dimenticherò mai. »

Cadfael tornò a montare la guardia accanto allo sconosciuto e continuò a fare domande, ma non ottenne alcuna risposta utile. Appena fosse scesa la notte, tutti i morti rimasti avrebbero dovuto essere trasportati all'abbazia: quel caldo soffocante non consentiva ulteriori indugi. All'alba, l'abate Heribert avrebbe consacrato un altro lembo di terra al limite del chiostro, dove si sarebbe scavata una fossa comune. Ma lo sconosciuto, che non era mai stato condannato, mai accusato di alcun delitto, il cadavere che reclamava a gran voce giustizia, non poteva essere sepolto insieme con i condannati: non avrebbe avuto pace finché non fosse stato sepolto in una tomba col suo nome e con gli onori cui aveva diritto.

In casa di padre Elias, il prete di St. Alkmund, Giles Siward fu reverentemente spogliato, lavato, composto e avvolto nel sudario: fece tutto sua sorella, assistita dal buon padre, mentre Hugh Beringar aspettava in un'altra stanza. Aline non aveva voluto l'aiuto di nessuno: quel compito spettava a lei e a lei sola e, invece che grata, si sarebbe sentita derubata di qualcosa se un altro vi avesse posto mano. Ma quando tutto fu finito e la salma del fratello fu deposta finalmente davanti all'altare, si sentì a un tratto stanchissima e allora fu grata al giovane per la sua silenziosa presenza e per il braccio che le offrì prontamente per sostenerla e ricondurla all'abbazia.

La mattina seguente, Giles Siward fu sepolto con una cerimonia solenne nella tomba del nonno materno, nella chiesa di St. Alkmund, mentre i frati dell'abbazia dei Santi Pietro e Paolo seppellivano col rito dovuto i sessantasei soldati della guarnigione sconfitta dei quali nessuno aveva reclamato il corpo.

## CAPITOLO IV

ALINE portò con sé il giubbetto, le calze-brache e il mantello appartenuti al fratello e provvide personalmente a spazzolarli e ripiegarli con cura. La camicia non l'avrebbe più indossata nessuno: avrebbe provveduto lei personalmente a bruciarla; ma gli altri indumenti erano di stoffa buona e sarebbe stato un peccato sprecarli, quando tanta povera gente era costretta ad andare in giro vestita di cenci. Col suo fagotto bene ordinato andò all'abbazia e, trovando la portineria e il cortile deserti, si spinse fino alla peschiera e all'orto in cerca di fratello Cadfael. Ma non vide nessuno. Scavare una fossa abbastanza grande da contenere sessantasei cadaveri allineati uno per uno richiede ben più tempo di quanto non ce ne voglia per sollevare una lapide e deporre nella tomba un uomo. Il triste compito tenne impegnati i frati fino alle due del pomeriggio, benché avessero lavorato sodo tutti quanti.

Invece di fratello Cadfael, Aline trovò il suo giovane aiutante, occupato a tagliare i fiori appassiti per il gran caldo e a raccogliere fasci di erbe aromatiche da far seccare. Il soffitto della casupola era festonato di erbe appese a essiccare. Il ragazzo lavorava con diligenza; era a piedi nudi e tutto impolverato, e aveva una guancia macchiata di verde. Al rumore dei passi che si avvicinavano, emerse dal folto di erbe e cespugli, in un effluvio di profumi che gli si erano come appiccicati addosso ed emanavano dalle pieghe della sua rozza casacca, simili a una fragranza di santità in una persona per tutto il resto assolutamente comune. Il ragazzo si scostò rapidamente il ciuffo ribelle, riuscendo soltanto a sporcarsi di verde anche l'altra guancia e parte della fronte.

« Cercavo fratello Cadfael », disse Aline in tono quasi di scusa. « Tu devi essere Godric, il suo aiutante, vero? »

« Sì, mia signora », disse Godith facendo la voce roca. « Fratello Cadfael è ancora occupato. Non hanno ancora finito. » Lei si era offerta di aiutarlo, ma il frate aveva rifiutato con decisione. Meno si faceva vedere in pubblico di giorno e meglio era.

« Oh! » esclamò Aline, confusa. « Ma certo, avrei dovuto pensarci. Posso lasciarti un messaggio per lui? Ecco, io... ho portato questi, i vestiti di mio fratello. A lui non servono più, ma sono ancora in buono stato e possono essere utili. Vuoi pregare fratello Cadfael di darli a qualcuno che ne abbia bisogno? Quel che deciderà lui sarà ben fatto. »

Godith si pulì le mani sulla casacca prima di prendere il fagotto, poi si fermò di botto a osservare la visitatrice stringendosi al petto i vestiti, sbalordita e scossa al punto che dimenticò di alterare la voce. « Non ne ha più bisogno... Volete dire che avevate un fratello lassù, al castello? Oh, quanto mi dispiace... quanto... »

Aline si guardò le mani vuote come se non sapesse più che farne, ora che aveva assolto il suo compito. « Sì, è stato preso insieme con tutti gli altri », mormorò. « Aveva fatto la sua scelta. A me hanno insegnato che era una scelta sbagliata, ma almeno ha tenuto fede alla propria idea fino alla fine. Mio padre avrebbe potuto adirarsi con lui, ma non vergognarsene! »

« Mi dispiace tanto! » Con il fagotto stretto contro il petto, Godith non seppe trovare altre parole di conforto. « Riferirò il vostro messaggio a fratello Cadfael non appena tornerà. Intanto vi ringrazio a nome suo per il vostro gesto caritetevole, finché non potrà farlo lui di persona. »

« Dagli anche questa borsa, ti prego. Perché si celebrino messe per tutti quei poveretti e una in particolare per il giovane che non avrebbe dovuto trovarsi là in mezzo... quello che nessuno conosce. »

Godith la guardò attonita e perplessa. « Ce n'è uno che nessuno conosce? Uno che non avrebbe dovuto essere con quegli altri? Non lo sapevo. » Aveva visto Cadfael soltanto per un breve momento, quand'era tornato all'abbazia stanchissimo e molto tardi, e il frate non aveva avuto il tempo di dirle niente. Lei sapeva soltanto che i morti non reclamati da nessuno erano stati portati all'abbazia per la sepoltura: che uno di loro fosse estraneo a quell'orribile tragedia era una novità per lei.

« Così ha detto. I morti erano novantacinque, mentre avrebbero dovuto essere soltanto novantaquattro e pare che uno non fosse armato. Fratello Cadfael ha chiesto a tutti se lo conoscevano, ma credo che nessuno abbia saputo dargli un nome. »

« E dov'è, ora? » volle sapere Godith.

« Non lo so, ma penso che lo abbiano portato qui con gli altri. Però non credo che fratello Cadfael permetterà che lo seppelliscano insieme con gli altri, così, senza sapere chi è o perché è morto, non credi anche tu? Tu dovresti conoscerlo meglio di me. È tanto che lavori con lui? »

« No, sono qui da poco, ma ho già imparato a conoscerlo. » Godith cominciava a sentirsi a disagio sotto lo sguardo di quegli occhi violetti che l'osservavano attentamente pur se privi di malizia. Una donna poteva essere più pericolosa di un uomo, per il suo segreto. Girò il capo, gettando una significativa occhiata alle aiuole dove stava lavorando quando era arrivata Aline.

« Scusami », disse lei, afferrando la tacita allusione. « Non voglio distrarti più a lungo dal tuo lavoro. »

Godith la guardò allontanarsi e quasi le dispiacque di non avere osato intrattenersi più a lungo con un'altra ragazza, in quel santuario di uomini. Andò a posare il fagotto sul proprio letto, nella capanna, poi tornò al suo lavoro, aspettando un po' inquieta il ritorno di Cadfael. Ma quando finalmente ricomparve, il frate era stanco morto e pressato da nuovi impegni.

« Mi hanno fatto chiamare all'accampamento del re. A quanto pare, il suo luogotenente ha creduto bene di raccontare al sovrano quale strana selvaggina mi sono trovato sotto le mani e ora lui vuole sapere direttamente da me come sono andate le cose. Oh, ma dimenticavo », aggiunse passandosi una mano sulle guance scavate dalla stanchezza, « tu non sai niente, non ho avuto il tempo di dirtelo... »

« Sì, lo so, invece », l'interruppe Godith. « È stata qui a cercarvi Aline Siward. Vi ha portato gli abiti di suo fratello da distribuire ai poveri, e mi ha raccontato tutto. Ha lasciato anche del denaro per le messe di suffragio... una in particolare, ha detto, per quel morto in più. Ma ditemi, che cos'è questo mistero? »

Sarebbe stato piacevole restarsene lì tranquillamente seduto, lasciando perdere per un poco tutto il resto. Fratello Cadfael si rilassò, sedette accanto a Godith e le raccontò tutto. Lei ascoltò senza aprir bocca finché il frate ebbe finito, poi domandò: « E dov'è ora questo forestiero che nessuno conosce? »

« In chiesa, su un catafalco davanti all'altare. Voglio che tutti quelli che vengono alle funzioni lo vedano, con la speranza che qualcuno possa finalmente dirci chi è. Ma non possiamo tenerlo più di un giorno ancora, fa troppo caldo. Però, se proprio dovremo seppellirlo senza sapere chi è, intendo farlo in modo che si possa esumarlo facilmente, e tenere i suoi vestiti e fare un disegno del suo viso, finché non lo avremo identificato. »

« E credete veramente che sia stato ucciso? » domandò Godith con un certo timore. « E che poi lo abbiano gettato fra le vittime del re per impedire che il delitto fosse scoperto? »

« Te l'ho detto, figliola! Lo hanno colto di sorpresa alle spalle, passandogli intorno alla gola una corda già preparata allo scopo. La stessa notte in cui tutti gli altri sono stati scaraventati giù nel fossato del castello. Quale occasione migliore per l'assassino? Con tutti quei cadaveri, chi si sarebbe sognato di contarli e di fare domande? L'ora della morte corrisponde più o meno a quella in cui sono morti gli altri; una copertura insuperabile! »

« Ma invece non è andata così! » esclamò Godith con un lampo di vendetta negli occhi. « Perché ci siete andato voi! Chi altri avrebbe pensato a fare tanti controlli, con novantacinque cadaveri? Chi altri si sarebbe fatto avanti, a battersi da solo per i diritti di un uomo ucciso ingiustamente, senza colpa alcuna? Oh, fratello Cadfael, io non lo tollererò, così come non lo tollerate voi. Io non ho visto quell'uomo. Lasciate che il re aspetti ancora un poco. Lasciate che vada a vederlo. Accompagnatemi voi, se volete, ma fatemelo vedere! »

Dopo un attimo di riflessione Cadfael si alzò, lasciandosi sfuggire un gemito. Alla sua età, una notte e un giorno come quelli che aveva passato si facevano sentire! « E va bene, andiamo, allora. Che diritto avrei di imperdirtelo, dopo averlo fatto vedere a tutti? Dovrebbe essere piuttosto tranquillo ora, ma stammi vicino. Oh, cara la mia figliola, non vedo l'ora di poterti portare sana e salva fuori di qui! »

« Siete così ansioso di liberarvi di me? » ribatté lei, piccata. « Proprio ora che sto cominciando a distinguere la salvia dalla maggiorana! Come ve la caverete senza di me? »

« Be', addestrerò qualche novizio che possa restare qui più di qualche settimana. E a proposito di erbe », aggiunse il frate tirando fuori dalla tasca sul saio un sacchettino di cuoio dal quale prese un sottile stelo seccato dal sole, lungo una quindicina di centimetri, con foglioline pennate e minuscole palline brune all'attaccatura dei picciuoli. « Lo sai che cos'è questo? »

Godith lo esaminò attentamente. « No. Qui non ne abbiamo. Ma forse se ne vedessi uno fresco... »

« È uno stelo di làppola, una strana pianticella che fa piccoli frutti muniti di minuscoli uncini per aggrapparsi dappertutto. E questo gambo è quasi spezzato a metà, lo vedi? »

Godith guardò, e quel piccolo particolare incatenò la sua attenzione. L'esile stelo scuro e rinsecchito era segnato, a metà della sua lunghezza, da una piegatura secca che lo aveva quasi spezzato. « Che cos'è? Dove lo avete trovato? »

« Nel solco che segnava la gola di quel povero ragazzo », rispose il frate in tono così dolce e sommesso da annullare l'impatto di quella cruda spiegazione. « È stata proprio la cordicella a piegarlo in questo punto. E questo viene dal raccolto dell'anno passato. In questa stagione la làppola è fresca e verde. Questo stelo doveva essere nel fieno, fra l'erba tagliata l'autunno scorso e messa a seccare per farne foraggio o lettiere. È eccellente per cicatrizzare le ferite più difficili: ogni dono della natura serve a qualcosa, soltanto l'abuso può renderli pericolosi. » Ripose con cura lo stelo nel suo sacchettino di cuoio e lo rimise nella tasca. Poi circondò con un braccio le spalle di Godith. « Vieni, andiamo a dare un'occhiata a quel ragazzo! »

Era metà pomeriggio, ora di lavoro per i fratelli e di ricreazione per scolari e novizi, che avevano ormai finito i loro compiti. I due raggiunsero la chiesa, incrociando solo tre o quattro ragazzotti intenti ai loro giochi, ed entrarono nella fresca penombra della navata.

Il giovane sconosciuto giaceva sereno sul catafalco, avvolto in un sudario che gli lasciava scoperti la testa e il volto; Godith si fermò in silenzio a osservarlo. Le bastarono pochi minuti per abituare gli occhi alla relativa penombra dorata di quell'assolato pomeriggio estivo. Erano soli con il cadavere nella chiesa, e le loro parole non avrebbero potuto disturbare nessuno. Quando Cadfael le domandò sottovoce: « Lo conosci? » la risposta fu pronta.

« Sì », sussurrò Godith.

« Andiamo. » Uscirono in silenzio come erano entrati e quando furono fuori, nel sole, la ragazza emise un lungo, profondo sospiro. Ma non fece commenti finché non furono al sicuro nell'erbario, seduti nella dolce e profumata penombra della capanna.

« Bene, chi è dunque questo giovane ignoto che turba tanto te e me? »

« Si chiamava Nicholas Faintree », rispose Godith assorta. « L'ho conosciuto quando avevo dodici anni. Era scudiero di FitzAlan e ha fatto parecchie volte il corriere per lui, in questi ultimi tempi. A Shrewsbury era poco conosciuto perché veniva da uno dei castelli del nord, ma se gli hanno teso un'imboscata per ucciderlo, stava certo svolgendo qualche incarico per conto del suo signore. Ma quale? FitzAlan ormai non aveva più molto da fare, da queste parti. » La ragazza si prese la testa fra le mani, riflettendo: « Qualcuno di Shrewsbury avrebbe dovuto dirvi il suo nome, venendo al castello per cercare uno dei suoi. Conosco io stessa più di una persona che sarebbe in grado di dirvi che cosa stava facendo, se avesse la certezza che non gliene deriverebbe alcun danno ».

« Da parte mia, no di sicuro », dichiarò il frate. « Lo giuro. »

« C'è la mia nutrice, quella che mi ha portata qui facendomi passare per suo nipote. Petronilla ha sempre servito la mia famiglia finché non si è sposata, troppo tardi per avere figli suoi. Suo marito, Edric Flesher, capo della corporazione dei macellai di Shrewsbury, è sempre stato amico della famiglia di FitzAlan e della nostra ed entrambi erano con lui, quando FitzAlan si schierò dalla parte della regina Maud. Se andrete da loro a nome mio, vi diranno tutto quel che sanno. Troverete facilmente la bottega: è nella contrada dei macellai e sull'insegna c'è una testa di cinghiale. »

Cadfael si pizzicò il naso, riflettendo. « Se prendo la mula dell'abate, me la sbrigherò più in fretta e risparmierò un poco le mie povere gambe. Non posso far aspettare più a lungo il re, ma sulla strada del ritorno posso fermarmi dal tuo Edric. Dammi qualcosa di tuo per dimostrare che mi mandi tu e che possono fidarsi ciecamente di me. »

« Petronilla sa leggere e conosce la mia scrittura. Se mi date un pezzettino di pergamena, le scriverò due righe. » Godith era infiammata dallo zelo, ora, non meno di Cadfael. « Era un tipo così allegro, povero Nicholas! Non ha mai fatto male a nessuno, non si arrabbiava mai, si faceva certe risate! Ma se dite al re che parteggiava per i suoi nemici, non si preoccuperà certo di cercare il suo uccisore, no? Dirà che ha avuto solo quel che si meritava e obbligherà anche voi a lasciar perdere. »

« Al re dirò soltanto che abbiamo un uomo che è stato palesemente assassinato, gli dirò come e quando ma non dove né perché », dichiarò Cadfael. « Posso dirgli anche che ho scoperto come si chiamava: è un nome abbastanza modesto, non significherà niente per re Stefano. Del resto, fino a questo momento non ho altro da dirgli, perché non so altro. E anche se il re intendesse considerare chiuso l'incidente e mi ordinasse di lasciar perdere, non gli obbedirò. Non mi arrenderò finché con i miei mezzi o con i mezzi di Dio, o con gli uni e gli altri assieme, Nicholas Faintree non avrà avuto giustizia. »

Ottenuta in prestito la mula dell'abate, fratello Cadfael si mise in cammino portando con sé gli abiti che Aline gli aveva affidato. Almeno avrebbe potuto adempiere a uno dei suoi compiti senza attendere l'indomani. C'erano molti mendicanti lungo la via che portava in città. Le calze-brache le diede a un vecchio mendicante cieco che, col suo bastone al fianco, chiedeva l'elemosina davanti alla porta della città e aveva indosso un paio di brache tanto logore e rappezzate da far pensare che da un momento all'altro sarebbero cadute a pezzi. Il bel giubbetto marrone lo diede a un povero ragazzo di circa vent'anni tremante e inebetito dalla paralisi, amorosamente assistito da una sparuta vecchina, che mendicava a un incrocio. Le stridule benedizioni della vecchia accompagnarono il frate fino alle porte del castello. Il mantello lo aveva ancora con sé quando giunse al posto di guardia dell'accampamento reale e vide il carrettino di Lame Osbern all'ombra di un albero, e notò le gambe atrofizzate e le mani incallite e ingrossate per la fatica di trascinare da anni tutto quel peso morto. A sua volta Osbern, vedendo un frate avvicinarsi in groppa a una mula ben nutrita, afferrò rapido i due supporti di legno e si trascinò velocemente davanti a lui. Sapeva muoversi a velocità incredibile, sia pure per brevi distanze e con qualche pausa per riposare, ma tuttavia un uomo in quelle condizioni, con metà del corpo inerte, doveva soffrire molto il freddo, non soltanto in pieno inverno ma anche nelle notti relativamente tiepide.

« Buon fratello », gracchiò il mendicante, « fate la carità a un povero storpio e Dio ve ne renderà merito! »

« Certo che te la farò, fratello », ribatté Cadfael. « E ti darò di meglio che una moneta. Dirai una preghiera per una buona signora che te lo manda per mezzo mio. » E lasciò cadere fra le mani deformate dello sbalordito Osbern il morbido e caldo mantello del defunto Giles Siward.

« Avete fatto bene a riferire onestamente quel che avete scoperto », disse il re in tono molto grave. « Ma non mi sorprende che non lo avesse scoperto il mio castellano: con tutto quel che aveva per le mani! E dite che quell'uomo è stato colto di sorpresa alle spalle e strangolato con una corda robusta e sottile? Un sistema da brigante, da vigliacco. E la faccia tosta di gettarlo fra i miei nemici giustiziati per nascondere il delitto... Questo non lo sopporterò davvero! Come ha osato, quell'assassino, rendere suoi complici il re e i suoi ufficiali! È un vero e proprio affronto alla corona e, non fosse che per questo, voglio che quel fellone venga preso e condannato. E quel giovane... si chiamava Faintree, avete detto? »

« Nicholas Faintree. Così mi ha detto un tale che lo ha visto in chiesa, dove abbiamo esposto il cadavere. Viene da una famiglia del nord della contea, ma non so altro di lui. »

« Non è da escludere che fosse venuto a Shrewsbury per mettersi al nostro servizio », osservò il re con un lampo negli occhi. « Tanti giovani del nord sono venuti a unirsi a noi. »

« Non è da escludere », convenne Cadfael: tutto era possibile e gli uomini voltavano spesso gabbana.

« E invece è stato ucciso a tradimento da un brigante che voleva derubarlo... Vorrei poter dire che le nostre strade sono sicure, ma in questo nuovo stato di anarchia, lo sa Iddio, non oso affermarlo. Bene, siete autorizzato a svolgere tutte le indagini possibili, se è questo che volete, e potete rivolgervi al mio sceriffo perché sia fatta giustizia, se riuscirete a scoprire il colpevole. Lui conosce la mia volontà. Non ammetto di essere usato come scudo per nascondere un delitto così infame! »

E questo era certamente vero, era il nocciolo della questione, per lui, rifletté fratello Cadfael. Forse l'atteggiamento del re non sarebbe mutato nemmeno se avesse saputo che Faintree era scudiero, e non soltanto corriere, di FitzAlan. Forse nemmeno se fosse stato provato, e fino a quel momento non lo era affatto, che quand'era morto era impegnato in qualche impresa per conto del suo signore. Tutto lasciava prevedere che l'immediato futuro del regno di Stefano avrebbe portato con sé un bel po' di carneficine, e il re non avrebbe certo perso il sonno per questo, ma che un assassino di strada cercasse di nascondersi nella sua ombra era un insulto mortale del quale il re era ben deciso a vendicarsi. Energia e letargo, generosità e rancore, mosse astute e incomprensibile inattività erano e sarebbero sempre state le due facce del carattere di Stefano, ma in fondo in fondo, nell'intimo di quell'uomo imponente, di bell'aspetto e di natura semplice, era nascosto un granello di nobiltà d'animo.

« Accetto e apprezzo il vostro consenso, sire », disse fratello Cadfael, e lo pensava davvero. « Mi impegnerò con tutte le mie forze perché giustizia sia fatta. Un uomo non può trascurare i doveri che Dio gli ha imposto. Di questo povero giovane conosco soltanto il nome e l'aspetto, che è semplice e innocente, e so che non è mai stato accusato di nessun crimine, che nessuno si è mai lamentato di avere ricevuto un torto da lui e che è morto ingiustamente. Sono certo che questo vi addolora, sire, quanto addolora me. Farò di tutto perché la giustizia trionfi. »

All'insegna della testa di cinghiale, nella contrada dei macellai, fratello Cadfael fu ricevuto con la circospetta cortesia con la quale qualsiasi abitante di Shrewsbury avrebbe ricevuto un frate dell'abbazia. Petronilla, tonda, grigia e pacioccona, lo invitò a entrare e lo avrebbe trattato con tutte le piccole attenzioni che creano un muro di formalità se lui non avesse immediatamente esibito il frusto pezzetto di pergamena sul quale Godith aveva laboriosamente tracciato il proprio nome e poche parole con le quali esprimeva la propria cieca fiducia nel latore. Non appena le lesse, Petronilla arrossì di piacere e fissò quell'anziano monaco solido e abbronzato con occhi velati di lacrime.

« La mia bambina! Se la cava bene, vero? E voi avete tanta cura di lei! Lo dice qui, conosco bene la sua scrittura, ho imparato a scrivere insieme con lei. È stata con me quasi dalla nascita, il mio tesoro... figlia unica, ed è un gran peccato, avrebbe dovuto avere fratelli e sorelle... Per questo ho sempre fatto tutto quel che ho potuto per lei, ho persino imparato a leggere e scrivere, per poterle essere vicina sempre, per qualsiasi cosa di cui avesse avuto bisogno. Sedete, fratello, e parlatemi di lei. Ditemi come sta, se ha bisogno di qualche cosa... Oh, potremo mai portarla al sicuro? Potrà restare con voi ancora per qualche settimana? »

Quando riuscì a incuneare un paio di parole in quel flusso straripante, Cadfael assicurò alla donna che la sua pupilla stava benone e che lui avrebbe badato perché continuasse così. Non si era reso conto, fino a quel momento, della facilità con la quale Godith sapeva conquistare, anche senza volerlo, il cuore delle persone. Quando Edric Flesher rientrò da un cauto giro in città, dov'era stato per vedere come andavano le cose, fratello Cadfael era decisamente entrato nelle grazie di Petronilla e veniva trattato come un amico fidatissimo.

Depositata la cospicua mole in un'ampia poltrona, Edric emise un profondo sospiro di cauto sollievo. « Domani riapro il negozio. Ci è andata bene! Credete a me, Stefano è pentito di essersi vendicato a quel modo per quelli che gli sono sfuggiti. Ha proibito il saccheggio della città e per ora fa rispettare gli ordini. Se soltanto ci fosse qualcosa di giusto nelle sue pretese e lui avesse un po' di spina dorsale, credo proprio che mi schiererei anch'io dalla sua parte. Voler sembrare un eroe e non esserlo dev'essere dura per un uomo! » Guardò a lungo la moglie, poi ancora più a lungo il frate. « Allora, c'è la parola della ragazza e tanto basta. Diteci di che cosa avete bisogno e, se potremo, sarà fatta. »

« Per quanto riguarda la ragazza, la terrò al sicuro finché sarà necessario », dichiarò Cadfael, « e non appena se ne presenterà l'occasione, provvederò perché sia condotta ovunque debba andare. Per ciò che occorre a me, sì, potete aiutarmi. Abbiamo nella chiesa dell'abbazia, e lo seppelliremo domani, un giovane che forse voi conoscete. È stato ucciso la notte seguente alla caduta del castello, la stessa notte in cui i prigionieri furono giustiziati e gettati nel fossato. Ma è stato ucciso altrove e poi scaraventato in mezzo agli altri, contando che venisse sepolto ignorato da tutti. Io posso dirvi come e quando è stato ucciso, ma non so dove, né perché, né chi lo abbia fatto.

Godith però mi ha detto che si chiamava Nicholas Faintree e che era scudiero di FitzAlan. »

A quelle parole seguì un pesante silenzio. Cadfael intuiva che quei due ne sapevano di più, ma aveva capito che non sapevano nulla della sua morte e che la notizia era stata un duro colpo per loro.

« Voglio dirvi un'altra cosa », riprese. « Intendo scoprire la verità su questa uccisione e fare in modo che Nicholas sia vendicato. Sono stato autorizzato dal re a farlo. Questa storia non gli è piaciuta più di quanto piaccia a me. »

Edric rifletté a lungo prima di chiedere: « Ce n'era soltanto uno, morto a quella maniera? Nessun altro? »

« Perché, non ne basta uno? »

« Erano in due », dichiarò bruscamente Edric. « Due che avevano avuto l'incarico di portare a termine un certo compito. Come si è scoperto il delitto? Pare che siate voi l'unico a saperne qualcosa. »

Fratello Cadfael raccontò come si erano svolti i fatti, senza fretta. Se perdeva il vespro, pazienza. Non sottovalutava né tanto meno disconosceva i propri doveri, ma nel caso che due doveri diversi fossero in contrasto l'uno con l'altro, sapeva sempre da che parte andare. E Godith non si sarebbe certo allontanata dal suo rifugio, senza di lui, almeno fino all'ora delle lezioni serali.

« Fareste meglio a dirmi tutto, ora! » esclamò. « Io devo proteggere Godith e vendicare Faintree, e intendo fare entrambe le cose nel migliore dei modi. »

I due coniugi si scambiarono un'occhiata più eloquente di qualsiasi discorso, poi Edric parlò.

« Una settimana prima che il castello e la città cadessero nelle mani del re, quando già la famiglia di FitzAlan era al sicuro e si era già pensato a nascondere Godith all'abbazia, FitzAlan provvide a preparare un piano per il caso che lui fosse morto. Fuggì soltanto quando il nemico era ormai alle porte, sapete, e ce la fece proprio per il rotto della cuffia. Attraversò il fiume a nuoto insieme con Adeney e riuscì a mettersi in salvo, grazie a Dio! Ma il giorno prima aveva preso le sue precauzioni per l'avvenire, che lui vivesse o morisse. Aveva fatto portare qui il suo tesoro, con l'accordo che, se lui fosse stato ucciso, lo avremmo mandato alla regina Maud e quel giorno stesso io provvidi a trasferirlo a Frankwell, nascondendolo in un orto di mia proprietà. Così non vi sarebbero stati ponti da attraversare, se avessimo dovuto portarlo via in tutta fretta. Avevamo stabilito un segno di riconoscimento, un piccolo disegno che soltanto noi conoscevamo, e se qualcuno degli uomini di FitzAlan si fosse presentato con quel disegno, dovevamo dirgli dov'era nascosto il tesoro e fornirgli cavalli e tutto il resto di cui avesse avuto bisogno per andare a ritirarlo e allontanarsi poi non appena fosse scesa la notte. »

« E lo faceste? »

« La mattina stessa dell'assalto alla città. Lo sferrarono così presto e con tali forze che per poco non ce la facevamo. Vennero in due e li mandammo subito di là dal ponte ad aspettare la sera. Tanto, di giorno, che cosa avrebbero potuto fare? »

« Ditemi qualcosa di più. A che ora sono arrivati, che cosa vi hanno detto, come avevano ricevuto gli ordini? Quante persone potevano essere a conoscenza del piano? Quanti potevano sapere che strada avrebbero preso? Quando li avete visti per l'ultima volta? »

« Sono arrivati all'alba, quando l'assalto era appena cominciato. Avevano il pezzetto di pergamena col disegno, la testa di un santo tracciata con l'inchiostro. Si era tenuto consiglio la notte precedente, dissero, e FitzAlan aveva deciso di mandarli quel giorno stesso, qualunque cosa accadesse, a prelevare il tesoro e portarlo alla regina Maud perché lo usasse per la difesa dei propri diritti. »

« Sicché tutti quelli che hanno partecipato alla riunione sapevano che la sera seguente, non appena fosse stato abbastanza buio, quei due sarebbero stati in viaggio col tesoro. Sapevano anche dove era nascosto e quale strada avrebbero preso i due messaggeri? »

« No, potevano tutt'al più sapere che era a Frankwell ma, all'infuori di me e di FitzAlan, nessuno aveva idea di dove fosse nascosto. Chiunque volesse trovarlo, sarebbe dovuto venire da me. »

« Dunque, se qualcuno intendeva impadronirsene per proprio conto, non sarebbe potuto arrivare là prima di loro, anche se avesse saputo a che ora ci sarebbero andati. Non gli sarebbe rimasto altro da fare che appostarsi sulla strada. E se si sapeva che i messaggeri, partendo da Frankwell, si sarebbero diretti a ovest, verso il Galles, la strada poteva essere una sola. Per un miglio e più c'è soltanto quella. »

« Sospettare che qualcuno a conoscenza del piano abbia pensato di impadronirsi dell'oro, commettendo un omicidio? » esclamò Edric. « Uno degli uomini di FitzAlan? Non posso crederlo! Senza contare che tutti, o quasi, sono rimasti là fino alla fine e sono morti. Due uomini che viaggiano di notte possono anche essere aggrediti per caso, da masnadieri che si nascondono nei boschi... »

« A meno di un miglio dalle mura della città? Non dimenticate che chiunque sia stato, ha ucciso Nicholas così vicino al castello di Shrewsbury proprio per avere il tempo e la possibilità di scaraventarlo nel fossato assieme agli altri prima che facesse giorno. Questo significa che sapeva benissimo che il fossato sarebbe stato pieno di cadaveri. Ricapitoliamo: quei due sono arrivati qui, vi hanno mostrato le loro credenziali e vi hanno detto che la decisione era stata presa la notte precedente, qualunque cosa potesse accadere. Ma quel che accadde, accadde prima del previsto e con impeto molto maggiore di quanto vi sareste aspettati, e tutto finì in fretta. Che cosa faceste, allora? Andaste con quei due a Frankwell? »

« Sissignore. Ho un orto e un granaio a Frankwell, come vi ho detto, e i due sono rimasti nascosti là coi loro cavalli fino a notte. Il tesoro era stato messo in due bisacce da sella: un uomo con tutto quel carico sarebbe stato un peso eccessivo per un solo cavallo, ed era stato nascosto in un pozzo asciutto. Messi al riparo uomini e cavalli, me ne sono tornato in città. Erano circa le nove di mattina. »

« A che ora sarebbero partiti? »

« Non prima che fosse buio profondo. Siete proprio certo che Faintree sia stato ucciso poco dopo che erano partiti? »

« Non v'è alcun dubbio. Se l'avessero ucciso a qualche miglio di distanza, non si sarebbero liberati del cadavere a quella maniera. No, no, era un piano ben congegnato. Un piano astuto, anche. Ma non abbastanza. Voi conoscevate bene Faintree, così almeno mi ha fatto capire Godith. Ma l'altro chi era? Conoscevate anche lui? »

« No, ma mi era sembrato che Nicholas lo conoscesse bene, si trattavano come vecchi amici. Però bisogna tener conto che Nicholas era pronto a fare amicizia con tutti. Io non lo avevo mai visto, quell'altro. Veniva da un altro maniero settentrionale di FitzAlan. Mi aveva detto di chiamarsi Torold Blund. »

Raccontarono a fratello Cadfael tutto quel che sapevano, e qualcos'altro fu facile intuirlo dietro le parole. L'espressione preoccupata di Edric era fin troppo eloquente. Il giovane che conoscevano e nel quale avevano piena fiducia era morto, mentre quello che non conoscevano era scomparso e con lui era scomparso il tesoro di FitzAlan, denaro, gioielli e argenteria destinati ai forzieri della regina. Più che abbastanza per tentare chiunque. Era chiaro che l'assassino sapeva tutto quel che doveva sapere per impadronirsi del bottino, e chi avrebbe potuto saperlo meglio del secondo messaggero? Chiunque altro avrebbe dovuto tendere un agguato lungo la strada, ma Torold Blund non ne aveva bisogno. I due messaggeri erano stati nascosti insieme tutta la giornata nel granaio di Edric. Era possibile che Nicholas Faintree fosse uscito di là quand'era ormai cadavere e, gettato come un sacco in groppa al suo cavallo, fosse stato riportato al castello e scaraventato nel fossato, prima che due cavalli col tesoro e un solo cavaliere prendessero la via dell'ovest, verso il Galles?

« Era accaduto anche qualcos'altro, quel giorno », disse Petronilla mentre Cadfael si alzava per congedarsi. « Verso le due del pomeriggio, quando gli uomini del re montavano la guardia ai due ponti e avevano abbassato il ponte levatoio, è venuto da noi Hugh Beringar, che da anni era il promesso sposo della mia bambina. Ha finto di essere in gran pensiero per lei e ha insistito per sapere dove poteva trovarla. E proprio a lui andavo a dirlo? Mica sono tonta! Gli ho detto che l'avevano portata via dal castello almeno un settimana prima che la città cadesse, che nessuno ci aveva detto dove l'avevano portata ma che secondo me ormai doveva essere al sicuro, ben lontana dalle grinfie di Stefano. Sapevamo benissimo che doveva essere venuto qui col benestare del re, altrimenti non avrebbe potuto entrare in città così presto. Era stato all'accampamento di Stefano, prima di venire a caccia della mia Godith, e non la cercava certo per amore. Varrebbe un bel premio, la mia piccola. Sarebbe un'esca formidabile per suo padre, se non addirittura per FitzAlan. Non lasciate che lui la veda, vi prego; so che anche Hugh è all'abbazia, ora. »

« È venuto qui proprio quel pomeriggio? » incalzò Cadfael, preoccupato. « Sì, sì, non temete, starò bene attento a tenerla lontana da lui, avevo già intuito il pericolo. Ma non avrete fatto qualche accenno alla missione di Faintree, quel giorno? Qualcosa che bastasse a fargli drizzare le orecchie? È molto sveglio, sapete, e capace di non tradirsi. No, no... perdonatemi, so che non vi sareste mai lasciati sfuggire nemmeno una parola. Oh, bene, grazie del vostro aiuto. Vi terrò informati, se c'è qualche progresso. »

Era già alla porta, quando Petronilla gemette, alle sue spalle: « E sembrava un giovane tanto per bene, quel Torold Blund! Come si può indovinare quel che si nasconde a volte anche dietro al viso più onesto e innocente? »

« Torold Blund! » esclamò Godith scandendo il nome sillaba per sillaba. « È un nome sassone. Ce ne sono parecchi nei castelli del nord, ottime famiglie, di antico lignaggio. Ma non credo di averlo mai conosciuto. E Nicholas lo trattava come un amico, avete detto? Nicholas era molto cordiale con tutti, ma non era uno sciocco, doveva conoscerlo bene. Tuttavia... »

« Sì, lo so », l'interruppe Cadfael. « Tuttavia... Mia cara figliola, sono troppo stanco per pensare. Vado a compièta e poi a letto. E tu fa' altrettanto. Domani poi... »

« Domani », fece eco lei, alzandosi al tocco della sua mano,

« seppelliremo Nicholas. Insieme. In un certo senso era mio amico. Voglio esserci anch'io. »

« Ci sarai, piccola mia », disse Cadfael sbadigliando e, presala sottobraccio, la portò via per andare a celebrare, con gratitudine, dolore e speranza, la fine del giorno.

## CAPITOLO V

NICHOLAS FAINTREE fu sepolto con i dovuti onori sotto una lapide nel transetto della chiesa dell'abbazia, un privilegio eccezionale. Era uno solo, dopo tanti altri, ma proprio questo giustificava la celebrazione di un rito particolare, senza contare che v'era più spazio dentro che fuori e la fatica che quel lavoro comportava era molto minore. L'abate Heribert, sempre più deluso e depresso per le vicende del mondo, vedeva di buon occhio un ospite solitario che non era un simbolo della guerra civile ma soltanto la vittima della malvagità e della ferocia degli uomini. Contro tutte le apparenze, col tempo Nicholas sarebbe potuto persino diventare un santo. Ammantato di mistero, ucciso a tradimento, giovane, a quanto pareva puro di vita e di pensiero, ignaro di ogni male, era fatto della stoffa di cui son fatti i martiri.

Al rito funebre presenziò anche Aline Siward che, intenzionalmente o no, si era fatta accompagnare da Hugh Beringar. Quel giovanotto metteva sempre più a disagio fratello Cadfael. Vero, non faceva alcuna mossa ostile né dava segno di diligenza eccessiva nelle ricerche della fidanzata scomparsa, ammesso che la cercasse veramente, ma v'era una certa spavalderia nella disinvolta impudenza del suo portamento, nella lieve piega sardonica delle sue labbra, nell'innocente fermezza dei suoi occhi neri, quando incontravano per caso quelli del frate. "Sarò indiscutibilmente molto più felice quando quella figliola se ne sarà andata sana e salva da qui", pensava Cadfael, "ma nel frattempo posso per lo meno tenerla fuori dalla sua portata."

L'orto e il frutteto principali dell'abbazia non erano dentro il muro di cinta ma al di là della strada maestra, sul Gaye, un terreno fertilissimo che si stendeva lungo la riva del fiume, ed era delimitato sul lato opposto da un campo di grano leggermente sopraelevato che veniva così a trovarsi quasi di fronte al castello, a non molta distanza dall'accampamento del re. Durante l'assedio, quel campo aveva subito qualche danno e benché il raccolto fosse maturo da almeno una settimana, si era ritenuto troppo pericoloso avventurarvisi. Ma ora, tornata la calma, i frati non vedevano l'ora di salvare una messe che era per loro di importanza vitale, e avevano perciò chiamato a raccolta tutte le braccia disponibili per portare a termine quel lavoro in una giornata. In quello stesso campo si trovava anche il secondo mulino dell'abbazia, che però aveva riportato a sua volta gravi danni ed era stato abbandonato: finché non si fosse provveduto a ripararlo sarebbe stato inutilizzabile.

« Va' anche tu coi mietitori », disse Cadfael a Godith. « Avrò torto, ma preferisco saperti fuori del convento, sia pure soltanto per un giorno. »

« Senza di voi? » domandò lei, sorpresa.

« Io debbo star qui a vedere come vanno le cose. Al minimo segno di pericolo, correrò da te con tutta la velocità che le mie gambe mi permetteranno, sta' tranquilla. Ma là sarai abbastanza al sicuro, lontana da tutti gli sguardi indiscreti. Tieniti vicina a fratello Athanasius, a ogni buon conto; quello è cieco come una talpa, non distinguerebbe un cervo da un cavallo! E sta' attenta a come manovri la falce, non tornarmi indietro con un piede in meno! »

Così Godith se ne andò coi mietitori, ben contenta, in fin dei conti, di quella momentanea evasione dalla noia del convento. Non aveva paura. Non abbastanza, rifletté con una sfumatura di biasimo fratello Cadfael. Ma tanto c'era lì un vecchio sciocco ad avere paura per lei, così come un tempo c'era stata una vecchia nutrice a proteggerla come fa una chioccia coi suoi pulcini. Il frate seguì con lo sguardo il gruppo che usciva dal portone e si avviava lungo la strada maestra verso il Gaye, poi con un sospiro di sollievo tornò al proprio lavoro nell'orto del convento. Era lì da poco, ginocchioni, a strappare erbacce, quando una fresca voce giovanile esclamò alle sue spalle: « Ecco dunque dove trascorrete le vostre ore di pace! Un'occupazione ben diversa che mietere impiccati, e certamente meno spiacevole ».

Fratello Cadfael finì di ripulire l'ultimo tratto dell'aiuola di erba menta prima di girarsi a guardare Hugh Beringar. « Molto meno spiacevole, l'avete detto. E speriamo di averla finita, qui a Shrewsbury, con raccolti di quel genere. »

« Ho saputo che alla fine avete poi scoperto il nome di quel vostro giovane forestiero. Come avete fatto? Sembrava che nessuno in città sapesse niente di lui. »

« Ogni domanda trova la sua risposta », sentenziò fratello Cadfael. « Basta saper aspettare. »

« E tutte le ricerche approdano a qualcosa? » ribatté Hugh sorridendo. « Ma non avete precisato 'quanto' bisogna saper aspettare. Se uno scopre a ottant'anni quel che cercava a venti forse non sarà travolto dalla soddisfazione, vi pare? »

« Forse a quell'età avrà sospeso da un pezzo le ricerche », ribatté seccamente il frate. « Che sarebbe già di per sé una risposta. Siete venuto a cercare qualcosa per cui io posso esservi utile, qui nell'erbario, o desiderate istruirvi sulle mie semplici colture? »

« No », confessò Beringar accentuando il sorriso, « non direi davvero che sia la semplicità quello che mi interessa. » Colse un rametto di erba menta, stropicciò le foglie fra le dita e prima ne annusò il profumo poi l'assaporò con un leggero morso dei denti candidi e perfetti. « E che cosa potrei mai cercare qui? Io i malanni sono capace di procurarli, quando è il caso, ma non sono molto bravo a curarli. Ho saputo, fratello Cadfael, che prima di chiudervi in convento avete avuto una vita ricca di avventure. Dopo tante battaglie non vi sembra insopportabilmente noiosa l'esistenza qui dentro, senza più un nemico da combattere? »

« Non parlerei davvero di noia, in questi giorni », dichiarò il frate, strappando una piantina di gramigna cresciuta in mezzo al timo. « E quanto ai nemici, il demonio sa farsi strada dappertutto, anche dentro un chiostro, in una chiesa o... in un erbario. »

Beringar scoppiò in una sonora risata, rovesciando la testa all'indietro. « Fatica sprecata, direi, se viene a cercare il male dove siete voi, fratello! Ma non credo che verrebbe a rompersi le corna contro un vecchio crociato come voi! »

Beringar rideva e scherzava e pareva che non prestasse attenzione ad altro, ma benché non girasse nemmeno la testa, nulla sfuggiva allo sguardo penetrante dei suoi occhi neri e le sue orecchie erano tese a cogliere qualsiasi rumore. Tuttavia aveva ormai capito che il ragazzetto tanto per bene del quale gli aveva innocentemente parlato Aline non era lì intorno e, soprattutto, che a fratello Cadfael non importava nulla che lui ficcasse il naso dappertutto, che annusasse questa o quell'erba messa a seccare e persino che curiosasse fra le pozioni della capanna, perché tanto non gli avrebbero detto niente. Sul pagliericcio, invece delle coperte, c'erano un grosso mortaio e una giara di vino che gorgogliava sommessamente. Di Godric non si vedeva la minima traccia. Il ragazzo doveva essere soltanto un ragazzo come tutti gli altri e senza dubbio dormiva nel dormitorio con loro.

« Bene, vi lascio al vostro lavoro », disse finalmente Beringar. « E non affaticatevi il cervello ad arzigogolare sulle mie chiacchiere. O avete forse qualche incarico da affidarmi? »

« Perché, il re non ne ha? »

Il giovane accusò il colpo con un'altra schietta risata. « Non ancora, non ancora, ma diamo tempo al tempo. Non può permettersi di tenere in quarantena troppo a lungo un talento simile! Intanto ha già cominciato a mettermi alla prova e purtroppo pare io non faccia molti progressi. » Strappò un altro rametto di menta, annusandolo e mordicchiandolo con palese piacere. « Fratello Cadfael, voi mi sembrate l'uomo più svelto di mano e di cervello che ci sia qui dentro. Se mai dovessi avere bisogno del vostro aiuto... non me lo rifiutereste senza prima avere ben riflettuto, vero? »

Fratello Cadfael si raddrizzò, con qualche scricchiolìo nella schiena, per scrutare il giovane con una lunga, pensierosa occhiata. « Spero », disse cauto, « di non fare mai nulla senza prima avere ben riflettuto... anche se a volte il pensiero deve accelerare il passo e tener dietro agli avvenimenti. »

« Non lo metto in dubbio », asserì Beringar con un sorriso soave. « La considero una promessa. » E con un lieve, ossequiente inchino si allontanò senza fretta.

I mietitori, stanchi, arrossati dal sole e madidi di sudore tornarono in tempo per il vespro: il grano era stato tutto mietuto e legato in covoni pronti per il trasporto. Appena finita la cena, Godith sgattaiolò in gran fretta dal refettorio e andò a tirare una manica di Cadfael.

« Fratello Cadfael, dovete venire con me! C'è una cosa importantissima. » Al frate non sfuggirono il lieve tremito di eccitazione della sua mano e l'appassionata intensità della sua voce sommessa. « C'è ancora tempo prima di compièta... venite con me al campo. »

« Che cos'è? » domandò lui, con lo stesso tono sommesso perché avevano intorno almeno dieci persone che avrebbero potuto udirli e Godith non era tipo da agitarsi tanto per nulla. « Che cosa ti è accaduto? Che cosa hai lasciato là di tanto urgente? »

« Un uomo! Un uomo ferito! Era uscito dal fiume. Vi si era gettato per sfuggire ai suoi inseguitori, più a monte, e si era lasciato trasportare dalla corrente. Non ho osato fermarmi a fargli domande, ma so che ha bisogno di aiuto. E di cibo! È là da una notte e un giorno... »

« Come lo hai trovato? Eri sola? Non lo sa nessun altro? »

« No, nessuno. » Godith afferrò più strettamente la manica del frate e chinò la testa, arrossendo. « È stata una giornata molto lunga... Ho dovuto allontanarmi e sono arrivata fino ai boschetti vicini al mulino. Non mi ha vista nessuno... »

« Ma certo, figliola, lo so. » Grazie a Dio, i ragazzi della sua età erano troppo grossolani per notare certi indizi e quanto a fratello Athanasius, non si sarebbe accorto neppure di un fulmine che gli fosse scoppiato alle spalle. « E lo hai trovato là, in mezzo ai cespugli? È ancora là? »

« Sì. Gli ho dato il pane e la carne che avevo e gli ho detto che sarei tornata appena avessi potuto. I vestiti gli si erano asciugati addosso e ha del sangue su una manica... Ma credo che se la caverà benone se lo curerete voi. Possiamo nasconderlo nel mulino... non ci va nessuno, ora. » Aveva già pensato a tutto: stava trascinando il frate verso la capanna dell'erbario invece che verso il portone del convento. Dovevano rifornirsi di medicine, di bende e di cibo.

« Quanti anni avrà questo tuo ferito? » s'informò fratello Cadfael, alzando un poco la voce ora che erano lontani da orecchie indiscrete.

« Oh, è un ragazzo, poco più vecchio di me. E gli danno la caccia. Mi ha preso per un ragazzo, naturalmente. Gli ho dato l'acqua della mia borraccia e lui mi ha chiamata Ganimede... »

Bene, bene, rifletté il frate mentre entravano nella capanna, un ragazzo istruito, a quanto pareva. « Tieni, Ganimede », disse, mettendole fra le braccia un rotolo di bende, una coperta e un vasetto di unguento, « sistema tutto nella bisaccia mentre io riempio questa fiala e metto insieme qualcosa da mangiare. Aspettami qui un momento, poi ci metteremo in cammino e lungo la strada mi racconterai tutto. Per una volta saremo al sicuro da orecchie indiscrete. »

E durante il breve tragitto, infatti, Godith, libera da ogni preoccupazione, raccontò tutto con uno slancio forse favorito anche dalle prime ombre della sera. Non era ancora buio, ma l'oscurità incipiente toglieva alle cose i colori della vita.

« In quel punto i cespugli sono molto fitti. Ho sentito qualcuno muoversi e gemere e sono andata a vedere. Mi è sembrato un ragazzo di buona famiglia, probabilmente lo scudiero di qualche signore. Sì, ha parlato con me, ma senza dirmi niente di importante, avevo l'impressione di parlare con un bambino caparbio. Era così debole, con una gran macchia di sangue sul braccio e su una spalla, eppure ogni tanto aveva l'aria di prendermi in giro... Però si è fidato di me, ha capito che non lo avrei tradito. » Sgambettava accanto a fratello Cadfael tra le stoppie dove ben presto sarebbero andate a pascolare le pecore dell'abbazia, rendendo più fertile il campo con il loro letame. « Gli ho dato il poco che avevo e gli ho raccomandato di starsene là tranquillo, io sarei tornata al tramonto con qualcuno che poteva aiutarlo. »

« Siamo quasi arrivati, fammi strada tu, ora. »

In cielo brillava già qualche stella, ma il sole non era ancora tramontato del tutto e la tenera luminescenza della lunga sera d'agosto, pur non essendo sufficiente a rendere visibili le loro figure da lontano, avrebbe tuttavia permesso ai loro occhi già avvezzi alla semioscurità di vederci ancora per un'ora almeno. Godith, che durante il passaggio fra le stoppie era rimasta aggrappata come una bambina alla mano di Cadfael, si staccò da lui e s'infilò nel folto dei boschetti. Sulla sinistra, a pochi passi da loro, scorreva scuro e silenzioso il fiume, chiazzato qua e là dallo splendore argenteo di qualche increspatura.

« Psst! Sono io... Ganimede! Con un amico! »

Nell'oscurità dei cespugli, un'ombra più scura si mosse, poi apparve il pallido ovale di un viso sotto una macchia di capelli arruffati e quasi altrettanto pallidi. Lo sconosciuto si sollevò puntellandosi con una mano sul terreno erboso. Non doveva avere niente di rotto, pensò subito il frate, soddisfatto. E la difficoltà del respiro era dovuta soltanto a un certo irrigidimento e al dolore delle ferite. Una voce giovanile un po' stentata mormorò: « Bravo figliolo! Ho bisogno davvero di amici! »

Cadfael si inginocchiò accanto al ferito e lo fece appoggiare contro la propria spalla. « Prima di muovervi, ditemi, dove siete ferito? Non dovete avere niente di rotto, a giudicare dal vostro aspetto. » Le sue mani tastarono abilmente tutta la persona dello sconosciuto, poi il frate grugnì di soddisfazione.

« Nient'altro che qualche taglio », borbottò il giovanotto e trattenne bruscamente il respiro a un tocco un po' più brusco del frate. « Mi ha tradito il sangue che ho perso, ma poi nel fiume... mezzo annegato... devono aver pensato che fossi morto... » Si abbandonò con un profondo sospiro, consapevole di trovarsi ormai in buone mani.

« Buon vino e buon cibo vi restituiranno il sangue che avete perduto. Siete in grado di alzarvi e di camminare? »

« Sì », rispose il ferito, ma poi per poco non fece crollare anche i suoi zelanti soccorritori, nel tentativo di alzarsi in piedi.

« No, lasciate perdere, faremo in un altro modo. Appoggiatevi a me, così, ora mettetevi dietro e cingetemi il collo con le braccia... »

Era alto, ma non pesava molto. Fratello Cadfael si chinò in avanti, passò le robuste braccia sotto le cosce muscolose ma esili del giovane e scrollò le spalle per accomodare bene il suo peso sul dorso. I suoi vestiti emanavano ancora l'odore fetido dell'acqua del fiume. « Sono troppo pesante », mormorò il ferito. « Posso camminare... »

« Fate quel che vi dico e non preoccupatevi. Godric, tu va' avanti a vedere se c'è qualcuno in giro. »

C'era da fare poca strada per raggiungere l'ombra del mulino, la cui massa scura si delineava contro il cielo ancora luminoso; nella grande ruota mossa dall'acqua apparivano chiari spazi vuoti simili a buchi in una chiostra di denti. Godith spalancò la porta sbilenca e precedette i compagni nell'oscurità dell'interno. Attraverso le tavole sconnesse del pavimento si intravedeva qualche bagliore del fiume Severn che scorreva sotto. Il fiume aveva raggiunto il suo livello più basso da parecchi anni a quella parte, ma anche in quella stagione così calda e secca l'acqua fluiva veloce.

« Laggiù in fondo, contro la parete, dev'esserci una pila di sacchi vuoti », disse Cadfael. « Va' a cercarmeli. » La polvere e la pula rimaste sul pavimento dall'ultima macina salivano a sbuffi sotto i loro passi, solleticando le narici. Annaspando nel buio, Godith trovò i sacchi e li dispose in modo da formare un comodo materasso, poi ne ripiegò un paio per farne un cuscino. « Adesso prendi questo tuo spilungone sotto le ascelle e aiutami a farlo sdraiare... Ecco fatto, questo letto è persino meglio del mio! Ora chiudi la porta, così potremo fare un po' di luce qui dentro. »

Cadfael aveva portato un lungo pezzo di candela e una manciata di pula fu un'ottima esca per la sua pietra focaia. Accesa la candela, la piantò saldamente dentro un candeliere rimasto indenne, fissandola con qualche goccia di cera. « E adesso diamo un'occhiata al nostro ferito! »

Il ragazzo, che si era abbandonato con gratitudine sull'improvvisato materasso, emise un profondo sospiro di sollievo, ben contento di non essere più il solo responsabile di se stesso. Nel viso sudicio, segnato dalla stanchezza, brillavano due occhi chiari, di un colore indefinibile, ma vivacissimi. La bocca larga e generosa, benché tesa per la fatica, sorrideva timidamente e l'arruffio di capelli bagnati e insudiciati dal fiume sarebbe stato del colore del grano maturo, una volta lavato. « Qualcuno ha cercato di staccarvi una spalla, a quanto pare », osservò fratello Cadfael, dandosi da fare per liberare il ragazzo della casacca scura incrostata di sangue. « Adesso la camicia... avrete bisogno di altri abiti, figliolo, prima di potervene andare da questo albergo. »

« Mi riuscirà un po' difficile pagare il conto », ribatté il ragazzo sorridendo croicamente, ma poi fu costretto a trattenere il respiro quando il frate staccò la manica dalla ferita cui era rimasta appiccicata.

« Oh, abbiamo prezzi modici, qui. Se ci racconterete una bella storia potremo addirittura offrirvi gratis la nostra ospitalità. Godric, figliolo, ho bisogno di acqua e quella del fiume sarà meglio di niente. Vedi se puoi trovare qualcosa per raccoglierla. »

Godith riuscì a scovare una brocca sbreccata e senza manico, la pulì coscienziosamente con un lembo della casacca e uscì per scendere al fiume. Avrebbe impiegato un certo tempo per andare e tornare, e intanto fratello Cadfael finì di spogliare del tutto il ragazzo. Aveva un'altra ferita, lunga ma non profonda, alla coscia destra, probabilmente un colpo di spada, tutta una serie di ecchimosi che spiccavano bluastre sulla sua carnagione pallida e, più strano, un graffio sottile e spezzato sul lato sinistro del collo, curiosamente simile a un altro sulla parte esterna del polso destro. Ma quei segni, già rimarginati e coperti da un'esile crosta scura, dovevano essere di un paio di giorni più vecchi delle ferite. « Non vorrei essere indiscreto, ma dovete avere condotto una vita piuttosto movimentata in questi ultimi giorni », osservò gaiamente il frate.

« Sono stato fortunato a conservarla », borbottò il ferito, quasi addormentato in mezzo a quegli agi inattesi.

« Chi vi dava la caccia? »

« Gli uomini del re... Chi altri? »

« E vi cercano ancora? »

« Certo. Ma farò presto a rimettermi in sesto e a togliervi l'incomodo... »

« Non datevi pensiero per questo. Giratevi un poco dalla mia parte... così, bravo. Fasciamo prima la ferita alla coscia, è abbastanza pulita, e si sta già rimarginando. Questo brucerà un poco. » Bruciava, difatti, e il ragazzo s'irrigidì trattenendo bruscamente il respiro, ma non emise un lamento. Quando Godith tornò finalmente con l'acqua, il corpo del ragazzo era ormai pudicamente nascosto dalla coperta.

« Ora vediamo questa spalla. È da qui che avete perduto più sangue. Questa ve l'ha fatta una freccia! » Era una brutta ferita triangolare che gli aveva trapassato il braccio, proprio sotto la spalla, fino all'osso, lasciando un lembo di carne penzolante. Cadfael la deterse delicatamente dal sangue incrostato poi rimise a posto il lembo premendolo sotto una spessa compressa di lino imbevuta di uno dei suoi magici unguenti d'erbe. « Questo aiuterà la ferita a rimarginarsi per bene », spiegò, fasciando stretto il braccio. « Ecco fatto. Ora dovete mangiare qualcosa, ma non molto: esausto come siete vi farebbe più male che bene. Vi abbiamo portato pane, carne e formaggio ma serbatene una parte per domattina, probabilmente sarete affamato, quando vi sveglierete. »

« Se fosse rimasta un po' d'acqua », mormorò il ferito con un filo di voce, « vorrei lavarmi il viso e le mani. Sono così sporco! »

Godith gli si inginocchiò accanto e inzuppò nell'acqua un pezzo di tela ma invece di lasciar fare al ragazzo, gli lavò lei, con gesti delicati, le mani e il viso, scostandogli dalla fronte ampia e pallida i capelli arruffati e cercando persino di sciogliergne qualche nodo. Dopo la prima sorpresa, il ragazzo si sottomise in silenzio al tocco di quelle abili dita ma i suoi occhi, ora limpidi e sereni, non si staccarono un attimo dal viso chino su di lui, facendosi sempre più larghi in un'espressione di rispettoso stupore. Godith quasi non aprì bocca.

Il ferito era troppo esausto persino per mangiare e ben presto fu chiaro che gli costava un enorme sforzo tenere gli occhi aperti. Dopo essere rimasto a guardare per un poco in silenzio i suoi salvatori, con le palpebre che gli si abbassavano suo malgrado, mormorò con voce già impastata di sonno: « Debbo dirvi almeno il mio nome, dopo tutto quel che avete fatto per me... »

Ma fratello Cadfael non lo lasciò continuare. « Domani. Ora dormite, credo che non sarà troppo difficile. Bevete questo... aiuterà le vostre ferite a guarire senza complicazioni e vi sosterrà il cuore. » Era un robusto cordiale di sua creazione. « E qui c'è una fiaschetta di vino per tenervi compagnia se doveste svegliarvi durante la notte. Io tornerò da voi domattina di buon'ora. »

« Torneremo! » corresse Godith, con voce sommessa ma risoluta.

« Ehi, un momento! » Soltanto allora il frate aveva ricordato una cosa. « Non avevate armi addosso, eppure una spada dovevate pure averla, prima! »

« L'ho gettata nel fiume », borbottò il ragazzo, quasi addormentato. « Ero già troppo pesante per stare a galla e quelli mi tempestavano di frecce; ero in acqua quando mi hanno ferito al braccio. Ho avuto la presenza di spirito di lasciarmi andare sotto e spero che abbiano creduto che ci sono rimasto! »

« Lo spero anch'io! Bene, a domani, allora! Ve la troveremo noi un'arma. E ora, buonanotte! »

Quando i due spensero la candela e si chiusero la porta alle spalle, il ferito dormiva già profondamente. Godith e il frate riattraversarono in silenzio il campo di stoppie, sotto un cielo azzurro cupo che ancora impallidiva a occidente, sfrangiandosi in un orlo verdemare. « Fratello Cadfael », proruppe a un tratto Godith, « chi era Ganimede? »

« Il coppiere di Giove, un bellissimo ragazzo che Giove amava teneramente. »

« Ah! » commentò seccamente Godith, non sapendo se sentirsi lusingata o delusa, visto che il suo successo pareva dovuto unicamente al fatto che sembrava un ragazzo.

« Ma certuni sostengono che sia soltanto un altro appellativo di Ebe », aggiunse il frate.

« Ah! E Ebe chi era? »

« La coppiera di Giove, che Giove amava teneramente... ma lei era una bellissima 'ragazza'. »

« Ah! » ripeté per la terza volta Godith, ma stavolta con maggiore entusiasmo. Poi, mentre riattraversavano la strada per raggiungere l'abbazia, osservò: « Voi naturalmente sapete chi è, vero? »

« Chi, Giove? Era il più simile a Dio fra tutti gli dei pagani... »

« Non Giove, *lui*! » l'interruppe la ragazza, risentita, afferrandolo per un braccio. « Un nome sassone, biondo chiaro come un sassone e in fuga davanti agli uomini del re... Deve essere Torold Blund, partito con Nicholas per portare in salvo il tesoro di FitzAlan e farlo arrivare alla regina. Ma lui non ha niente a che vedere con la morte del povero Nicholas, ne sono certa! Non ha mai fatto niente di men che onesto in tutta la sua vita! »

« Be', sai, a questo proposito non metterei la mano sul fuoco per nessuno, nemmeno per me stesso! Ma, almeno in quel delitto, lui non c'entra di sicuro, stai tranquilla. Puoi dormire in pace! »

Non era certo inconsueto che fratello Cadfael, solerte giardiniere e speziale, si alzasse da letto a ore antelucane per lavorare un po' prima di raggiungere i confratelli alla funzione dell'ora prima, perciò nessuno si meravigliò che lo facesse quella particolare mattina e nessuno sospettò che andasse a svegliare, come gli aveva promesso, anche il suo giovane aiutante. I due se ne andarono portando con sé altre medicazioni e altro cibo, insieme con una casacca e un paio di calze-brache che Cadfael aveva sottratto al mucchio di indumenti che persone caritatevoli solevano inviare al frate elemosiniere. Godith s'era portata via la camicia strappata e insanguinata, ma di lino finissimo, del giovane, l'aveva lavata prima di coricarsi e, appena alzata, aveva provveduto a rammendare lo strappo provocato dalla freccia. In una notte calda come quella, le era bastato lasciarla stesa sui cespugli del giardino per ritrovarla perfettamente asciutta.

Trovarono il loro paziente seduto sul suo giaciglio di sacchi, intento a masticare un pezzo di pane. Evidentemente si fidava ciecamente di loro perché non fece nemmeno un gesto quando udì aprirsi l'uscio. Si era messo sulle spalle la casacca sudicia e strappata, ma per il resto era nudo come un verme, sotto la coperta. Il viso e il corpo erano ancora segnati dalle ecchimosi ma, nell'insieme, appariva riposato e disteso dopo la notte di sonno.

« Bene, ora potete parlare quanto volete », osservò soddisfatto fratello Cadfael. « Io intanto vi rifaccio la fasciatura alla spalla. La ferita alla gamba può aspettare finché avremo più tempo, ma questa mi dà qualche pensiero. Godric, tienigli il braccio, mentre io levo la benda. Ora, messer... » Ricordando le buone maniere, disse: « Ah, io sono fratello Cadfael, sono nato nel Galles ma ho girato mezzo mondo, come forse avrete capito. E questo è Godric, come avete sentito, ed è stato lui a portarmi da voi. Dunque dovete fidarvi di tutti e due o di nessuno ».

« Ma io mi fido di tutti e due », asserì il ragazzo. Era più colorito, quella mattina, forse perché sul suo viso si rifletteva il chiarore dell'alba, e i suoi occhi color nocciola sfumati di verde brillavano. « Vi devo ben altro che la fiducia. Ditemi che cosa posso fare per voi e lo farò. Mi chiamo Torold Blund, vengo da un villaggio vicino a Oswestry e sono un uomo di FitzAlan, anima e corpo. » La medicazione si era incollata alla ferita e Godith lo sentì sussultare mentre gliela toglieva con delicatezza. « Ma se la mia presenza qui vi mette in pericolo », riprese Torold vincendo il dolore, « credo di essere ormai in condizioni di andarmene, e me ne andrò. Non voglio assolutamente che corriate rischi per causa mia. »

« Ve ne andrete quando sarà il momento », lo rimbeccò seccamente Godith, togliendo del tutto la benda con decisione e mettendo subito al suo posto una medicazione. « E non sarà certo oggi! »

« Lascialo parlare », la rimproverò Cadfael. « C'è poco tempo. Continuate, figliolo. Non saremo certo noi a vendere gli uomini di Maud a Stefano o viceversa. Come mai vi siete trovato in questa situazione? »

Torold respirò a fondo, prima di rispondere: « Ho lasciato il maniero di mio padre con Nicholas Faintree, anche lui seguace di FitzAlan, e sono arrivato qui una settimana prima che il castello cadesse. La sera precedente l'assalto ci fu una riunione, alla quale però noi non partecipammo... eravamo pesciolini troppo piccoli... e fu deciso di portar via il tesoro di FitzAlan l'indomani stesso per mandarlo alla regina Maud. Nessuno immaginava che sarebbe stato il loro ultimo giorno, naturalmente. L'incarico fu affidato a me e a Nicholas perché, ci dissero, a Shrewsbury non ci conosceva nessuno e saremmo potuti passare inosservati, mentre altri che erano al castello da più tempo sarebbero stati riconosciuti subito e ammazzati. Il tesoro, che per fortuna era composto per la maggior parte da monete d'oro e gioielli e non era molto ingombrante, era già nascosto da qualche parte, in un posto noto soltanto al nostro signore e alla persona che lo custodiva. Quando ci fosse stato dato il segnale, saremmo dunque dovuti andare da quella persona, ritirare il tesoro e col favore della notte partire per il Galles. FitzAlan era già d'accordo con Owain Gwynedd... Owain non parteggia né per il re né per la regina, ma soltanto per il Galles, però è molto amico di FitzAlan e la guerra civile gli fa comodo perché favorisce i suoi interessi. Ma prima dell'alba fu sferrato l'attacco e fu subito chiaro che non avremmo potuto resistere, così ci spedirono via immediatamente. Dovevamo recarci a una certa bottega in città... » Il giovane esitò, incerto se rivelare altro.

« Lo so », disse Cadfael, pulendo la ferita alla spalla e spalmando di unguento una nuova fascia. « La bottega di Edric Flesher, me lo ha detto lui stesso. Vi ha condotti al suo granaio, a Frankwell, dove siete rimasti col tesoro, ad aspettare la sera. Continuate. »

Il ragazzo ubbidì, guardando senza emozione la sua ferita scoperta. « Appena buio, partimmo a cavallo. Dal sobborgo di Frankwell ai margini del bosco il tragitto è breve e poco più avanti c'è la capanna di un pastore. Eravamo appena entrati nel bosco quando il cavallo di Nick si azzoppò. Smontai per vedere che cos'era successo e scoprii in uno zoccolo dell'animale un chiodo a quattro punte che gli si era conficcato fino all'osso. »

« Un chiodo a quattro punte? » fece eco Cadfael sbalordito. « Su un sentiero nel bosco, lontano da qualsiasi campo di battaglia? E che ci stava a fare su un sentiero in mezzo a un bosco una simile trappola da guerra, inventata soltanto per ostacolare l'avanzata di soldati a cavallo e fatta in modo che una punta rimanga sempre rivolta verso l'alto, così da piantarsi negli zoccoli degli animali? »

« Eppure era proprio un chiodo a quattro punte », ribadì Torold. « Non lo dico soltanto basandomi sulla natura della ferita. Quel maledetto affare era rimasto piantato nello zoccolo, l'ho tirato fuori io. Ma il cavallo ormai era irrimediabilmente azzoppato. Avrebbe potuto camminare ancora, ma non per molto e non con un carico in groppa. Poco lontano dal punto dove eravamo c'è la fattoria di Ulf, un mio parente da parte di madre, così pensai di andare da loro a farmi dare un altro cavallo in cambio di quello di Nick. Un povero scambio, ma che altro potevamo fare? Non perdemmo nemmeno tempo a scaricare la roba. Smontò soltanto Nick, per alleggerire l'animale ferito e disse che sarebbe rimasto ad aspettarmi nella capanna. Così mi allontanai, cambiai il cavallo alla fattoria e tornai indietro, con il carico di Nick in groppa alla nuova bestia. »

« Mi aspettavo di trovare Nick ad aspettarmi davanti alla capanna », continuò Torold, rabbrividendo al ricordo. « Invece non c'era. Non so come mai questo semplice fatto mi mise tanto a disagio. Non si udiva neppure un fruscio e, per quanto avanzassi con la massima cautela, mi rendevo conto che se ci fosse stato qualcuno in ascolto, mi avrebbe udito benissimo. Ma Nick non si mostrò, né chiamò. Così non mi avvicinai troppo. Mi addentrai un po' fra gli alberi, legai insieme i cavalli, ma con un nodo semplice e facile da sciogliere per il caso che fosse stato necessario allontanarsi in gran fretta, poi mi avvicinai alla capanna. »

« Era già buio? » s'informò Cadfael, arrotolando una benda.

« Buio pesto, ma io ero abituato all'oscurità e qualcosa riuscivo a distinguere. La porta della capanna era semiaperta e dentro era buio come in fondo a un pozzo. Entrai tendendo l'orecchio, ma il silenzio era assoluto. Avanzai di qualche passo e quando fui al centro della capanna gli caddi sopra. Sopra Nick! Se non fossi caduto, ora non sarei qui a raccontarla. » Torold gettò un'occhiata perplessa al suo Ganimede, palesemente più giovane di lui e così premuroso nel servirlo. « Non è una bella storia », mormorò, fissando il frate con espressione eloquente.

« Oh, potete parlare liberamente », lo rassicurò Cadfael. « Lui c'è dentro più di quanto non pensiate e ci caverebbe gli occhi a tutti e due se cercassimo di allontanarlo. Niente è stato bello in tutta questa vicenda di Shrewsbury, ma bisogna cercare di salvare il salvabile. Raccontateci la vostra storia, poi noi vi racconteremo la nostra. »

Godith, tutta occhi, orecchi e mani servizievoli, tenne saggiamente la bocca chiusa.

« Era morto », continuò Torold. « Accostai la bocca alla sua, ma non respirava più. Cadendo avevo allungato le braccia davanti a me e ora lo tenevo stretto, ma era come stringere una bracciata di cenci. Poi udii frusciare alle mie spalle l'erba secca e girai la testa, perché non c'era vento che potesse far frusciare l'erba e avevo paura... »

« Ci credo! » esclamò fratello Cadfael applicando sopra la ferita la benda imbevuta di uno dei suoi intrugli. « Ne avevate ben donde! Non datevi più pena per il vostro amico. L'abbiamo sepolto ieri nella chiesa dell'abbazia. Ha una tomba da principe. A quanto pare voi ve la siete cavata per miracolo, quando l'assassino è saltato fuori da dietro la porta. »

« Sì, credo proprio di sì », convenne il ragazzo e trattenne rumorosamente il respiro per il bruciore della medicazione che Cadfael premeva sulla ferita. « Doveva essere nascosto dietro il battente, ma quando si è mosso il fruscio dell'erba lo ha tradito. Viene istintivo alzare il braccio destro per proteggersi la testa, in caso di pericolo, e così feci io. Di conseguenza, il cappio che quello mi lanciò, mi circondò anche il polso, oltre alla gola. Non fu per astuzia e nemmeno per eroismo, ma soltanto per paura che feci un balzo di lato, liberandomi con uno strattone che me lo fece cadere addosso nel buio. Ah, ma forse voi non mi credete », aggiunse in fretta Torold, confuso.

« Altri particolari confermano il vostro racconto. Smettetela di dubitare dei vostri amici. Sicché vi siete trovati a faccia a faccia, finalmente, con qualche possibilità. Come siete riuscito a sfuggirgli? »

« Più per fortuna che per bravura. Ci rotolammo in mezzo al fieno, lottando e cercando di afferrarci reciprocamente alla gola. Ci battemmo così alla cieca non so per quanto, ma probabilmente per non più di qualche minuto, finché io non urtai con la testa contro un pezzo di legno. Doveva esserci una vecchia mangiatoia mezza disfatta, lì vicino. Allora afferrai quel legno con le due mani e vibrai un gran colpo al mio avversario che crollò di schianto. Non credo di avergli fatto gran danno, ma rimase privo di sensi quanto bastò perché potessi darmi alla fuga. Fuggii come il vento, andai a sciogliere i cavalli e me la filai verso occidente, come una lepre in fuga. Avevo ancora un compito da assolvere e ormai restavo soltanto io, altrimenti sarei rimasto là e avrei cercato di vendicare il povero Nick. O forse no », ammise subito dopo, con corrucciata schiettezza. « Dubito di avere pensato al tesoro di FitzAlan, in quel momento, anche se ho ricominciato a pensarci subito dopo. Da principio sono scappato unicamente per mettere in salvo me stesso. Temevo che il mio aggressore potesse avere altri compagni in agguato là intorno, pronti ad accorrere in suo aiuto, e desideravo soltanto togliermi da quel posto con tutta la velocità possibile. »

« Non avete bisogno di fare alcuna penitenza per questo », osservò dolcemente Cadfael, fissando il bendaggio. « Il buon senso è una virtù di cui essere orgogliosi, non una colpa di cui vergognarsi. Ma, amico mio, a quanto avete detto voi stesso, vi ci sono voluti due giorni per ritrovarvi esattamente al punto di partenza. Ne deduco che i seguaci del re sono piuttosto numerosi tra qui e il Galles, per lo meno lungo le strade. »

« Come api in un alveare. Proseguii per un bel pezzo lungo la strada più a nord, poi per poco non sbattei il naso contro una pattuglia del re e non ci fu verso di passare. Fermavano anche i moscerini, come avrei potuto farcela io con due cavalli e un carico di oggetti preziosi? Mi ritirai di nuovo nel bosco, ma intanto cominciava a far giorno, perciò non mi rimase altro da fare che tenermi nascosto in attesa della sera e allora tentare la strada più a sud. Fu come cadere dalla padella nella brace, perché da quella parte c'erano gruppi che battevano tutta la campagna. Pensai di riuscire a passare tenendomi lontano dalle strade e costeggiando il fiume, ma riuscii soltanto a sprecare un'altra nottata. Per tutta la giornata di giovedì rimasi nascosto in un boschetto sulla collina e alla sera feci un altro tentativo. Fu allora che mi scoprirono, quattro o cinque uomini, e dovetti darmela a gambe per l'unica via possibile, cioè quella che portava giù al fiume. Mi avevano preso in trappola, non avevo più modo di sfuggire. Scaricai le bisacce e liberai i cavalli, spaventandoli perché se ne andassero a corsa pazza. Speravo che piombassero in mezzo ai miei inseguitori e che se li tirassero dietro, lasciando a me un po' di respiro, ma uno di loro era abbastanza vicino da scoprire il trucco e si gettò invece al mio inseguimento. Fu lui a ferirmi alla coscia e le sue grida richiamarono anche gli altri. Mi restava una sola possibilità. Mi gettai in acqua, con borse e tutto. Sono un bravo nuotatore, ma con tutto quel peso era troppo difficile restare a galla lasciandosi trasportare dalla corrente. Poi quelli cominciarono a scagliare frecce. Era buio, ma i loro occhi vi si erano ormai abituati e l'acqua manda sempre bagliori quando qualcuno ci sguazza dentro. Così mi ferirono alla spalla, ma ebbi il buon senso di lasciarmi andare sottacqua e di restarci finché il respiro me lo consentì. Il Severn è rapido e anche con la magra estiva mi trascinò benissimo a valle. Mi seguirono per un buon tratto lungo l'argine e scagliarono ancora qualche freccia, ma poi evidentemente pensarono che non sarei più riemerso. Non appena mi sembrò di essere abbastanza al sicuro nuotai verso la sponda, per avere un punto d'appoggio e poter riprendere fiato di tanto in tanto, ma rimasi nell'acqua. Sapevo che il ponte sarebbe stato sorvegliato, perciò non osai uscire finché non l'ebbi oltrepassato. Ormai ero al limite della resistenza. Ricordo di essermi arrampicato in mezzo ai cespugli, ma quasi niente altro, se non di essere tornato in me quanto bastava per restare immobilizzato dal terrore, quando ho sentito arrivare i mietitori. Poi Godric mi ha scoperto. E questa è la pura e semplice verità », concluse recisamente Torold, fissando Cadfael negli occhi senza batter ciglio.

« Ma non tutta la verità », ribatté il frate con la massima calma. « Godric non ha trovato nessuna borsa qui in giro. » Scrutò per un momento il giovane viso che ricambiava risolutamente il suo sguardo, con le labbra strette. Poi sorrise. « No, non temete, non vi faremo domande. Ormai siete l'unico custode del tesoro di FitzAlan: ciò che ne avete fatto, se siete riuscito a fare qualcosa di sensato nelle condizioni in cui vi trovavate, è soltanto affar vostro. Tuttavia non avete affatto l'aria di chi ha fallito la propria missione. E per vostra maggiore tranquillità, vi dirò che in città corre voce che FitzAlan e Adeney sono riusciti a sfuggire all'assedio e a mettersi in salvo. Ma ora dobbiamo lasciarvi solo, fino a oggi pomeriggio. Abbiamo anche noi i nostri doveri. Prima di sera verremo a vedere come ve la cavate. Qui ci sono cibo e acqua e dei vestiti che spero vi andranno abbastanza bene. Ma restatevene ancora a letto per oggi, non avete ancora recuperato interamente le forze. »

Godith posò sopra gli altri indumenti la camicia lavata e rammendata e seguì il frate verso la porta, quando colse l'espressione di Torold e si fermò, dibattuta fra l'imbarazzo e la soddisfazione. Il ragazzo osservava con stupore crescente la stoffa candida e i punti minuti e bene ordinati del lungo rammendo. Un fischio gli sfuggì dalle labbra.

« Maria benedetta! Chi lo ha fatto questo lavoro? Tenete forse qualche abile sarta, all'abbazia? O avete pregato perché avvenisse un miracolo? »

« Oh, è opera di Godric », spiegò fratello Cadfael con aria non del tutto innocente e uscì all'aperto, nel primo sole del mattino, piantando in asso Godith, rossa fino ai capelli.

« Si imparano tante cose, in un convento, oltre a mietere il grano e a distillare cordiali », sussurrò lei, e fuggì di corsa dietro al frate.

Ma per tutto il tragitto di ritorno, la ragazza rimase molto seria. Ripensava al racconto di Torold e a quanto era andato vicino alla morte, prima che lei lo trovasse. E non soltanto una volta, quando l'assassino aveva tentato di strangolarlo, non soltanto una seconda volta, quando si era imbattuto negli uomini del re, ma ancora una terza volta nel fiume, o una quarta, quando giaceva ferito tra i cespugli e quasi dissanguato. Le sembrava che fosse stata la bontà divina a prendersi cura di lui, servendosi di lei come strumento. Ma c'era qualcosa che la lasciava perplessa.

« Fratello Cadfael, voi credete a quello che ha detto? »

« Sì, ci credo. Quel che non poteva dire lo ha taciuto, ma non ha mentito. Perché, a che cosa stia pensando? »

« Be', prima di trovarlo avevo detto che forse era stato proprio il compagno di Nicholas a farlo fuori. Sarebbe stato facile e la tentazione era grande. Ma ieri voi avete detto... sì, lo avete detto voi... che non era stato lui a ucciderlo. Ne siete certo? Come potete saperlo? »

« È molto semplice, bambina mia. I segni lasciati dalla corda dello strangolatore sul suo collo e sul suo polso destro. Non hai capito che cosa significano? Hanno cercato di mandarlo a raggiungere il suo amico all'altro mondo. No, non devi nutrire alcun timore a questo proposito. Quel che ci ha detto è vero. Ma forse c'è dell'altro che non ha potuto dirci e che dovremo scoprire per conto nostro. Lo dobbiamo a Nicholas Faintree. Godith, oggi pomeriggio, quando avrai finito con l'orto e le pozioni, puoi andare a tenergli un po' di compagnia, se vuoi. Io vi raggiungerò appena possibile. Voglio andare a curiosare un po' in città, dalle parti di Frankwell. »

## CAPITOLO VI

SUPERATO il ponte occidentale, verso il sobborgo di Frankwell, la strada proseguiva in salita lasciandosi alle spalle gli orti alla periferia della città. Da principio era una strada unica lungo il pendio della collina che dominava il Severn, ma dopo un breve tratto si biforcava e poco più avanti il secondo ramo si biforcava di nuovo, così che venivano a formarsi come tre dita gigantesche puntate verso il Galles. Cadfael proseguì lungo il ramo settentrionale, quello che avevano seguito Nicholas e Torold la notte dopo la caduta del castello.

Da principio, attraversando la città, aveva pensato di salire da Edric Flesher per comunicargli che almeno uno dei corrieri di FitzAlan era sopravvissuto e aveva salvato il tesoro, ma poi il frate aveva cambiato idea. Torold non era affatto al sicuro e finché non fosse stato ben lontano, meno gente avesse saputo dove si trovava, minori probabilità ci sarebbero state che qualcuno si lasciasse sfuggire qualche parola nel posto sbagliato, dove sarebbe potuta arrivare all'orecchio dei suoi nemici. Ci sarebbe stato tutto il tempo per informare Edric e Petronilla.

La strada si addentrò nel bosco di cui aveva parlato Torold e dopo un poco cominciò a restringersi fino a diventare un viottolo erboso in mezzo agli alberi, ma sempre al margine del bosco, così che fra i tronchi si intravedevano i campi coltivati. E lì, un po' discosto dal sentiero, ecco la capanna di tronchi, bassa e rozzamente costruita. Da quel punto non doveva essere stato difficile trasportare un cadavere in groppa a un cavallo fino al fossato del castello. In quel tratto il fiume formava una serie di anse intricate e dovevano averlo attraversato per raggiungere il posto dove era stato scaricato il cadavere, ma proprio di fronte al castello c'era un isolotto che, nel periodo di magra estiva, rendeva possibile attraversarlo anche a guado. Per percorrere quel breve tragitto, una notte era più che sufficiente. Arrivato al punto in cui, sulla destra del sentiero, doveva trovarsi la fattoria di Ulf, dove Torold aveva cambiato il cavallo, Cadfael si avviò da quella parte e dopo qualche centinaio di metri lo trovò.

A tutta prima Ulf, occupatissimo a ripulire il suo campo dopo la mietitura, non parve troppo disposto a chiacchierare con un frate sconosciuto, ma bastò che Cadfael nominasse Torold lasciando intendere di essere un amico di cui il giovane si fidava, perché al fattore si sciogliesse la lingua.

« Sì, è venuto qui con un cavallo azzoppato e io gli ho dato in cambio il migliore che avevo. Ci ho guadagnato io, perché l'animale che mi ha lasciato veniva dalle scuderie di FitzAlan. Zoppica ancora, ma sta guarendo. Volete vederlo? Ho dovuto nascondere i suoi splendidi finimenti perché, se li avesse visti qualcuno, avrebbe potuto pensare che l'avessi rubato, o peggio. »

Anche senza quelli, il cavallo, un magnifico roano, era troppo bello per appartenere a un fattore. E zoppicava inequivocabilmente da una zampa anteriore. Ulf mostrò al frate la ferita.

« Torold ha detto che era stato un chiodo a quattro punte », osservò Cadfael. « Strano posto, per trovare un oggetto del genere. »

« Eppure era proprio un chiodo a quattro punte, perché ce l'ho io, insieme con parecchi altri che ho trovato rastrellando l'erba il giorno dopo. Qui intorno pascolano le mie bestie e non volevo davvero che se ne azzoppasse una anche a me. Qualcuno ne aveva gettata una manciata lungo il sentiero, nel punto più stretto. Evidentemente per fermare chi si fosse avvicinato alla capanna. »

« Qualcuno che sapeva in anticipo dove sarebbero andati e quale strada avrebbero preso, e ha avuto tutto il tempo per tendere la trappola e appostarsi in attesa che vi cadessero. »

« Il re deve avere avuto sentore della cosa chissà come », rifletté cupamente Ulf, « e ha mandato qualcuno dei suoi per impadronirsi di ciò che portavano. Ha un bisogno disperato di denaro... come quelli dell'altra parte, del resto. »

"No, no", pensava Cadfael mentre tornava alla capanna, "per quel che mi risulta questa non è stata opera di un gruppo di emissari del re, ma di un uomo solo che mirava al guadagno personale. Se lo avesse mandato il re, ci sarebbero stati altri armati con lui. Non sarebbero stati certo i forzieri di re Stefano a impinguarsi, se il piano fosse riuscito."

In conclusione, appariva sempre più evidente la presenza di un terzo uomo in quella vicenda. E questo scagionava sempre di più Torold. I chiodi a quattro punte erano una realtà, qualcuno li aveva disseminati sul sentiero del bosco per azzoppare un cavallo e lo stratagemma aveva avuto successo, forse anche più del previsto perché aveva separato i due compagni permettendo così all'assassino di vedersela con uno solo e di mettersi poi in agguato ad aspettare l'altro.

Cadfael non entrò subito nella capanna: anche i dintorni lo interessavano profondamente. Lì, in qualche punto, a una certa distanza dalla capanna, Torold aveva dato retta alle premonizioni portando i cavalli verso la strada, pronti per un'eventuale fuga. E sempre lì, in qualche altro punto, probabilmente ben nascosto fra gli alberi, anche il terzo uomo aveva avuto un cavallo. Forse avrebbe potuto trovarne ancora le tracce. Non era piovuto, dopo quella notte, e il sentiero nel bosco non doveva certo essere molto battuto da uomini a cavallo. Gli abitanti di Shrewsbury non si allontanavano dalle immediate vicinanze delle loro case se non vi erano costretti, e le pattuglie del re preferivano i terreni aperti, dove potevano muoversi più velocemente.

Gli ci volle un po' di tempo, ma alla fine Cadfael trovò tutte le tracce che cercava. Il cavallo solitario era stato legato e lasciato a pascolare in un punto dove il terreno era più molle ed erano rimaste impronte nettissime, le impronte di un animale di razza, dagli zoccoli larghi e ben ferrati. Il punto in cui erano stati legati gli altri due cavalli era più lontano, a occidente della capanna, in un folto d'alberi. Lì, un ramo basso era rimasto un po' scorticato dalla corda, evidentemente sciolta con uno strattone, e dove l'erba diventava più rada lasciando il terreno scoperto erano chiaramente visibili due serie di impronte.

Cadfael entrò nella capanna. Ormai era giorno pieno e con la porta aperta ci si vedeva benissimo. Se l'assassino si era appostato lì ad aspettare le sue vittime, doveva avere lasciato qualche traccia.

Sparsi su tutto il pavimento di terra battuta, come se nella capanna avesse imperversato una bufera, c'erano i resti del foraggio invernale, falciato ai margini soleggiati del bosco e lasciato lì, probabilmente bene ammucchiato contro la parete di fondo, per il prossimo autunno. Ed ecco, ciondolante come un ubriaco, la mangiatoia decrepita che aveva fornito a Torold l'arma della salvezza. In mezzo al fieno si distinguevano varie erbe aromatiche ancora fragranti e una quantità di làppole dai piccoli frutti uncinati. Questo ricordò a Cadfael non soltanto il sottile stelo rimasto impigliato sotto la corda che aveva strangolato Nick Faintree, ma anche la brutta ferita alla spalla di Torold. Aveva giusto bisogno di làppole per curare quella ferita: ne avrebbe cercate ai margini dei campi, dovevano essercene in quantità. L'imparziale giustizia di Dio, che aveva richiamato l'attenzione sull'uccisione di un uomo servendosi di uno stelo essiccato dell'anno prima, poteva bene servirsi dello stesso mezzo per curare e guarire, coi doni dell'anno in corso, le ferite dell'amico di quell'uomo.

Ma ormai la capanna aveva ben poco da offrire, oltre alle evidenti tracce di un furibonda lotta a corpo a corpo. Tuttavia, impigliati nel ruvido legno dietro il battente della porta, Cadfael scoprì alcuni fili di lana blu scuro, peluzzi, più che fili veri e propri. Qualcuno si era certamente nascosto lì, stretto fra la porta e la parete. E scoprì pure un piccolo fiore secco di trifoglio con sopra una macchiolina di sangue. Ma rastrellò invano con le mani il fieno frusciante alla ricerca della corda usata dall'assassino. O lo strangolatore l'aveva ritrovata e se l'era portata via, oppure la corda giaceva ben sepolta in qualche angolo, al sicuro da ogni ricerca. Cadfael indietreggiò a carponi dalla mangiatoia fino alla porta, ma non trovò nulla e stava per arrendersi e rialzarsi da terra quando sentì sotto la mano a cui era appoggiato qualcosa di duro e pungente che gli fece trattenere il respiro. Infisso nel terreno sotto lo strato sottile di erba secca, c'era forse un altro chiodo a quattro punte, messo lì per castigare un frate ficcanaso? Seduto sui calcagni, Cadfael scostò cautamente l'erba finché non trovò l'oggetto nascosto e lo strappò dal terreno dove si era conficcato. Se lo ritrovò in mano, duro, freddo e incrostato di terra. Lo alzò verso la luce che entrava dalla porta aperta alle sue spalle e lo vide scintillare di puntolini gialli, come un sole in miniatura.

Fratello Cadfael si rialzò e uscì alla luce del giorno per vedere che cosa aveva trovato. Era una grande gemma rozzamente tagliata, grossa come una mela selvatica: un topazio giallo scuro ancora stretto in un argenteo artiglio d'aquila. L'artiglio era completo e finemente lavorato, ma la zampa era spezzata appena sotto la pietra. Si trattava senza dubbio dell'estremità di una bellissima montatura d'argento, forse una spilla... no, troppo grossa. Forse il pomo di un pugnale? In tal caso, doveva trattarsi di un'arma preziosa, non di un coltello qualsiasi. Sotto l'estremità spezzata doveva esserci l'impugnatura vera e propria, e più sotto la croce, forse incrostata di altri topazi più piccoli.

Un uomo si era dibattuto lì negli spasimi dell'agonia e altri due si erano rotolati in una lotta mortale: ognuno di quei tre poteva, col peso del proprio corpo, avere conficcato nella terra battuta del pavimento l'impugnatura della daga che portava al fianco, e aver provocato così la rottura del prezioso pomo senza nemmeno rendersene conto.

Fratello Cadfael infilò con cura la gemma nella piccola sacca che portava alla cintola e uscì per andare a cercare le sue làppole. Ne trovò a iosa al margine del bosco, dove batteva il sole. Se ne riempì la sacca e si avviò verso casa con decine di piccoli frutti uncinati aggrappati al saio.

Non appena i frati si dispersero per attendere al loro lavoro pomeridiano, Godith se la squagliò con circospezione e raggiunse per vie traverse il mulino all'estremità del Gaye, portando con sé prugne ben mature appena colte nell'orto, mezza pagnotta e una fiaschetta del vino di Cadfael. Il paziente era affetto da un formidabile appetito e Godith gioì della gioia con la quale mangiava e beveva, come se, per il solo fatto di essere stata lei a trovarlo e a soccorrerlo per prima, si sentisse un po' padrona di lui.

Torold se ne stava seduto sul suo giaciglio di sacchi, vestito di tutto punto, con la schiena appoggiata alla parete di tronchi e le gambe comodamente allungate. Casacca e calze-brache gli andavano abbastanza bene e, benché fosse ancora pallido e si muovesse con cautela per il dolore delle ferite, nell'insieme si era ripreso con rapidità sorprendente. Tuttavia Godith non fu affatto contenta che si fosse sforzato tanto per infilarsi la casacca e glielo disse.

« Quella spalla dovreste tenerla libera, non c'era nessun bisogno che vi sforzaste per infilare la manica. Se non la lasciate a riposo non guarirà mai. »

« Sto benone », ribatté lui. « E devo pure sopportare qualche disagio, se voglio andarmene da qui. Si cicatrizzerà benissimo, non temete. » Non erano le sue ferite a preoccuparlo in quel momento: rifletteva accigliato su un altro problema. « Godric, non c'è stato tempo per le domande, stamattina, ma fratello Cadfael ha detto che Nick è stato sepolto... all'abbazia. È vero? » Quella domanda non intendeva esprimere un dubbio su quanto gli era stato detto, ma piuttosto la meraviglia per quanto era accaduto. « Come hanno fatto a trovarlo? »

« Oh, è stata tutta opera di fratello Cadfael », spiegò Godith, sedendosi accanto a Torold. « Ha scoperto che c'era un morto in più tra gli impiccati della guarnigione, e non si è dato pace finché non ha scoperto un cadavere diverso dagli altri; dopo di che non ha più dato tregua a nessuno. Il re sa che è stato commesso un omicidio e ha detto che si deve vendicarlo. Ma se qualcuno può ottenere giustizia per il vostro amico, è solo fratello Cadfael. »

« Sicché chiunque fosse il mio aggressore della capanna, a

quanto pare non gli ho fatto gran danno; l'ho messo fuori combattimento solo per qualche minuto. Era proprio ciò che temevo. Ha avuto la forza e l'astuzia necessarie per liberarsi del suo morto prima dell'alba. »

« Ma non è stato abbastanza astuto per ingannare fratello Cadfael. Ognuno di noi ha un'anima di cui bisogna tener conto. Ora, almeno, Nicholas è stato sepolto col suo nome e con una funzione regolare e riposa in una tomba da principe. »

« Sono veramente contento di sapere che non è rimasto là a marcire come un cane e che non è stato sepolto senza nome in una fossa comune insieme con quegli altri poveretti, anche se in fondo erano nostri compagni e non meritavano di finire così. Se fossimo rimasti anche noi al castello avremmo fatto la stessa fine. La fine che mi aspetterebbe tuttora, se mi prendessero. Con tutto ciò, re Stefano approva che si dia la caccia all'assassino che ha fatto quel bel lavoro per lui. Che mondo pazzo! »

La pensava così anche Godith, ma lei vedeva tuttavia una differenza, una sorta di logica in quel fatto: il re accettava la responsabilità della morte dei novantaquattro uomini giustiziati per suo ordine, ma non accettava nessuna responsabilità per il novantacinquesimo, ucciso a tradimento e senza il suo benestare.

« Il re condanna il modo in cui è stato ucciso Nicholas e non intende diventare complice dell'assassino. Quanto a voi, nessuno vi prenderà », dichiarò recisamente la ragazza, levando di sotto la casacca le prugne e versandole sulla coperta. « Qui c'è qualcosa di più dolce del pane. Assaggiatele! »

Le mangiarono insieme, come vecchi amici, lasciando cadere i noccioli nel fiume attraverso una fessura del pavimento. « Ho ancora un compito da portare a termine », osservò alla fine Torold, fattosi molto serio. « E ora sono solo per farlo. Sa il cielo come sarei finito senza voi due e mi rattrista profondamente il pensiero che presto dovrò andarmene e lasciarvi, con probabilità assai scarse di vedervi ancora. Non scorderò mai quel che avete fatto per me. Ma debbo assolutamente andarmene, non appena sarò in condizioni di farlo. Sarà molto meglio anche per voi. Sarete più al sicuro. »

« Chi mai è al sicuro? E dove? » ribatté Godith, piantando i denti in un'altra prugna. « Non c'è nessun posto sicuro. »

« Be', in ogni caso c'è pericolo e pericolo. Io ho un lavoro da fare e ormai sono in grado di farlo. »

Lei si girò a guardarlo, allarmata. Fino a quel momento non si era soffermata sul pensiero della sua partenza. Aveva appena scoperto Torold ed ecco che, se non capiva male, stava già minacciando di andarsene, di sfuggirle dalle mani e uscire dalla sua vita. Ma per fortuna lei aveva un alleato, fratello Cadfael. « Se vi siete messo in testa di potervene andare prima di essere completamente guarito, sarà meglio che ci ripensiate », dichiarò col tono autorevole che avrebbe potuto usare il frate. « Non vi muoverete di qui finché non ne avrete il permesso e non sarà certo né oggi né domani, ve lo dico io! »

Torold la guardò a bocca aperta, sorpreso e divertito, poi appoggiò la testa alla parete e scoppiò e ridere. « Mi sembra di vedere mia madre il giorno che sono caduto correndo la quintana! Le volevo tanto bene, come voglio bene a te, ma me ne sono andato lo stesso! Sto bene, sono sano e robusto, e devo eseguire degli ordini che ho ricevuto prima dei tuoi, Godric. Devo partire. Al mio posto, tu lo avresti già fatto, impetuoso come sei! »

« No di certo », protestò lei infuriata. « Ho un po' più di giudizio, io! Che cosa potreste mai fare, senza un'arma, senza un cavallo... per sfuggire all'inseguimento avete abbandonato i vostri animali, ricordate? L'avete detto voi stesso! Dove arrivereste? E sapete quanto vi sarebbe grato FitzAlan per una tale follia! Ah, non è neppure il caso di discuterne », aggiunse dignitosamente. « Basta guardarvi per rendersi conto che non sareste neppure in grado di arrivare al fiume. Dovrebbe riportarvi indietro sulle spalle fratello Cadfael, esattamente come vi ha portato qui la prima volta! »

« Oh, credi proprio, Godric, cuginetto mio? » Gli occhi di Torold brillavano maliziosamente. Aveva dimenticato per un momento le sue preoccupazioni, irritato e divertito a un tempo dall'impudenza di quel moccioso che osava trattarlo come un povero invalido. « Ti sembro davvero tanto debole? »

« Come un gattino affamato », dichiarò lei, lasciando cadere un nocciolo fra le tavole del pavimento con un gesto di stizza. « Un ragazzino di dieci anni sarebbe in grado di buttarvi a terra. »

« Credi proprio? » Torold si girò di fianco e l'afferrò alla vita col braccio sano. « Ti farò vedere io, messer Godric, se sono in gamba o no! » Rideva divertito, sentendo i muscoli elastici e pronti a scattare in una gioconda battaglia con un amico che aveva bisogno, per il bene di tutti e due, di essere rintuzzato un poco. Tese anche il braccio ferito per rovesciare il ragazzo sulla schiena e tenerlo inchiodato. L'arrogante moccioso aveva emesso soltanto un gridolino soffocato, mentre cadeva riverso. « Una mano sola è fin troppo per vedermela con te, mio bel bamboccio! » gracchiò Torold ritirando un braccio e piantando la palma della mano sinistra sul davanti dell'ampia casacca di Godith, a dimostrazione di quanto aveva asserito.

Ma la ritrasse immediatamente, sbalordito dalla scoperta, mentre Godith ritrovava abbastanza fiato per lanciare un'imprecazione, allungandogli contemporaneamente un sonoro ceffone su un orecchio. Si scostarono entrambi di scatto in minaccioso silenzio e rimasero seduti sui sacchi in disordine a un buon metro di distanza l'uno dall'altra.

Silenzio e immobilità durarono a lungo. Passò qualche minuto prima che osassero anche soltanto girare la testa e guardarsi di sottecchi. Il profilo della ragazza, che stava passando lentamente da un'espressione di corruccio a una di comprensivo rimorso, era delicato, gentile e inequivocabilmente femminile: doveva essere stato davvero malridotto, pensò Torold, per non essersene accorto. E la sua voce sommessa e un po' roca era soltanto un'ambigua attrattiva, un naturale inganno. Torold si grattò soprappensiero l'orecchio che gli scottava, e finalmente si fece coraggio. « Perché non me lo avete detto? » domandò timidamente. « Io non avevo intenzione di farvi male, ma come potevo sapere? »

« E non lo avreste mai saputo », lo rimbeccò Godith, ancora stizzita, « se aveste avuto il buon senso di fare quel che vi era stato detto o la cortesia di trattare gentilmente i vostri amici! »

« Ma siete stata voi a stuzzicarmi! » protestò lui. « Buon Dio, è stato soltanto un gioco da ragazzi, come avrei fatto con un mio fratello più piccolo, e voi ve la siete proprio cercata! Fratello Cadfael lo sa? »

« Certo che lo sa! Lui almeno sa distinguere una giumenta da uno stallone. »

Seguì un altro lungo silenzio, colmo di risentimento, di curiosità e di circospezione, mentre i due continuavano a scrutarsi di sottecchi, lei gettando qualche occhiata furtiva alla manica che ricopriva la ferita di Torold per il timore di vedervi comparire una rivelatrice macchia di sangue, e lui esaminando le curve delicate del suo viso, le labbra imbronciate e le sopracciglia corrugate che rivelavano come la ragazza fosse ancora in collera.

Poi due voci esitanti e sommesse esclamarono insieme: « Vi ho fatto male? »

E tutti e due scoppiarono a ridere all'unisono, coscienti a un tratto della loro assurdità. Ogni risentimento svanì a un tratto e i due si gettarono l'uno nelle braccia dell'altra ridendo come matti, e del breve dissidio non rimase altro che la cautela persino eccessiva dei loro gesti.

« Però non avreste dovuto sforzare a quel modo il braccio malato », lo rimproverò ancora Godith, mentre si scioglievano dall'abbraccio e tornavano a sedersi ognuno al proprio posto, rappacificati e felici. « È una brutta ferita, avrebbe potuto riaprirsi. »

« Oh no, non c'è pericolo! Ma voi... non vorrei avervi fatto male! » esclamò Torold. Poi, col tono più naturale del mondo, come fosse certo di avere il diritto di sapere, domandò: « Ma voi chi siete? E come siete finita in mezzo a questa storia? »

Godith girò la testa e guardò a lungo il suo compagno, facendosi molto seria. Mai più, in avvenire, avrebbe esitato a fidarsi di lui.

« Hanno lasciato il castello troppo tardi per potermi mandare fuori di Shrewsbury prima che la città cadesse. È stato un ripiego disperato, quello di trasformarmi in un servitorello dell'abbazia, ma ero certa che ce l'avrei fatta. E ce l'ho fatta con tutti, tranne che con fratello Cadfael. C'eravate caduto anche voi, no? Sono anch'io una fuggiasca del vostro partito, Torold. Sono Godith Adeney. »

« Dite davvero? » Torold la fissò sbarrando gli occhi, sbalordito ma felice. « La figlia di Fulke Adeney! Sia ringraziato Iddio! Eravamo tanto in pensiero per voi, soprattutto Nick che vi conosceva di persona. Io non vi avevo mai vista, ma anch'io... » Chinò il capo biondo e posò un lieve bacio sulla manina non troppo pulita che aveva appena preso l'ultima prugna. « Madamigella Godith, sono il vostro servo, pronto ai vostri ordini! È meraviglioso! Se l'avessi saputo, vi avrei detto ben più di una mezza verità. »

« Ditemela ora », lo invitò lei e divise generosamente la prugna in due parti, gettando il nocciolo nel fiume, poi ne ficcò la metà più matura in bocca al compagno, tappandogliela per un momento. « Dopo vi racconterò la mia storia e chissà che dall'insieme non venga fuori qualcosa di utile. »

Tornato dal suo giro d'ispezione, fratello Cadfael non andò direttamente al mulino, ma passò prima nel suo laboratorio, per controllare che tutto fosse in ordine e per pestare nel mortaio le sue làppole, ricavandone una morbida e salutare poltiglia. Poi andò a raggiungere i suoi pupilli, facendo un ampio giro vizioso e tenendo gli occhi bene aperti per non farsi scoprire da osservatori indiscreti. Il tempo volava e di lì a un'ora lui e Godith dovevano essere di ritorno per il vespro.

I due ragazzi riconobbero entrambi il suo passo e quando entrò, il frate li trovò seduti l'uno accanto all'altra, con la schiena appoggiata alla parete e il viso illuminato da un ampio sorriso carico di sottintesi. Avevano un'aria strana, serena ma distaccata, come se vivessero in un loro mondo particolare, immune dai contatti e dai pensieri quotidiani ma magnanimamente aperto a lui. Gli bastò un'occhiata per capire che non c'erano più segreti fra loro. Erano uomo e donna, con tale sfacciato candore che ogni domanda diventava superflua, anche se era chiaro che aspettavano con ansia di raccontargli tutto.

« Fratello Cadfael... », cominciò Godith, raggiante.

« Prima le cose importanti », l'interruppe lui. « Aiutalo a sfilarsi casacca e camicia, e comincia a togliere la benda finché non la trovi appiccicata... Già, amico mio, non siete ancora fuori delle péste. Poi ci penserò io a staccarla. »

Niente li turbava. Godith balzò in piedi, aiutò Torold a sfilarsi la casacca, sciolse i legacci della camicia e gliela tirò giù dalla spalla, poi cominciò a togliergli la fasciatura, arrotolando via via la benda. Lui si piegava da una parte e dall'altra per facilitarle il lavoro, senza staccare un attimo gli occhi dal suo viso, così come lei smetteva di fissare il viso assorto di Torold soltanto per concentrarsi sul lavoro.

"Bene, bene", rifletté Cadfael filosoficamente, "a quanto pare è inutile che Hugh Beringar continui a cercare la sua promessa sposa... sempre che la stia cercando davvero!"

« Bene, giovanotto », disse ad alta voce, « debbo congratularmi con voi e con me stesso per la rapidità con la quale la vostra ferita si va cicatrizzando. Mai visto niente di simile! La fetta del vostro corpo che qualcuno ha cercato di tagliarvi via resterà con voi fino alla morte, anzi fra un mese o poco più sarete di nuovo in grado di tirare con l'arco. Ma vi resterà per sempre la cicatrice. Adesso state fermo, questa roba brucia ma, credete a me, non c'è niente di meglio per una ferita recente. I muscoli dolgono quando si rimarginano, e con questa si rimarginano di certo. »

« Non brucia affatto », mormorò Torold come in sogno. « Fratello Cadfael... »

« Tenete la bocca chiusa finché non sarete fasciato per bene. Allora potrete aprire tutto il vostro cuore, tutti e due. »

E lo aprirono, non appena Torold fu sistemato, con la camicia a posto e la casacca sulle spalle. Parlarono a turno, prendendo l'imbeccata l'uno dall'altra, come in una scena preordinata, come gli inchini in un ballo. Persino le loro voci erano diventate quasi uguali, come se si intonassero l'una all'altra senza che loro se ne rendessero conto. Non avevano la più pallida idea, ancora, di essere innamorati. Innocenti, pensavano di essere uniti soltanto dal cameratismo, che era meno della metà di quanto era accaduto loro durante l'assenza del frate.

« Così io ho raccontato tutto di me a Torold », dichiarò Godith, « e lui mi ha detto l'unica cosa che non ci aveva detto prima. E adesso vuole dirla anche a voi ».

Torold raccolse volonterosamente il filo. « Ho messo al sicuro il tesoro di FitzAlan. Era in quattro bisacce da sella legate a due a due e me le sono trascinate dietro nel fiume, benché abbia dovuto liberarmi della spada, della daga e della cintura per alleggerirmi. Finalmente mi ritrovai sotto la prima arcata del ponte di pietra. Sapete anche voi com'è fatta. Il primo pilone ha una sporgenza, ci si attraccava un mulino galleggiante, un tempo, e c'è ancora la catena d'ormeggio, agganciata a un anello fissato nella pietra. Si può aggrapparvisi per prendere un po' di respiro, ed è quel che ho fatto io. Poi ho tirato su la catena, vi ho agganciato le mie borse e le ho lasciate andare sott'acqua, dove nessuno può vederle. E finalmente sono uscito dal fiume, mezzo morto, e mi sono arrampicato fin qui, dove mi ha trovato Godith. » Non provava alcuna difficoltà a chiamarla Godith e quel nome, pronunciato da lui, aveva un suono trionfale. « Così tutto quell'oro adesso se ne sta appeso in fondo al Severn, almeno lo spero, in attesa che io vada a recuperarlo per consegnarlo al suo legittimo proprietario. Grazie a Dio, è ancora vivo e in grado di servirsene. » Un dubbio improvviso lo fece trasalire. « Non si è sentito dire che lo abbiano trovato, vero? Lo avremmo saputo, no? »

« Certo che lo avremmo saputo! No, no, state tranquillo », lo rassicurò il frate. « Nessuno finora ha pescato il vostro pesce. Chi volete che vada a cercarlo, là sotto? Piuttosto, non sarà facile nemmeno per voi andare a riprendervelo. Ma forse fra tutti e tre riusciremo a escogitare il modo. Intanto vi dirò che cosa ho fatto io, mentre voi due stringevate il vostro patto di alleanza. »

Cadfael riferì succintamente la propria spedizione. « Ho

trovato tutto come avevate detto. Le tracce dei vostri due cavalli e anche quelle del cavallo del vostro nemico. Un cavallo solo. Era un ladro che voleva soltanto arricchire se stesso, non un fedele vassallo desideroso di rimpinguare i forzieri del re. Aveva seminato il sentiero di chiodi a quattro punte, Ulf ne ha trovati una dozzina il giorno dopo. I segni della vostra lotta nella capanna sono evidentissimi. E conficcato nel pavimento di terra ho trovato questo. » Il frate cavò dalla borsa la gemma giallo scuro stretta nell'artiglio d'argento. Torold la prese e l'esaminò attentamente, ma senza dar segno di riconoscerla.

« Si direbbe il pomo spezzato di un'impugnatura. »

« Non è vostra? »

« Mia? » Torold rise. « Come volete che un povero scudiero come me possa disporre di un'arma preziosa come doveva essere questa? No, io avevo soltanto una vecchia spada ereditata da mio nonno e una daga uguale, con una pesante guaina di cuoio. Fosse stata leggera come doveva essere questa, non l'avrei gettata. »

« Può darsi che fosse di Faintree? »

Torold scosse energicamene la testa. « Se avesse posseduto un simile gioiello, io lo avrei saputo senz'altro. Era anche lui nelle mie stesse condizioni e ci conoscevamo almeno da tre anni. » Guardò Cadfael con espressione assorta. « Ma, un momento! Ora mi viene in mente un particolare che potrebbe significare qualcosa, forse. Quando riuscii a liberarmi, lasciando quell'altro svenuto, calpestai qualcosa sotto il fieno sparso sul pavimento, un oggetto duro che per poco non mi fece cadere. Sarebbe potuto essere proprio questo. Era suo? Sì, certo, deve essere stato proprio suo! Si è rotto sbattendo contro il pavimento mentre ci dibattevamo. »

« È molto probabile », convenne Cadfael. « In tal caso, è l'unica traccia che abbiamo per arrivare fino a lui. » Il frate riprese la pietra e la rimise nella sacca. « Nessuno getterebbe un'arma tanto fine soltanto perché ha perduto una pietra. Il suo proprietario deve averla ancora e la farà riparare non appena oserà farlo. Se riusciremo a ritrovare quella daga, avremo trovato l'assassino. »

« Vorrei poter partire e restare a un tempo », sospirò Torold. « Vorrei essere io a vendicare Nick, era un caro amico per me. Ma d'altra parte debbo obbedire agli ordini ricevuti e far arrivare il tesoro a FitzAlan, in Francia. E », aggiunse fissando il frate, « portare con me anche la figlia di Fulke Adeney, perché possa raggiungere sana e salva suo padre. Se voi accettate di affidarmela. »

« E di aiutarci », aggiunse Godith, fiduciosa.

« Affidarla a voi... posso anche farlo », rispose placidamente Cadfael. « E aiutarvi, lo farò senz'altro, per quanto posso. È così semplice! In fondo, si tratta soltanto di far comparire dal nulla due buoni cavalli, quando anche la rozza più malandata vale tant'oro quanto pesa, di recuperare dal fiume il vostro tesoro e di farvi uscire di nascosto dalla città così che possiate raggiungere il Galles. Una bazzecola! I santi compiono ogni giorno imprese ben più difficili... »

Cadfael s'interruppe bruscamente, alzando una mano per raccomandare il silenzio. Tendendo l'orecchio, colse per la seconda volta il lieve rumore di un passo al margine delle stoppie fruscianti, vicino alla porta spalancata.

« Che c'è? » domandò Godith in un sussurro appena percettibile, spalancando gli occhi allarmata.

« Niente », la rassicurò il frate sottovoce. « Le orecchie a volte mi giocano dei brutti scherzi. » Poi aggiunse con voce normale: « Bene, è ora di tornare per il vespro. Andiamo, Godric, sennò faremo tardi ».

Torold accettò il tacito ordine e li guardò senza parlare. Se c'era davvero qualcuno in ascolto... Ma lui non aveva udito nulla e gli pareva che nemmeno Cadfael ne fosse certo. Perché dunque allarmare Godith? Il frate era il suo miglior protettore e una volta arrivati al convento, lei sarebbe stata al sicuro come in un santuario. Quanto a lui, Torold, era compito suo badare a se stesso. Ma se almeno avesse avuto una spada!

Fratello Cadfael infilò una mano dentro la cintura del suo capace saio, ne trasse un lungo pugnale in una frusta e logora guaina di cuoio e senza una parola lo tese a Torold. Il giovane lo prese, fissando il frate con reverente stupore, come se quello fosse stato un primo piccolo miracolo, tanto pronta era stata la risposta al suo pensiero. Tenendo il pugnale per il fodero, con la croce dell'impugnatura davanti al viso, Torold lo stava ancora fissando sbalordito quando i due uscirono nella sera, richiudendosi la porta alle spalle. Cadfael si portò appresso il ricordo di quello sguardo, mentre camminavano nella fresca aria purpurea del tramonto. Anche lui aveva avuto una volta quell'espressione rapita, contemplando quella stessa impugnatura tenuta davanti al viso. Quando aveva vestito il saio, tanto tempo prima, aveva pronunciato i voti su quell'impugnatura, l'impugnatura del pugnale che era stato con lui a Gerusalemme e che aveva corso con lui i mari d'oriente per dieci anni. Anche quando aveva abbandonato la spada, insieme con tutti i beni terreni, e aveva rinunciato a qualsiasi possesso, quel pugnale lo aveva conservato. Forse proprio per separarsene tanti anni dopo a favore di qualcuno che poteva averne bisogno e che lo avrebbe avuto caro.

Si guardava cautamente intorno, mentre si allontanavano dal mulino e passavano la gora. Benché avesse l'orecchio fino come quello di un animale selvatico, non aveva udito né un sussurro né un fruscio, fuori del mulino, fino al momento in cui si era bruscamente interrotto e oltre tutto non era detto che il responsabile di quel rumore fosse stato un essere umano: poteva essere stato qualche animale che passava furtivo fra le stoppie. Tuttavia, doveva pensare a ciò che poteva accadere se veramente qualcuno li aveva spiati. Sicuramente, nel peggiore dei casi, l'ignoto ascoltatore poteva avere sorpreso soltanto le ultime battute, ma anche quelle potevano essere state rivelatrici. Aveva accennato al tesoro? Certo, stava proprio dicendo che sarebbero bastati due cavalli, per recuperare il tesoro e raggiungere il Galles. Avevano detto dove il tesoro era nascosto? No, di quello si era parlato molto prima. Ma l'ignoto ascoltatore, se un ascoltatore c'era stato, poteva avere capito che nel mulino era nascosto un seguace di FitzAlan braccato e, peggio, che la figlia di Adeney era nascosta all'abbazia.

Pensieri tutt'altro che consolanti. Meglio mandar via quei due non appena il ragazzo fosse stato in grado di cavalcare.

Ma poteva anche essersi sbagliato, dopo tutto. Lì intorno non si vedeva anima viva, all'infuori di un ragazzotto occupatissimo a pescare in riva al fiume, ben lontano da loro. Se nel giro delle prossime ore non fosse accaduto niente, avrebbe voluto dire che si era preoccupato inutilmente.

« Che cosa è accaduto? » domandò a un tratto Godith. « Siete preoccupato per qualche cosa, lo vedo. »

« No, no, non c'è niente di cui tu debba darti pensiero. Mi ero sbagliato. È tutto a posto. »

In quel momento colse con la coda dell'occhio un movimento improvviso in direzione del fiume, oltre il folto di cespugli dove Godith aveva trovato Torold. Un corpo agile e snello emerse da quel magro riparo, stirandosi pigramente, e tagliando attraverso il campo si diresse verso il sentiero. Hugh Beringar, misurando il passo in modo che apparisse casuale ma che lo portasse sulla loro strada al momento voluto, mostrava un viso placido e amabile, riconoscendo con piacere il frate e accettando con benevolenza il suo giovane aiutante.

« Splendida serata, fratello! Andate al vespro? Anch'io. Possiamo fare la strada assieme? »

« Con molto piacere », rispose Cadfael in tono cordiale, poi diede un colpetto su una spalla a Godith e le tese la sacca dove aveva messo le sue erbe e le bende. « Va' avanti, Godric, e metti via questa roba prima di venire al vespro con gli altri ragazzi. Così risparmierai un po' di strada a me e potrai dare una rimescolata a quella pozione che ho messo a bollire. Va', va', figliolo, corri! »

Godith afferrò il sacchetto e partì a precipizio, attenta a correre come un maschio, facendo scorrere una mano sulle stoppie e zufolando, ben contenta di sottrarsi agli sguardi di Hugh. L'uomo del quale aveva pieni gli occhi e la mente era un altro.

« Un ragazzo obbediente, il vostro aiutante », osservò benevolmente Beringar, seguendola con lo sguardo.

« Un bravo figliolo », fece eco tranquillamente Cadfael. « Ha la retta pagata per un anno in convento, ma dubito che vestirà mai il saio. Ma almeno imparerà a leggere e scrivere, a far di conto, e una quantità di nozioni sulle erbe e sulle medicine. Gli servirà, nella vita. Siete andato un po' a spasso, mio signore? »

« Non a spasso, veramente », rispose Hugh Beringar con uguale tranquillità. « Avevo bisogno di voi. Vi ho cercato prima nell'orto dell'abbazia e non avendovi trovato, ho pensato che aveste avuto da fare nei campi, ma non vi ho visto da nessuna parte e allora mi sono seduto in riva al fiume, a godermi questa bella serata. Sapevo che sareste tornato per il vespro, ma non immaginavo che le terre del convento arrivassero fin qui. Lo avete già raccolto tutto, il grano? »

« Tutto quello che abbiamo in questo campo. Fra poco ci saranno le pecore a pascolare fra le stoppie. Ma per che cosa avevate bisogno di me, mio signore? Se posso esservi utile in accordo con i miei doveri, sono a vostra disposizione. »

« Fratello Cadfael, ieri mattina vi ho chiesto se avreste preso in seria considerazione una mia eventuale richiesta e voi mi avete risposto che prendete sempre in seria considerazione tutto ciò che fate. E io vi credo. Allora pensavo a qualcosa che in quel momento era soltanto un vago pericolo, ma ora è diventato un pericolo concreto. Ho avuto modo di sapere che re Stefano ha già in programma di spostare il campo e vuole essere certo di avere scorte e cavalli a sufficienza. L'assedio a Shrewsbury gli è costato moltissimo e ora ha un grande numero di bocche da sfamare e di uomini cui fornire una cavalcatura. Non lo sa ancora quasi nessuno, altrimenti chissà quanti comincerebbero a premunirsi come sto facendo io », ammise allegramente, « ma il re sta per emanare un ordine di requisizione di tutte le scorte di viveri, di tutto il foraggio e di tutti, dico tutti i buoni cavalli reperibili in città, a chiunque appartengano. Non saranno esenti nemmeno le scuderie dell'abbazia. »

Quel discorso non piacque per niente a Cadfael. Arrivava troppo a puntino, proprio quando lui stesso avrebbe avuto bisogno di cavalli e, quel ch'era peggio, induceva a pensare che così com'era al corrente di quella notizia ancora ignorata da tutti, Hugh Beringar potesse essere al corrente anche di altre vicende. Niente di ciò che quel giovane diceva o faceva era mai come appariva, ma a qualunque gioco giocasse, sarebbe sempre stato il *suo* gioco. A quel punto, rifletté Cadfael, quanto meno avesse detto, tanto meglio sarebbe stato. Tutti e due potevano fare il proprio gioco e, forse, entrambi potevano trarne vantaggio. Che fosse Hugh a parlare per primo, e qualunque cosa avesse detto avrebbe dovuto essere esaminata e vagliata con la massima cura.

« Sarà una triste notizia per il fratello priore », osservò tranquillo Cadfael.

« È una triste notizia per me », ribatté Beringar. « Ho ben quattro cavalli nelle scuderie dell'abbazia. Ora, potrei anche chiedere di tenerli per me e per i miei uomini, ma visto che mi sono messo al servizio del re, non posso certo protestare. Ma per essere sincero con voi, non ho alcuna intenzione di lasciar requisire per le truppe di Stefano le mie due bestie migliori. Voglio portarle via di qui e tenerle in qualche posto sicuro, dove possano sfuggire alle perquisizioni di Prestcote finché la tempesta non sarà passata. »

« Soltanto due? » obiettò Cadfael, con aria innocente. « Perché non tutt'e quattro? »

« Oh, andiamo, fratello, non fate il finto tonto! Potrei essere qui senza cavalli? Se non ne trovassero nemmeno uno, andrebbero a cercarli tutti e io avrei ben poche probabilità di conservarmi il favore del re. Due posso lasciarglieli. Fratello Cadfael, mi sono bastati pochi giorni per capire che in questo posto siete voi l'uomo più energico, un uomo capace di addossarsi qualsiasi impresa, per quanto difficile e rischiosa possa essere. » Beringar parlava con tono schietto, persino cordiale, che sembrava assolutamente privo di sottintesi. « Il reverendo abate ricorre a voi, quando si trova di fronte a qualche grosso problema. Io mi rivolgo a voi per un aiuto pratico. Voi conoscete bene questa zona. Sapete dirmi se c'è qualche posto dove i miei cavalli possano stare al sicuro per qualche giorno, finché ogni pericolo sia passato? »

Cadfael non si sarebbe mai aspettato una proposta simile ma poiché gli capitava come una manna dal cielo, fu pronto ad approfittarne per i propri scopi. Anche se dal possesso di quei cavalli non fossero dipese vite umane, restava il fatto che Beringar si stava servendo di lui senza scrupoli e questo lo esentava da ogni scrupolo nei suoi confronti. Anzi, c'era ancora qualcosa in più, perché Cadfael aveva il sospetto che Beringar sapesse benissimo che cosa passava per la mente del frate e che non gli importasse niente di ciò che egli poteva pensare sul conto suo. Ognuno di noi due, rifletté Cadfael, ha in qualche modo un vantaggio sull'altro e ognuno di noi due intuisce abbastanza bene i metodi, se non i motivi, dell'altro. Sarebbe stato un duello ad armi pari. Tuttavia, quel giovane dai modi così gentili poteva essere l'uccisore di Nicholas Faintree. E quello sarebbe stato un duello di ben altro genere, senza quartiere da una parte e dall'altra. Nel frattempo bisognava sfruttare al massimo quelle che potevano anche essere circostanze fortuite.

« Sì », rispose Cadfael. « Conosco il posto adatto. »

Beringar non fece domande sul luogo, né mise in dubbio la possibilità che potesse non essere abbastanza lontano o abbastanza sicuro. « Bene », disse senza esitare e fissando il frate con un sorriso. « Ci andremo stanotte. Dev'essere stanotte, l'ordine sarà emanato domani stesso. Se sarà possibile ritornare a piedi prima dell'alba, potete venire a cavallo con me. Meglio voi di un altro. »

Cadfael studiò rapidamente un piano: non aveva bisogno di riflettere sulla risposta da dare.

« Allora sarà meglio che portiate fuori i cavalli prima del vespro. Andate verso St. Giles, io vi raggiungerò dopo compièta, quando farà buio. Non sarebbe opportuno che mi vedessero a cavallo con voi, ma sembrerà del tutto naturale che voi facciate fare una corsa alle vostre bestie, verso sera. »

« Bene », assentì Beringar, soddisfatto. « Dove si trova il posto? Ci sarà da attraversare il fiume? »

« No, e nemmeno il torrente. È una vecchia masseria che l'abbazia aveva un tempo nel bosco, oltre Pulley. Poi, quando i tempi hanno cominciato a farsi difficili, abbiamo portato via tutte le nostre pecore e il bestiame, ma ci sono rimasti due fratelli laici a fare la guardia. Nessuno andrà mai a cercare dei cavalli, là, sanno tutti che la masseria è stata abbandonata. E i fratelli laici accetteranno senza discutere ciò che dirò io. »

« Passeremo dunque da St. Giles? » Era una piccola cappella non molto lontana dall'abbazia, verso est.

« Sì. A Sutton svolteremo verso sud, poi ci dirigeremo verso ovest e raggiungeremo la foresta. Dovremo farci tre miglia o più per tornare, ma a piedi potremo prendere qualche scorciatoia e risparmiare circa un miglio. »

« Credo che le mie gambe ce la faranno », rise Beringar. « Arrivederci a St. Giles dopo compièta, dunque. » E senza aggiungere altro allungò il passo, lasciandosi alle spalle il frate: aveva visto Aline Siward uscire di casa e avviarsi verso il portone dell'abbazia per recarsi in chiesa. Aveva percorso appena qualche metro quando Beringar la raggiunse. La damigella alzò la testa e lo guardò con un sorriso fiducioso. Creatura innocente, senza superbia ma anche assolutamente priva di astuzia, si apriva come un fiore alla vista di quel bel giovane tortuoso come un serpente. Quell'atteggiamento poteva significare qualcosa a suo favore? si domandò fratello Cadfael guardandoli camminare davanti a lui assorti in un'animata conversazione. O era soltanto la prova di un'infantile fiducia? Era già accaduto che giovani donne senza macchia si lasciassero irretire da perfidi ribaldi, perfino da assassini, e che a loro volta, perfidi ribaldi e perfino assassini, fossero profondamente devoti a giovani donne senza macchia, contraddicendo la propria natura con quella perversa tenerezza.

La vista di Godith che, in chiesa, scambiava sussurri e gomitate con gli altri ragazzi e gli lanciava una rapida occhiata interrogativa, consolò e rallegrò il frate che le rispose con un cenno e un sorriso rassicurante. Rassicurazione dalle fondamenta un po' labili, ma in qualche modo sarebbe riuscito a renderle più stabili. Aline era senza dubbio degna di ammirazione, ma Godith si confaceva di più ai suoi gusti. Gli rammentava Arianna, la giovane barcaiola greca di tanti e tanti anni prima, che con la gonna rialzata fino al ginocchio e i corti capelli neri simili a una nube di riccioli intorno al capo, si chinava sul lungo remo e lo chiamava attraverso i flutti...

Ah, allora aveva appena qualche anno più di quanti ne aveva ora Torold, e quelle erano cose da giovani. Lui aveva ben altro a cui pensare.

Dunque, quella sera dopo compièta, a St. Giles!

## CAPITOLO VII

LA CAVALCATA che da Sutton li portò nel folto del bosco fu come un improvviso tuffo nel passato, con le spedizioni notturne e le pericolose imboscate un tempo tanto abituali da essere diventate persino noiose. Ma questa spedizione nel buio della notte, pur tanto simile a quelle di allora, tornava a essere un'esperienza elettrizzante. L'animale che Cadfael montava, nobile e focoso, era di una fierezza che non ricordava da almeno vent'anni, e il piacere che gliene veniva gli rammentò che anche lui era pur sempre un essere mortale e fallibile. Persino il giovane che gli cavalcava accanto, accettando senza esitazioni la sua guida, gli ricordava quel lontano passato, quando accanto a compagni focosi e amanti dell'avventura aveva accettato quasi con piacere fatiche e privazioni d'ogni genere.

Benché lontano da ogni strada battuta e immerso nel buio profondo della foresta, Hugh Beringar pareva non avere alcuna preoccupazione al mondo, men che meno paura di un tradimento da parte del suo compagno. Chiacchierava senza posa, curioso del passato mondano del frate e dei paesi che lui doveva avere conosciuto bene come conosceva quella foresta.

« Sicché avete vissuto per tanti anni nel mondo, avete visitato tanti paesi e, si dice, conosciuto tante donne, e non avete mai pensato di sposarvi? » Il tono sembrava svagato e un po' ironico, ma le domande erano precise e nette, non lasciavano scampo.

« Infatti, ho pensato di sposarmi, una volta », ammise francamente Cadfael. « Prima di partire per la crociata. Era una donna ammirevole ma, per essere sincero, in oriente mi dimenticai di lei e qui, in occidente, lei dimenticò me. Restai lontano troppo a lungo, lei si stancò di aspettare e sposò un altro. »

« L'avete più rivista? »

« No, mai. È nonna ormai, che Dio la benedica. Era una gran donna, Richildis! »

« Ma le donne c'erano anche in oriente e voi eravate un giovane crociato. Non posso fare a meno di stupirmi! »

« Bene, stupitevi pure. E io mi stupisco di voi », ribatté dolcemente Cadfael. « Non ci sono due esseri che non siano estranei l'uno all'altro. »

Tra gli alberi appariva ora una luce fioca. I fratelli laici stavano alzati fino a tardi. A giocare a dadi, probabilmente, pensò fratello Cadfael. E perché no? Dovevano annoiarsi a morte, laggiù. Bene, ora avrebbero avuto un diversivo, senza dubbio molto gradito.

Che fossero svegli e attenti al minimo rumore di una presenza inattesa vicino alla masseria fu subito chiaro, perché entrambi i fratelli laici apparvero immediatamente nel vavo della porta: fratello Anselm, gigantesco e, nonostante i suoi cinquantacinque anni, forte come una quercia, si presentò armato di un bastone, e fratello Louis, piccolo ma agile e scattante, armato di una corta spada che sapeva usare da maestro. Entrambi erano palesemente pronti a tutto, col viso sereno e l'occhio vigile, ma alla vista di fratello Cadfael si illuminarono di un largo sorriso.

« Oh, siete voi! È un piacere vedere una faccia nota, ma chi mai poteva aspettarsi di vedervi qui nel cuore della notte? Vi fermate fino a domani? Qual buon vento vi porta? » Guardavano Beringar con sospetto ma il giovane lasciò che fosse Cadfael a spiegare la sua presenza lì, dove l'autorità dell'abate contava più di quella del re.

« Ho bisogno di voi », spiegò Cadfael smontando da cavallo. « Questo nobile signore vi prega di tenergli per qualche giorno questi due cavalli lontani da sguardi indiscreti. » Non era necessario nascondere a quei due il motivo di quella richiesta: avrebbero capito perfettamente i desideri del proprietario di due animali così belli. « Stanno requisendo cavalli da trasporto per le truppe e non è certo un compito adatto a questi due. Li riporteremo indietro a tempo debito, quando potranno essere impiegati in maniera più utile. »

Fratello Anselm guardò con occhio da intenditore la cavalcatura di Beringar e gli passò una mano sul collo arcuato. « È un bel pezzo che le nostre scuderie non vedono una simile bellezza! Anzi, che non vedono una cavalcatura di nessun genere, eccezion fatta per la mula del priore Robert quando veniva a trovarci, cosa che ormai fa ben di rado. Aspettiamo con ansia che richiamino anche noi, per essere sincero. Che cosa ci stiamo a fare in un posto così isolato e inutile? Sì, amico mio, saremo ben contenti di ospitare te e il tuo compagno! E sarò anche più contento, mio signore, se mi permetterete di montarlo qualche volta, tanto per tenerlo in esercizio. »

« Penso che possa reggere agevolmente anche un peso come il vostro », rispose amabilmente Beringar. « Ma non consegnatelo a nessuno se non a me o a fratello Cadfael. »

« Questo è sottinteso. Nessuno li vedrà, qui. » I due fratelli laici accompagnarono gli animali in una stalla deserta, contentissimi di quella variante alla loro monotona esistenza e ancora di più della generosità con la quale Beringar li compensò dei loro servigi. « Ma li avremmo tenuti anche soltanto per il piacere di averli », dichiarò con sincerità fratello Louis. « Ero palafreniere del conte Robert di Gloucester, un tempo, e so apprezzare una bella bestia, quando ne vedo una! »

Cadfael e Beringar si avviarono verso l'abbazia a piedi. « Una camminata di un'ora o poco più », dichiarò il frate. « Conosco una scorciatoia, dove il sentiero è troppo stretto per i cavalli, che ci porterà dritti all'abbazia. Dovremo guadare la gora a monte del mulino, così, se non vi secca bagnarvi i piedi, entreremo dalla parte degli orti, dove nessuno ci vedrà. »

« Credo che mi stiate tendendo un tranello », osservò Beringar in tono grave, ma perfettamente tranquillo. « Intendete abbandonarmi nel bosco o annegarmi nella gora del mulino? »

« Dubito molto che riuscirei a fare l'una o l'altra cosa. No, sarà una passeggiata amichevole, vedrete. E utile, spero. »

E benché ognuno dei due sapesse perfettamente che l'altro si stava servendo di lui per i propri scopi, fu davvero una piacevole passeggiata notturna, quella dell'anziano monaco senza più ambizioni e del giovane cavaliere le cui ambizioni erano illimitate. Probabilmente Beringar si stava sforzando di capire perché mai il frate avesse accondisceso con tanta prontezza alla sua richiesta e senza dubbio Cadfael si sforzava di sondare i motivi che avevano indotto il giovane a coinvolgere proprio lui in un'impresa del genere. Bene, questo avrebbe reso più interessante la battaglia. E chi l'avrebbe vinta, chi ne avrebbe tratto il maggior vantaggio, era ancora tutto da vedere.

Camminavano entrambi di buon passo sullo stretto sentiero, sempre fianco a fianco, benché Cadfael fosse robusto e pesante e Beringar agile e snello. Il giovane seguiva senza esitazioni il frate e pareva che l'oscurità, appena appena mitigata dalla luce delle stelle che si intravedevano fra i rami, non lo turbasse affatto. E intanto chiacchierava liberamente.

« Il re intende tornare nella regione di Gloucester con forze maggiori, ecco perché è alla ricerca di altri uomini e cavalli. Si muoverà certamente entro pochi giorni. »

« E voi partirete con lui? » Dal momento che il signorino aveva tanta voglia di chiacchierare, perché non incoraggiarlo? Avrebbe calcolato con la massima cura tutto ciò che diceva, naturalmente, ma prima o poi anche lui forse avrebbe sbagliato qualche calcolo.

« Questo dipenderà dal re. Ma ci credereste, fratello Cadfael, che non si fida ancora di me? Per quanto, a me farebbe più comodo se mi venisse affidato il comando qui, dove sono le mie terre. Io ho cercato di mostrarmi assiduo, ma senza esagerare. Vedere troppo spesso la stessa faccia potrebbe diventare una noia, ma non farsi vedere tra i postulanti potrebbe essere fatale. È una questione di giudizio. »

« E penso che possa fidarsi sicuramente del vostro », ribatté il frate. « Oh, ma siamo al torrente, sentite? » Erano state disposte alcune pietre perché si potesse attraversare il torrente all'asciutto quando il livello era basso e Beringar, dopo una rapida occhiata per calcolare le distanze, l'attraversò con due balzi sicuri che servirono a confermare il giudizio appena pronunciato da Cadfael.

« Lo pensate davvero? » riprese il giovane quando i due si ritrovarono di nuovo a fianco a fianco. « Avete un'opinione tanto alta del mio giudizio? Ma soltanto per quanto riguarda rischi e vantaggi? O anche per gli uomini? E le donne? »

« Non posso mettere in dubbio il vostro giudizio per quanto riguarda gli uomini, visto che vi siete fidato di me. Se ne dubitassi, sarebbe probabile che sarei io a non averne. »

« E per le donne? » Erano ormai all'aperto e si muovevano con maggior disinvoltura.

« Penso che sarebbero sagge se si guardassero da voi. Ma di che cos'altro si chiacchiera alla corte del re, oltre che della prossima campagna? Si sa qualcosa di FitzAlan e di Adeney? Qualcuno li ha visti? »

« No, e non credo che qualcuno li vedrà », ribatté prontamente Beringar. « Hanno avuto fortuna e non me ne dispiace. Non si sa dove siano, ma ormai saranno certo in viaggio per la Francia. »

Non v'era motivo di dubitare delle sue parole: qualunque cosa avesse in mente, intendeva arrivarci seguendo la strada della verità, non quella delle menzogne. Almeno era una buona notizia per Godith e la situazione sarebbe migliorata col passare dei giorni, perché sarebbe aumentata la distanza fra suo padre e la vendetta di re Stefano. E ora c'erano due ottimi cavalli, affidati alle cure di due robusti fratelli che avrebbero obbedito senza batter ciglio a qualunque ordine di Cadfael, e in ottima posizione per offrire una via di salvezza a Godith e a Torold. Il primo passo era fatto. Ora bisognava recuperare il tesoro dal fiume e far partire i due ragazzi. Impresa non facile, ma neppure impossibile.

« Finalmente ho capito dove siamo », esclamò Beringar dopo una ventina di minuti. Avevano attraversato il tratto di terreno, circa un miglio, racchiuso nella larga ansa del torrentello e ora si trovavano sull'altro argine. Sulla sponda opposta si distinguevano il campo dei piselli e, oltre la lieve salita, l'orto e i fabbricati dell'abbazia. « Avete uno straordinario senso dell'orientamento, anche al buio. Fatemi strada, vi seguirò ciecamente, anche in un guado senza pietre. »

A Cadfael bastò sollevare il saio, non avendo altro che i sandali da bagnare. Poi avanzò risolutamente nell'acqua quasi di fronte alla capanna di Godith, il cui tetto si intravedeva appena sopra gli alberi e i cespugli, oltre il muretto che circondava l'erbario. E Beringar gli andò dietro, piombando senza batter ciglio con stivali, calze-brache e tutto, nell'acqua che in quel punto arrivava sotto al ginocchio. E Cadfael non poté fare a meno di notare come si muoveva sicuro e leggero, facendo increspare a malapena l'acqua. Quel ragazzo possedeva tutte le doti di un animale selvatico, vigile e cauto di notte come di giorno. Raggiunta l'altra sponda, proseguì aggirando istintivamente il campo dei piselli, attento a evitare anche il più lieve fruscio degli steli secchi.

« Cospiratore per natura », osservò Cadfael, pensando ad alta voce, e il fatto stesso che si fosse azzardato a dirlo era la prova del profondo, anche se ostile, legame che già li univa.

Beringar girò verso di lui il volto improvvisamente illuminato da un selvaggio sorriso. « Ci conosciamo bene, l'un l'altro », commentò. Avevano imparato a parlare in un sussurro a malapena percettibile e tuttavia abbastanza chiaro per essere udito. « Mi è venuto in mente qualcosa che si dice in giro e che m'ero scordato di dirvi. Due o tre notti fa è finito nel fiume un tizio cui davano la caccia, pare che fosse uno scudiero di FitzAlan. Si dice che un arciere lo abbia colpito a una spalla, ma non è da escludere che gli abbia trapassato il cuore. Comunque sia, è rimasto sott'acqua e chissà che il suo corpo non torni a galla dalle parti di Atcham. Però il giorno dopo è stato ritrovato un cavallo sellato senza cavaliere, un ottimo cavallo che doveva essere certamente il suo. »

« Oh, raccontatemi tutto! » esclamò Cadfael, simulando un controllato stupore. « Potete parlare tranquillamente, qui: mai nessuno viene a gironzolare di notte nel mio erbario e tutti sanno che sono abituato ad alzarmi alle ore più strane per venire a dare un'occhiata ai miei decotti. »

« Ma non ci pensa il vostro aiutante? » domandò Beringar con l'aria più innocente del mondo.

« Un ragazzo che se ne uscisse in piena notte dal dormitorio avrebbe ben presto motivo di pentirsene. No, no, mio signore, abbiamo cura dei nostri ragazzi più di quanto crediate voi. »

« Sono lieto di sentirvelo dire. È già abbastanza pericoloso per vecchi soldati incalliti che si son fatti frati affrontare il freddo della notte. I giovani virgulti devono essere protetti. » La voce di Beringar era dolce e morbida come il miele. « Vi dicevo dunque di questa strana storia dei cavalli... Un paio di giorni dopo, vi parrà incredibile, ne è stato trovato un altro, anche quello sellato, che vagava nei campi a nord della città. Si pensa che si trattasse di una guardia del corpo fatta uscire dal castello al momento dell'attacco e mandata a prelevare la figlia di Adeney, ovunque fosse nascosta, per portarla in salvo fuori dal cerchio degli assedianti. Ma la missione è finita nelle acque del fiume, e la ragazza deve essere ancora nascosta qui in giro, da qualche parte. E la cercheranno, fratello Cadfael, la cercheranno con accanimento sempre maggiore. »

Erano arrivati in prossimità del chiostro, ormai. Con un « Buonanotte! » appena percettibile, Hugh Beringar sparì come un'ombra in direzione della foresteria.

Fratello Cadfael rimase sveglio a lungo, immerso in profonde riflessioni. E più rifletteva, più si convinceva che qualcuno si era davvero avvicinato furtivamente al mulino quanto era bastato per cogliere le ultime frasi del colloquio e che quel qualcuno era senza possibilità di dubbio Hugh Beringar. Aveva dimostrato di sapersi muovere senza il minimo rumore e di saper adattare istintivamente le proprie mosse alle circostanze, aveva escogitato quella spedizione notturna che li aveva fatti diventare due complici alla mercé l'uno dell'altro e, infine, aveva buttato là un certo numero di confidenze sibilline intese a destare sospetto e allarme, e forse a provocare qualche reazione avventata... soddisfazione che peraltro lui, Cadfael, si sarebbe guardato bene dal concedergli. Non credeva che il furtivo ascoltatore fosse rimasto a lungo a portata di voce, ma le ultime frasi che proprio lui, Cadfael, aveva pronunciato, avevano rivelato con sufficiente chiarezza che intendeva procurarsi in qualche modo due cavalli, recuperare il tesoro nascosto e provvedere perché Torold potesse andarsene con *lei.* Se Beringar era là da qualche momento doveva avere udito anche il nome della ragazza, ma anche se non era così, doveva certo nutrire qualche sospetto. E in tal caso, a che gioco stava giocando con i suoi cavalli migliori, con due fuggiaschi che avrebbe potuto tradire a ogni momento ma che non aveva ancora tradito, e con lo stesso fratello Cadfael? Mirava a un premio più prezioso e allettante della semplice cattura di un uomo e di una ragazza verso la quale non aveva alcun motivo di rancore? Un uomo come Beringar forse avrebbe deciso di rischiare il tutto per tutto: Torold, Godith e il tesoro in un colpo solo. Per se stesso, come aveva già tentato di fare, anche se senza successo, o per guadagnarsi il favore del re? Con un uomo come lui, tutto era possibile.

Ma una cosa almeno era certa. Se Beringar sapeva che Cadfael aveva deciso di recuperare il tesoro, da quel momento in poi avrebbe fatto l'impossibile per non perderlo di vista un istante, perché soltanto lui poteva condurlo al suo nascondiglio.

Si addormentò quando il cielo cominciava già a impallidire e gli parve che fosse passato soltanto qualche minuto quando la campana lo svegliò insieme con gli altri per le funzioni dell'ora prima.

« Oggi », disse Cadfael a Godith nell'orto, dopo la colazione, « fa' tutto come al solito. Va' a messa prima del capitolo e poi vattene a lezione. Dopo pranzo lavorerai un poco nell'orto e darai un'occhiata alle mie pozioni, ma fatto questo potrai sgattaiolare via senza farti vedere, bada bene, e restare al mulino fino al vespro. Sarai capace di medicare Torold senza di me? Oggi io non posso proprio venire. »

« Ma certo che sono capace », ribatté lei piccata. « Vi ho visto farlo e ormai conosco bene le erbe. Ma... se qualcuno, se quello che ci ha spiati ieri, tornasse anche oggi? » Cadfael le aveva raccontato succintamente la sua spedizione notturna, e quello che essa significava l'aveva rincuorata e allarmata a un tempo.

« Non verrà », dichiarò categoricamente il frate. « Se tutto andrà come penso, lui mi seguirà come un'ombra. Per questo voglio tenerti lontana da me. Inoltre, desidero che tu e Torold facciate qualcosa per me, stasera tardi, sempre se le mie previsioni risulteranno esatte. Quando ci vedremo al vespro, stasera, ti dirò se sì o no. E se sarà sì, ti dirò soltanto quello. Dunque, ascoltami... »

Godith ascoltò con attenzione, annuendo ogni tanto per dimostrare che aveva capito. « Sì, l'ho vista la barca contro il muro del mulino. Sì, lo conosco quel folto cespuglio vicino all'orto, alla fine del ponte... Sì, certo che ce la faremo, Torold e io! »

« Non abbiate fretta e muovetevi soltanto quando sarete sicuri », ammonì Cadfael. « E ora corri a messa e poi a lezione, e cerca di essere come tutti gli altri ragazzi. Non avere paura. Se dovesse esserci qualche complicazione voglio essere il primo a saperlo, e in tal caso correrò subito da te. »

La prima parte delle previsioni di Cadfael si rivelò esatta. Il frate si diede un gran da fare, quella domenica mattina, assistendo a tutte le funzioni, trottando per motivi noti a lui solo dalla portineria alla foresteria, dall'alloggio dell'abate all'infermeria o all'orto e, dovunque andava, intravedeva nelle vicinanze, più o meno defilato, Hugh Beringar. Mai aveva visto quel baldo giovane presenziare con tanta assiduità alle funzioni in chiesa, anche se tra i fedeli non c'era Aline Siward. Adesso, pensò Cadfael con una certa malizia, vediamo se mi riesce di trascinarlo altrove anche quando lei è in chiesa, a costo di lasciarla in balia di un altro corteggiatore. Aline, infatti, non mancava mai alla messa dopo il capitolo e, durante la sua ultima scorribanda in portineria, il frate aveva visto Adam Courcelle, vestito come si addiceva a un luogo sacro, avviarsi verso la piccola casetta della foresteria dov'erano alloggiate la damigella e la sua ancella.

Non era mai accaduto che fratello Cadfael mancasse alla

messa, ma una volta tanto il brav'uomo inventò un improrogabile impegno che gli offriva una giustificazione validissima. La sua abilità di esperto farmacista era ben nota in città e spesso qualcuno veniva a chiedere il suo aiuto. E l'abate Heribert, sempre comprensivo delle necessità altrui, acconsentiva volentieri a lasciar libero il suo erborista. C'era dunque dalle parti di St. Giles un ragazzino da tempo affidato alle sue cure per un'infezione cutanea e, benché fosse ormai in via di guarigione e non avesse quindi nessun bisogno di una visita urgente, se fratello Cadfael diceva di dover andare da lui nessuno poteva contraddirlo.

Al cancello incontrò Aline Siward e Adam Courcelle, lei un po' accesa in viso ma certo non dispiaciuta, anche se forse un po' imbarazzata di avere tale scorta, e l'ufficiale del re, attento e devoto e lui pure rosso fino ai capelli, palesemente felice di scortarla. Se Aline si aspettava che le si avvicinasse anche Beringar, com'era ormai solito fare, per una volta fu delusa. Se ne fosse contenta o contrariata non v'era modo di capirlo, ma certo era che Beringar non si vedeva da nessuna parte.

Prova positiva, pensò Cadfael soddisfatto, e se ne andò, sereno e senza fretta, a visitare il suo paziente. Beringar era la discrezione personificata nella sua sorveglianza e riuscì a non farsi vedere finché il frate, tornando all'abbazia, non lo incontrò sulla strada mentre, fischiettando allegramente, trotterellava in groppa a uno dei cavalli rimastigli, per tenerlo in esercizio.

Il giovane salutò gaiamente il frate, come se mai incontro fosse stato più casuale e più gradito. « Fratello Cadfael! Come mai da queste parti di domenica mattina? »

Senza scomporsi, il frate gli parlò del suo piccolo paziente e dei soddisfacenti risultati della cura.

« Ah, ma siete dotato di capacità infinite! » esclamò Beringar ammiccando. « Sono certo che avrete dormito come un sasso dopo le fatiche di ieri. »

« Ho avuto il cervello in ebollizione per un po' di tempo, ma poi ho dormito benissimo, grazie. E a quanto vedo, vi è rimasto ancora un cavallo. »

« Ah questo! Mi ero sbagliato io. Non avevo pensato che anche se l'ordine veniva emanato oggi, nessuno si sarebbe mosso perché è domenica. Ma domani lo vedrete da voi. » Era indubbiamente sincero e sicuro di sé. « Sarà probabilmente una caccia accanita. » E fratello Cadfael capì che non intendeva parlare soltanto di cavalli e approvvigionamenti. « Re Stefano è un po' preoccupato dei propri rapporti con la chiesa e i suoi vescovi. Avrei dovuto immaginare che di domenica non avrebbe fatto niente. Bene, questo ci concede una giornata di respiro. Stasera potremo restarcene tranquilli, alla vista di tutti, come angioletti innocenti. Eh, Cadfael? » Con una risata Beringar si chinò a battere una mano sulla spalla del frate, poi spronò il cavallo e partì al trotto in direzione di St. Giles.

Tuttavia quando Cadfael emerse dal refettorio, dopo pranzo, Beringar se ne stava sulla soglia della sala riservata agli ospiti, in apparenza distratto, ma in realtà bene attento a tutto ciò che lo circondava. Cadfael se lo tirò dietro fino al chiostro, dove sedette al sole e rimase a sonnecchiare placidamente finché non fu certo che Godith doveva essere ormai fuori tiro. Allora finse di svegliarsi, ma rimase ancora seduto per qualche tempo, per maggior sicurezza e per riflettere su un paio di particolari.

Era fuor di dubbio che ogni suo movimento era seguito da vicino da Beringar, che aveva preferito addossarsi personalmente quel compito, e probabilmente ci si divertiva anche, invece di affidarlo a qualcuno dei suoi uomini. E se accettava persino di cedere Aline a Courcelle, fosse pure soltanto per un'ora, significava che attribuiva grande importanza a ciò che stava facendo. Dunque l'eletto era lui, Cadfael, era lui il tramite per raggiungere lo scopo che Beringar si prefiggeva, cioè il tesoro di FitzAlan. E la sua sorveglianza sarebbe stata implacabile. Bene! Se non c'era modo di eluderla, non restava altro che metterla a frutto.

Tuttavia non bisognava stancare troppo l'assiduo osservatore né lasciargli indovinare troppo presto quello che lui si riprometteva di fare. "Mi ha messo addosso tanti dubbi", concluse fra sé Cadfael, "adesso che sia lui ad arzigogolare un po'."

Perciò se ne andò nel suo erbario e rimase a lavorare con impegno alle sue pozioni, senza allontanarsi di un passo finché non fu l'ora del vespro. Non si diede neppure la pena di scoprire dov'era nascosto Beringar, ma sperava che quel turno di guardia fosse stato insopportabilmente noioso per quell'uomo tanto attivo e irrequieto.

Quanto a Courcelle, o era rimasto all'abbazia tutto il pomeriggio, sfruttando a dovere l'occasione inviatagli dal cielo, o era tornato per la funzione serale, perché comparve al braccio di Aline, come sempre riservata e pensierosa. Alla vista di Cadfael che arrivava a passo di carica dall'orto, il giovane si fermò e lo salutò con calore.

« È un piacere vedervi in circostanze meno tristi di quelle del nostro primo incontro, fratello. Spero che non abbiano più a toccarvi compiti tanto ingrati. Ma almeno, fra voi e Aline, siete riusciti a conferire una certa bellezza a un dovere che altrimenti sarebbe stato orrendo. Mi auguro di poter trovare il modo di ammorbidire un poco l'atteggiamento di re Stefano nei confronti dell'abbazia: il nostro sovrano nutre ancora qualche rancore perché il signor abate non si è per nulla affrettato a chiedere la sua benevolenza. »

« È un errore che hanno commesso anche tanti altri », ribatté filosoficamente fratello Cadfael. « Riusciremo a sopravvivere. »

« Non ne dubito. Ma il fatto è che per il momento il re non ha alcuna intenzione di concedere privilegi all'abbazia. Se mi trovassi nella necessità di esercitare, entro le mura dell'abbazia, un'autorità che a mio parere dovrebbe arrestarsi ai suoi cancelli, spero capirete che lo faccio mio malgrado e che non ho scelta. »

"Sta chiedendo perdono in anticipo per l'invasione di domani", pensò Cadfael. "Sicché è tutto vero, come supponevo, e hanno affibbiato a lui l'ingrato compito e lui si fa premura di mettere in chiaro che lo fa a malincuore ma che non può esimersi. E magari esagera anche un po', per amore della donzella."

« Se dovesse accadere », disse in tono benevolo, « sono certo che tutti i miei confratelli si renderebbero conto che fate soltanto ciò che dovete fare, come qualunque soldato che ha ricevuto un ordine. Non dovete temere di attirarvi qualche rancore per questo. »

« È quel che ho detto anch'io tante volte a Adam », disse con calore Aline, e avvampò di botto udendo se stessa chiamare Courcelle col nome di battesimo. Forse era la prima volta. « Ma è così difficile convincerlo! No, Adam, è la verità, vi addossate delle colpe che non avete, come se aveste ucciso Giles con le vostre mani! E non posso nemmeno biasimare i fiamminghi. Anche loro non facevano che eseguire gli ordini ricevuti. In tempi orribili come questi, nessuno può fare altro che scegliere la propria strada come la coscienza gli suggerisce e sopportare le conseguenze di quella scelta, quali che siano. »

« In nessun tempo, buono o cattivo, nessuno può fare di più o di meglio », sentenziò fratello Cadfael. « E giacché se ne offre l'opportunità, signora, permettetemi di rendervi conto degli indumenti che mi avete generosamente offerto. Li ho regalati a tre poveretti bisognosi di tutto. Non so come si chiamano perché non l'ho chiesto, ma dite qualche preghiera per tre poveri infelici che senza dubbio pregano per voi. »

Lo avrebbe fatto senza dubbio, rifletté il frate seguendola con lo sguardo mentre entrava in chiesa al braccio di Courcelle. In quel difficile periodo della sua vita, rimasta sola al mondo e unica padrona di un patrimonio che aveva generosamente messo a disposizione del re, gli sembrava pericolosamente in bilico fra il chiostro e il mondo e benché lui avesse scelto, nell'età matura, il primo, a lei augurava di tutto cuore il secondo, ma possibilmente un mondo più piacevole di quello che la circondava ora, un mondo nel quale la sua giovinezza non fosse sprecata.

Andando a prendere posto tra i suoi confratelli, incontrò Godith che si dirigeva verso il proprio angolo. Alla muta domanda dei suoi occhi, rispose in un soffio:

« Sì. Fai come ti ho detto. »

Ora dunque la cosa più importante era assicurarsi che per il resto della sera Beringar rimanesse lontano da Godith e Torold. Bisognava che notasse ciò che faceva lui, Cadfael, ma che non sospettasse nemmeno ciò che stavano facendo quei due. E per raggiungere quello scopo, bisognava distaccarsi un poco dalla consueta routine serale. La cena era sempre una faccenda molto sbrigativa, e Beringar si sarebbe trovato di certo nelle vicinanze quando i fratelli fossero usciti dal refettorio. Alla riunione nella sala del capitolo per la quotidiana lettura delle vite dei santi, Cadfael era già mancato altre volte e altrettanto fece quella sera, trascinando il proprio discreto guardiano prima all'infermiera, dove fece una breve visita a fratello Reginald, vecchio, tormentato da dolori alle giunture e sempre desideroso di compagnia, e poi in fondo al giardino personale dell'abate, ben lontano dall'erbario e ancora più lontano dalla portineria. A quell'ora, Godith doveva essere ormai libera dalle lezioni serali con i novizi e poteva comparire da qualsiasi parte fra la capanna, l'erbario e il portone, perciò era della massima importanza che Beringar continuasse a concentrare la propria attenzione su Cadfael, anche se questi non faceva niente di più elettrizzante che tagliare i fiori appassiti nel giardino dell'abate. Ormai il frate controllava soltanto di tanto in tanto che la sorveglianza continuasse: era ben certo che continuava, e con esemplare tenacia. Di giorno, Beringar era sembrato un po' meno assiduo: la luce del sole era poco propizia ad azioni furtive, anche se Cadfael era un avversario rotto a tutte le astuzie, capacissimo di scegliere, per muoversi, proprio il momento più improbabile. Ma col buio, le probabilità che cominciasse ad accadere qualcosa aumentavano a dismisura.

Dopo compièta, nelle sere d'estate, i frati passeggiavano un poco nel chiostro o in giardino, prima di andare a letto. A quell'ora era ormai buio e Cadfael era ben contento che Godith fosse da un pezzo dove doveva essere, insieme con Torold. Gli parve tuttavia conveniente ritardare ancora un poco e ritirarsi in dormitorio con i confratelli. Che poi ne uscisse per la scala che scendeva in chiesa o per quella esterna, era certo che l'occhio vigile che sorvegliava le sue mosse dalla sala degli ospiti, sull'altro lato del grande cortile, non avrebbe perso le sue tracce.

Optò per la scala che scendeva in chiesa, uscì dalla porta settentrionale, ancora aperta, aggirò l'abside e la sala del capitolo e, attraversato il cortile, raggiunse l'orto. Non aveva bisogno di guardarsi intorno o di tendere l'orecchio per sapere che lui era lì, ombra furtiva e leggera che si teneva a distanza di sicurezza da lui ma non lo perdeva di vista un istante. La notte era abbastanza buia, ma l'occhio vi si abituava presto e Cadfael sapeva con quanta sicurezza Beringar sapesse muoversi nell'oscurità. Avrebbe immaginato certamente che il frate si sarebbe diretto verso il guado che avevano varcato insieme la notte precedente. Chi mai, dovendo uscire di straforo in piena notte per compiere una missione clandestina, sarebbe passato dalla portineria?

Guadato il torrentello, Cadfael si fermò un momento per essere certo che Beringar lo avesse seguito. La variazione nel regolare mormorio dell'acqua fu quasi impercettibile, ma il frate l'avvertì e ne fu soddisfatto. Ora doveva seguire il corso della corrente fino allo sbocco nel fiume, dove c'era una passerella dalla quale, in due passi, si raggiungeva il ponte di pietra che dava accesso alla città. Salito sulla strada, Cadfael scivolò giù per il breve pendio che scendeva ai campi dell'abbazia e subito si trovò nell'ombra della prima arcata del ponte, a osservare il lieve scintillio argenteo dei vortici che indicavano il punto dove un tempo era ormeggiato il mulino galleggiante. Lì sotto l'arcata i cespugli crescevano fittissimi e giovani salici tendevano i rami flessibili nell'acqua, creando, fra gli uni e gli altri, un folto di vegetazione entro il quale avrebbero potuto trovare agevolmente riparo una decina di persone.

E lì, ormeggiata a un ramo di salice, c'era la barca, uno scafo leggero, di giunchi e pelle, del tipo che si poteva trasportare facilmente per via di terra. Ma in quel momento c'era un ottimo motivo perché la si fosse lasciata in acqua, invece che all'asciutto sulla sponda. A bordo, almeno Cadfael lo sperava, c'era un pesante fagotto avvolto con cura in un paio di sacchi prelevati al mulino, qualcosa che lui non avrebbe potuto portare perché era della massima importanza che chi lo sorvegliava vedesse chiaramente che era arrivato lì a mani vuote.

Sceso nella barca, Cadfael sciolse la fune d'ormeggio. Il fagotto era lì sul fondo e del peso adatto. Mentre, manovrando il lungo remo, si dirigeva verso il centro della prima arcata del ponte, Cadfael colse il lieve movimento di un'ombra più scura al margine dei cespugli, a metà pendio.

Alla fine, tutto risultò assai più facile del previsto. Per quanto di vista acuta, Beringar non poteva assolutamente distinguere nei particolari ciò che stava accadendo sotto il ponte e per quanto acuto fosse il suo udito, non gli avrebbe portato altro che il rumore di una catena, cui era agganciato un peso considerevole, che urtava contro la pietra, il risucchio e lo sgocciolio dell'acqua che scorreva da qualcosa appena ripescato, poi di nuovo lo strofinio della catena che veniva ricalata in acqua. Che era quanto stava realmente accadendo, salvo il fatto che Cadfael tratteneva la catena con le mani per rallentarne la caduta e non lasciar capire che vi era sempre agganciato lo stesso peso, mentre il fagotto trovato sul fondo della barca era stato tuffato rapidamente nel Severn per farne sgocciolare rumorosamente l'acqua sulla sporgenza del pilone. Più rischiosa sarebbe stata forse la fase successiva, perché Cadfael non aveva modo di sapere se aveva letto esattamente nella mente di Beringar e di conseguenza metteva in gioco la propria vita e quella di altri basandosi unicamente sulle proprie facoltà di giudizio.

Fino a quel momento, tuttavia, tutto era andato secondo le sue previsioni. Il frate riportò lentamente a riva la sua barchetta e sopra di lui un'ombra leggera si spostò rapidamente verso la sommità del pendio per dirigersi, congetturò Cadfael, in prossimità della strada, pronta a seguirlo da qualunque parte lui fosse andato. Ma era certo che il suo pedinatore sapesse benissimo quale strada avrebbe preso. Ormeggiò di nuovo la barca, in fretta ma con cura: la fretta faceva parte della sua commedia notturna, come la segretezza. Quando si inerpicò di nuovo, cautamente, verso la strada e, prima di attraversarla, si fermò un momento guardandosi intorno come per accertarsi che nessuno lo vedesse, al suo sorvegliante non poté certo sfuggire che la sua ombra era deformata dal grosso fagotto che portava appeso a una spalla.

Finalmente Cadfael attraversò la strada, rapido e silenzioso, e rifece il percorso seguito all'andata, costeggiando il torrentello dopo averlo guadato e addentrandosi poi nei campi e nei boschi dov'era passato con Beringar soltanto ventiquattr'ore prima. Per fortuna, benché Godith e Torold si fossero sforzati di dargli una forma convincente, il fagotto pesava molto meno di quello di cui faceva le veci, ma sempre troppo, rifletté tristemente Cadfael, per un povero frate quasi vecchio condannato a portarselo in spalla per quattro miglia e più. Le sue notti stavano diventando spietatamente brevi. Quando quei due ragazzi fossero stati finalmente in salvo, avrebbe dormito per una giornata intera, saltando messe e funzioni e facendone poi adeguata penitenza.

Frattanto, bisognava far lavorare il cervello. Era possibile che Beringar, dando per scontata la sua destinazione, se ne tornasse indietro troppo presto e con qualche residuo sospetto in corpo, rovinando tutto quanto? No. Quando c'era di mezzo Cadfael, non avrebbe dato niente per scontato, avrebbe voluto seguire l'operazione fino alla fine, vedere coi suoi occhi dove il carico veniva nascosto e accertarsi che il frate se ne tornasse a casa a mani vuote. Ma era probabile che, a ogni buon conto, cercasse di intercettarlo a mezza strada? No, perché mai avrebbe dovuto farlo? In quel caso avrebbe dovuto portarsi lui quel peso, mentre ora aveva un vecchio sciocco che lo portava per lui là dove erano nascosti i cavalli, in attesa di trasferirlo con comodo da qualche altra parte.

Cadfael ora comprendeva l'intero piano, con le sue peggiori implicazioni. Se Beringar aveva ucciso Nicholas Faintree per impossessarsi del tesoro, il suo obiettivo ora doveva essere non soltanto quello di raggiungere lo scopo che aveva fallito prima, ma anche di ottenere qualcos'altro, una possibilità che gli era balenata dopo quel primo tentativo. Lasciando che fratello Cadfael mettesse al sicuro per lui, in un posto conveniente, cavalli e tesoro, aveva praticamente raggiunto il primo obiettivo e ora, se avesse aspettato che Cadfael portasse in quello stesso posto anche i due fuggiaschi, come evidentemente intendeva fare, non gli sarebbe stato difficile eliminare il testimone del suo primo delitto e prendersi la promessa sposa in ostaggio per costringere suo padre a ritornare. Quale splendido dono da offrire a re Stefano! Una posizione di prestigio a corte sarebbe stata assicurata e il suo delitto sarebbe stato sepolto per sempre.

Questo, naturalmente, nel peggiore dei casi. Ma le possibilità che si prospettavano erano infinite. Perché Beringar poteva non avere avuto alcuna parte nella morte di Faintree ma essere risoluto a mettere le mani sul tesoro di FitzAlan, ora che aveva scoperto dove si trovava, e un vecchio frate non sarebbe stato certamente in grado di ostacolare i suoi piani, sia che Beringar intedesse arricchirsi personalmente sia che intendesse servirsi di quel mezzo per assicurarsi il favore del re. In entrambi i casi Cadfael non sarebbe sopravvissuto a lungo, dopo aver depositato nella masseria dov'erano nascosti i cavalli quell'infernale fagotto che gli aveva già ammaccato le spalle. "Bene", pensò il frate, più divertito che preoccupato, "la vedremo!"

Entrato nel bosco oltre l'ansa del torrente, si fermò, lasciò cadere il fagotto con un grugnito e vi sedete sopra, ostensibilmente per riposarsi ma, in realtà, per accertarsi che qualche lievissimo rumore denunciasse la presenza di un'altra persona. Lo udì e fu soddisfatto. Il suo giovane amico era sempre lì, instancabile e sereno: un avventuriero nato. Vide con gli occhi della mente un volto scuro, saturnino, pronto alla risata. Ora Cadfael sapeva per certo come sarebbe finita la serata. Con un po' di fortuna, diciamo con l'aiuto del Signore, rimproverò se stesso, avrebbe potuto essere di ritorno in tempo per il mattutino.

Quando giunse alla masseria non si vedeva un filo di luce, ma bastò il lieve fruscio prodotto dai suoi passi perché sulla soglia apparisse fratello Louis con una piccola torcia in una mano e la daga nell'altra, sveglio come lo sarebbe stato a mezzogiorno e molto più pericoloso.

« Dio vi benedica, fratello », si affrettò a dire Cadfael, scaricando il fagotto con un sospiro di sollievo. Quando avesse rivisto Torold, avrebbe avuto qualcosina da dirgli! La prossima volta non sarebbero state di certo le sue spalle a portar pesi. « Fatemi entrare e chiudete la porta. »

« Col massimo piacere », rispose fratello Louis, obbedendo all'ordine.

Sulla via del ritorno, meno di un quarto d'ora dopo, fratello Cadfael procedette per un buon tratto tendendo l'orecchio, ma né un sussurro né un fruscio tradirono la presenza di un inseguitore e men che meno di un pericolo che lo minacciasse. Hugh Beringar doveva averlo visto entrare nella masseria e forse aveva anche atteso che uscisse privo del suo fardello, ma poi doveva essere tornato alle tenebre a cui apparteneva per dirigersi soddisfatto verso l'abbazia. Cadfael abbandonò ogni precauzione e fece lo stesso. Ormai sapeva bene dove si trovava. Quando suonò la campana per il mattutino, era pronto per uscire dal dormitorio con i confratelli e scendere devotamente in chiesa per la prima funzione.

## CAPITOLO VIII

QUELLO stesso lunedì, prima dell'alba, gli uomini del re si erano sparsi a piccoli gruppi lungo tutte le strade che portavano fuori di Shrewsbury, mentre altri gruppetti perlustravano ogni strada e perquisivano ogni casa della città con tale meticolosità da far pensare che cercassero ben altro, oltre ai viveri e ai cavalli che comunque requisivano fino all'ultimo.

« Tutto lascia pensare che la ragazza debba essere tuttora nascosta nelle vicinanze », aveva detto Prestcote al re dopo aver svolto minuziosamente le indagini. « Il cavallo che è stato trovato a vagare nei campi proveniva dalle scuderie di FitzAlan e l'uomo finito nel Severn aveva certamente un compagno del quale finora non si è trovata traccia. Da sola, la ragazza non può essere andata molto lontana e tutti i vostri consiglieri sono d'accordo nel dire che non dovete lasciarvi sfuggire l'occasione di catturarla. Adeney tornerebbe certo per riscattarla, è la sua unica figlia. E forse anche FitzAlan si sentirebbe in dovere di ritornare, piuttosto che affrontare l'onta che gli deriverebbe dalla sua morte. »

« Morte? » aveva ribattuto il re in un minaccioso scatto di collera. « Chi ha mai parlato di morte? Pensate forse che ucciderei una ragazza? »

« Vedendo le cose da qui, una simile eventualità è assurda », si era affrettato ad aggiungere Prestcote, correndo ai ripari, « ma a un padre in ansia e privo di notizie, tutto sembra possibile. Naturalmente, voi non fareste mai alcun male a quella figliola. E non avreste bisogno di farne nemmeno a suo padre, se riusciste ad averlo nelle vostre mani. E forse neppure a FitzAlan. Ma dovete considerare, mio signore, che bisogna fare tutto il possibile per impedire che quei due arrivino a mettersi al servizio della regina. Non è più questione di vendicarsi per quanto è accaduto a Shrewsbury, ma semplicemente di prendere misure ragionevoli per conservare le vostre forze e disperdere quelle dei vostri nemici. »

« Questo è vero », aveva riconosciuto il re, senza eccessivo entusiasmo. Odio e collera si erano ormai calmati nel suo cuore, lasciando il posto alla sua istintiva serenità di spirito, se non addirittura pigrizia. « Ma non so se desidero davvero servirmi di quella ragazza per un simile scopo. » Rammentava di avere praticamente ordinato al giovane Beringar di rintracciare la sua promessa sposa, se voleva ottenere il favore del re, ma il giovane, benché si fosse mostrato rispettosamente, seppure saltuariamente, al suo seguito, non aveva dato ancora prova di avere messo molto zelo nelle ricerche. "Forse", pensava il re, "ha letto nella mia mente meglio di quanto non abbia fatto io in quel momento."

« Cattureremo la damigella senza farle alcun male, e voi, sire, eviterete di dover combattere ancora con gli scherani di Adeney, se non addirittura con quelli del suo signore. Se riuscirete a spuntare le armi in mano al vostro nemico, vi risparmierete tante fatiche e salverete la vita a un certo numero dei vostri uomini. Non potete permettervi di trascurare una simile opportunità. »

Era un ragionamento sensato e il re lo aveva capito. Bisognava usare ogni arma a disposizione e, dopo tutto, Adeney poteva anche essere tenuto in una prigione dorata, purché fosse una prigione.

« E va bene », aveva detto finalmente il re. « Fate le vostre ricerche, e fatele con la massima cura. »

Con la massima cura erano stati fatti, indubbiamente, i preparativi. Adam Courcelle era sceso verso l'abbazia con i suoi uomini e una compagnia di fiamminghi e, mentre Willem Ten Heyt istituiva un posto di blocco a St. Giles e il suo luogotenente disponeva sentinelle lungo tutti i sentieri e in tutti i punti dove fosse comunque possibile attraversare il fiume, aveva preso possesso, senza chiasso ma risolutamente, della portineria e aveva fatto chiudere il portone. Mancavano sì e no venti minuti all'ora prima e il cielo cominciava già a schiarirsi. Nonostante tutte le cautele, dal dormitorio, il priore Robert aveva colto qualcosa di insolito nella portineria, su cui si affacciava la finestra della sua camera, ed era sceso a precipizio per vedere che cosa accadeva.

Courcelle gli aveva fatto una riverenza che non aveva ingannato nessuno e aveva rispettosamente chiesto che gli fosse concesso di prendere i provvedimenti che, lo sapevano tutti, era autorizzato a prendere anche di forza, e quella cortesia aveva almeno avuto l'effetto di placare lo sdegno del priore.

« Signore, re Stefano mi ha dato ordine di entrare liberamente nella vostra casa e di prelevare le decime delle vostre scorte di viveri e dei cavalli validi che già non siano adibiti al suo servizio. Inoltre ho l'ordine di guardare attentamente dappertutto alla ricerca di madamigella Godith, la figlia di Fulke Adeney, traditore del nostro sovrano, che si pensa possa essere ancora nascosta qui a Shrewsbury. »

Il priore Robert aveva inarcato le sottili sopracciglia argentee lasciando scorrere lo sguardo lungo il suo prominente, aristocratico naso. « E vi aspettate forse di trovarla entro le nostre mura? Vi assicuro che quella damigella non è fra i nostri ospiti e non può trovarsi certo in altri luoghi del convento. »

« Sarà una pura e semplice formalità », aveva ribattuto Courcelle. « Ma devo eseguire gli ordini ricevuti e non posso usare particolari cortesie per nessuno. »

Frattanto si erano radunati lì attorno alcuni servitori laici, che ascoltavano muti e attenti, e due o tre allievi insonnoliti e spaventati. Il maestro dei novizi era venuto a sua volta per portar via i suoi pupilli, e si era fermato anche lui ad ascoltare.

« Tutto questo deve essere immediatamente riferito all'abate », aveva dichiarato a quel punto il priore con ammirevole dignità, e si era diretto risolutamente verso l'alloggio dell'abate Heribert. Intanto i fiamminghi avevano disposto alcune sentinelle di guardia ai cancelli, prima di dedicare la loro attenzione a stalle e magazzini.

Fratello Cadfael, che per due notti di fila aveva perduto parecchie ore di sonno, dormiva profondamente durante la prima fase dell'invasione, e si era destato appena ai rintocchi della campana dell'ora prima, troppo tardi per poter fare altro che vestirsi in fretta e furia e scendere in chiesa con i confratelli. Solamente quando aveva udito i sussurri che i fratelli si scambiavano e aveva visto il portone chiuso, presidiato dai fiamminghi, e i ragazzi mogi e attoniti, e alla scena si erano poi aggiunti il trambusto e lo scalpitare di zoccoli provenienti dal cortile delle stalle, si era reso conto che una volta tanto gli eventi lo avevano colto di sorpresa strappandogli dalle mani ogni iniziativa.

Fra i ragazzi spauriti e ansiosi radunati in chiesa, infatti, non c'era ombra di Godith. Appena la funzione ebbe termine e fu libero di muoversi, Cadfael si precipitò alla capanna dell'erbario, ma non trovò altro che la porta spalancata, le erbe stese a seccare, i mortai e le bottiglie disposti in bell'ordine, il letto smontato e, sulla panca, un innocente canestro di lavanda appena colta e un paio di bottiglie. Di Godith nessun segno, né nella capanna, né nell'orto, né nel campo di piselli lungo la gora, dove un enorme mucchio di paglia ben secca era pronto per essere trasportato ai fienili. E non v'era neppure traccia del grande fagotto avvolto in tela di sacco, e probabilmente ancora umido, che doveva essere rimasto per tutta la notte nascosto in quel pagliaio, né della piccola barca che avrebbe dovuto essere nascosta insieme a quello. La barca, il tesoro di FitzAlan e Godith erano spariti nel nulla.

Godith si era svegliata prima dell'alba, inquieta per la grave responsabilità che le era stata addossata e, come per un istinto premonitore, era uscita per andare a vedere che cosa stava accadendo al portone dell'abbazia. Là, benché tutto fosse stato fatto con la massima celerità e nel massimo silenzio possibile, il suono di voci insolite cui mancava la dignitosa calma monastica propria dei confratelli, l'aveva insospettita. Stava per emergere dalle ombre del giardino quando aveva visto i fiamminghi smontare da cavallo e sbarrare il portone, poi Courcelle farsi avanti incontro al priore. Infine aveva udito pronunciare il suo nome e si era sentita gelare. Se erano venuti a cercare lei, l'avrebbero sicuramente scoperta. Se l'avessero interrogata insieme con gli altri ragazzi, sotto lo sguardo attento di tanti nemici, non sarebbe stata assolutamente capace di continuare a recitare la commedia. E se l'avessero scoperta, avrebbero certo condotto ricerche più approfondite e avrebbero trovato anche ciò che le era stato affidato. Inoltre, c'era fratello Cadfael da proteggere. E Torold. Torold, che se ne era tornato tranquillamente al mulino, dopo averla vista rientrare sana e salva col tesoro. Quella notte aveva quasi desiderato che Torold potesse rimanere con lei, ma ora era ben contenta che ci fosse tutto il Gaye fra lui e questo allarme antelucano, che ci fossero fitti boschi alle sue spalle e che il suo amico fosse dotato di una sorta di sesto senso capace di cogliere nell'aria il minimo segno di burrasca, consentendogli così di mettersi in salvo per tempo.

Quella notte era stata come un sogno gaio e avventuroso, e indicibilmente dolce. Avevano trattenuto insieme il respiro, nel loro nascondiglio, finché Cadfael non era sparito oltre il ponte, ombra nell'ombra; avevano slegato insieme la piccola barca, avevano ripescato insieme le sgocciolanti bisacce da sella, trattenendo la catena con le mani perché non facesse rumore sbattendo contro le pietre, le avevano avvolte in sacchi per farne un fagotto simile a quello che si era portato via il frate, poi, sempre insieme, avevano risalito silenziosamente con la loro barchetta il breve corso del torrentello fino al campo dei piselli. « Nascondete per bene anche la barca », aveva raccomandato loro Cadfael, « perché ne avremo bisogno ancora la notte prossima, se le circostanze saranno favorevoli. » L'avventura della notte era stata il sogno, ma adesso era l'ora del risveglio e lei aveva bisogno della barca, subito.

Nessuna speranza di poter raggiungere Cadfael per chiedere consiglio, ma ciò che le era stato affidato doveva essere messo in salvo immediatamente e non si poteva certo farlo uscire dal portone. E non c'era nessuno a dirle che cosa fare, perciò doveva sbrigarsela da sola. Per fortuna era molto probabile che i fiamminghi non si occupassero dell'orto prima di avere razziato stalle, granai e magazzini, e questo le lasciava un po' di tempo per agire.

Godith tornò rapidamente alla capanna, arrotolò coperte e lenzuola e le nascose sotto la panca, dietro una fila di vasi e di mortai, dispose sul sedile spoglio altri innocenti utensili e uscì, lasciando la porta spalancata. Raggiunto di nuovo il pagliaio, tirò fuori dal nascondiglio la barca e il fagotto e, ringraziando il cielo che le stoppie cortissime rendessero sdrucciolevole il breve pendio, sospinse senza fatica il leggero scafo nel torrentello, poi tornò a prendere il fagotto e lo caricò a bordo. Fino alla notte precedente non aveva mai nemmeno visto una barca di quel genere, ma Torold le aveva insegnato come usare la pagaia, e la corrente l'aiutava.

Sapeva già che cosa fare. La via del fiume Severn non le offriva alcuna probabilità di passare inosservata: con le ricerche serrate che erano in corso, ci sarebbero state guardie lungo la strada principale, sul ponte e probabilmente anche lungo le sponde. Ma poco più giù del punto dove aveva calato in acqua la sua imbarcazione, si dipartiva sulla destra un largo canale comunicante con la gora del mulino che, attraversati il laghetto dell'abbazia e la peschiera, scendeva fino al mulino, faceva girare la ruota e sfociava poi nel laghetto del mulino stesso, unendosi alla corrente principale del Meole fino al fiume. Appena dopo il mulino, si allineavano le tre casette per gli ospiti, con piccoli giardini digradanti fino al laghetto che altre tre, sull'altra sponda, nascondevano alla vista dall'esterno. Nella casa più vicina al mulino, era alloggiata Aline Siward e, per quanto Courcelle avesse dichiarato di voler cercare dappertutto la sua fuggitiva, se c'era un luogo nel convento che non avrebbe ricevuto nulla più di un'ispezione formale, quello era l'alloggio di Aline.

"Che importa se siamo su sponde opposte", pensava Godith manovrando goffamente ma con ostinazione la sua pagaia alla svolta e navigando finalmente in acque più tranquille, "non può gettarmi ai lupi, non è certo nel suo carattere, con un faccino come il suo! E poi, siamo davvero su sponde opposte? Lei mette tutto ciò che possiede a disposizione del re, e il re fa impiccare suo fratello! Mio padre mette in gioco vita e terre per amore della regina e non credo che alla regina importi molto di ciò che accade a lui o ai suoi pari, purché la vittoria sia sua. Oso credere che il fratello di Aline contasse, per lei, molto più di quanto non potrà mai contare re Stefano e quanto a me, so che mio padre e Torold contano molto, ma molto più della regina Maud e vorrei proprio che il figlio del vecchio re non fosse annegato quando quella maledetta nave è colata a picco, così non ci sarebbe stato niente da dire sul diritto alla successione e tanto Stefano quanto Maud se ne sarebbero rimasti a casa loro lasciando in pace noialtri."

Sulla sua destra apparve il mulino, ma la ruota era immobile, quella mattina, e l'acqua della gora si riversava liberamente nel laghetto, con lente controcorrenti che fluivano lungo la sponda opposta, tornando al Meole. L'argine ora scendeva a picco per quasi mezzo metro, per lasciare maggiore spazio ai minuscoli giardinetti ma, rifletté Godith, se fosse riuscita a sollevare fino alla sponda il suo fagotto, non le sarebbe stato poi difficile tirar su anche la barca. Si aggrappò alla radice sporgente di un salice e vi ormeggiò saldamente lo scafo, prima di azzardarsi a sollevare il tesoro fino al margine erboso. Era molto pesante, per le sue forze, ma riuscì a farlo rotolare sopra il sedile della barca e da lì poté sollevarlo stringendolo fra le braccia. Arrivò a fatica a deporlo sul terreno pianeggiante senza far inclinare troppo lo scafo. Come lo vide al sicuro Godith tese le braccia ai lati del fagotto, con un profondo sospiro di sollievo, e per la prima volta lacrime copiose e cocenti le sgorgarono dagli occhi inondandole il viso.

"Ma perché", pensò in un impeto di ribellione, "perché devo sobbarcarmi tanti guai per questo ciarpame, quando non mi importa niente di niente, tranne che di Torold e di mio padre? E fratello Cadfael! Ma lo tradirei se gettassi questa roba nel laghetto e la lasciassi lì. Lui ha sopportato triboli di ogni genere per arrivare a questo punto e ora io devo continuare. E Torold desidera tanto portare a termine il compito che gli è stato affidato! Non è soltanto questo fagotto che importa. Si tratta di ben altro che dell'oro."

Si sfregò il viso e gli occhi con una mano non troppo pulita e si accinse ad arrampicarsi sulla riva, impresa tutt'altro che facile perché la barca tendeva ad allontanarsi per tutta la lunghezza della fune d'ormeggio e quando finalmente riuscì a metter piede sulla sponda, imprecando, ora, invece di piangere, Godith non osò tirarsela appresso, per paura che qualche radice sporgente dal terreno bucasse la pelle. Era giocoforza lasciarla lì. La ragazza si stese bocconi sull'erba e accorciò la fune, riannodandola con estrema cura, poi si rialzò, rimorchiò l'odiato fagotto fino al riparo della casa e bussò alla porta.

Fu Constance ad aprire. Erano a malapena le otto e Godith si rese conto a un tratto che Aline, abituata ad assistere alla messa delle dieci, forse dormiva ancora. Ma a quanto pareva, l'eco del trambusto in corso all'abbazia era giusto fin lì perché Aline, vestita di tutto punto, apparve subito alle spalle della sua ancella.

« Che c'è, Constance?» domandò. Poi vide Godith, sudicia, scarmigliata e ansante, china sopra un enorme fagotto posato per terra e si fece avanti, sinceramente preoccupata. « Godric! Che ci fa qui? Ti ha mandato fratello Cadfael? È accaduto qualcosa? »

« Conoscete questo ragazzo, signora? » si stupì Constance.

« Certo, è l'aiutante di fratello Cadfael. » Esaminò con un'occhiata Godith, dalla testa ai piedi, notò le tracce delle lacrime e il petto ansante e spinse di lato la cameriera. Riconosceva la disperazione, quando ne vedeva i segni, anche se nessuna parola la rivelava. « Vieni, entra! Qua, lascia che ti dia una mano a portar dentro il tuo fagotto. E tu, Constance, chiudi la porta! » Lì dentro erano al sicuro, circondate dalle pareti di legno, col sole caldo e splendente che entrava dalla finestra aperta.

Si scambiarono una lunga occhiata, Aline così femminea nella lunga veste azzurra, i capelli biondi sciolti come una nube d'oro attorno al capo e alle spalle, e Godith bruna e disordinata, infagottata malamente in una casacca smisurata e in un paio di brache troppo larghe, i corti capelli scarmigliati, il viso teso e macchiato di terra, di erba e di sudore.

« Sono venuta a chiedere rifugio », disse con semplicità Godith. « I soldati del re mi danno la caccia. Sarei una preda preziosa, se mi trovassero. Non mi chiamo Godric. Sono Godith Adeney, la figlia di Fulke Adeney. »

Aline, sorpresa e commossa, fece scorrere ancora una volta lo sguardo dai tratti delicati del viso ovale alle membra sottili sotto la rozza stoffa. Poi fissò di nuovo il viso alzato in una risoluta espressione di sfida e una fiammella scintillante si accese nei suoi occhi.

« È meglio che veniate di là », disse, gettando un'occhiata alla finestra aperta. « Andiamo nella mia camera, lontano dalla strada. Là nessuno ci disturberà e potremo parlare liberamente. Sì, portate la vostra roba, vi aiuto io. » Fra tutt'è due portarono il tesoro di FitzAlan nella stanza interna, dove neppure Courcelle, e tanto meno chiunque altro, avrebbe osato entrare. Aline richiuse silenziosamente la porta e Godith si lasciò cadere su uno sgabello accanto al letto, mentre i nervi tesi in tutto il suo corpo si allentavano a poco a poco. Appoggiò il capo contro la parete e guardò Aline.

« Vi rendete conto, signora, che sono bollata come nemica del re? Non voglio indurvi ad aiutarmi ingannandovi. Può darsi che riteniate vostro dovere denunciarmi. »

« Siete molto onesta », ribatté tranquillamente Aline. « E non mi state affatto ingannando. Non sono certa che il re mi apprezzerebbe di più se vi consegnassi a lui, ma sono ben certa che non mi apprezzerebbe Iddio e so che non mi apprezzerei io stessa. Qui siete perfettamente al sicuro. Constance e io faremo in modo che nessuno possa avvicinarsi a voi. »

Fratello Cadfael riuscì a mantenere un aspetto tranquillo durante la funzione dell'ora prima, la prima messa e la breve riunione del capitolo, ma dentro di sé si lambiccava il cervello e si mordeva le unghie per essersi stupidamente abbandonato al sonno mentre le forze avverse gli giocavano quel tiro birbone. Il portone era ormai ben chiuso e di là non si passava. Non sarebbe passato lui e certamente non c'era passata Godith. E benché non avesse visto soldati sull'altra sponda del

Meole, era indubbio che le rive del fiume dovevano essere sorvegliate. Se Godith aveva preso la barca, dove poteva essere andata? Non poteva avere risalito la corrente perché il torrentello scorreva per un buon tratto allo scoperto e più avanti il suo corso era troppo accidentato perché si potesse avventurarvisi con uno scafo come quello. Cadfael si aspettava da un momento all'altro il grido che avrebbe segnalato la sua cattura, e ogni momento che passava senza allarmi gli sembrava un dono del cielo. Quella ragazza non era sciocca e pareva proprio che se ne fosse andata, benché il frate non riuscisse a capire come, portando con sé il tesoro che erano riusciti a salvare con tante fatiche.

Alla riunione del capitolo, l'abate Heribert tenne un breve discorso spiegando i motivi dell'occupazione dell'abbazia ed esortando i confratelli a obbedire con dignitosa fermezza agli ordini degli ufficiali del re e ad attenersi, compatibilmente con quelli, alla loro disciplina quotidiana. Essere privati dei beni terreni non doveva essere altro che una prova gradita per chi aspirava a beni di ben altro genere. Fratello Cadfael poté almeno compiacersi di avere scelto, per il proprio lavoro, una messe del tutto particolare: era infatti assai poco probabile che il re esigesse le decime anche sulle sue erbe e sui suoi medicamenti, anche se avrebbe forse gradito qualche barilotto di buon vino. Concluso il discorso, l'abate invitò i confratelli ad andarsene silenziosamente al loro lavoro fino alla messa delle dieci.

Fratello Cadfael tornò dunque al proprio orto, occupandosi distrattamente di occasionali piccolezze, mentre il suo cervello era ben altrimenti occupato. Forse Godith aveva guadato il Meole in piena luce del giorno e si era rifugiata nel bosco più vicino, ma per quella via non avrebbe certamente potuto portare con sé il tesoro, pesante com'era, mentre era chiaro che, preoccupata di cancellare ogni traccia di attività illegali, s'era portata via fagotto e barca. Ma d'altra parte non poteva avere disceso il torrente fino alla confluenza col Severn, perché a quell'ora sarebbe già stata scoperta. Ogni momento che passava senza ferali notizie portava con sé nuovo motivo di rassicurazione ma, ovunque fosse quella figliola, aveva certo bisogno di lui.

Poi c'era Torold, là nel vecchio mulino oltre i campi spogli. Aveva compreso in tempo il significato di tutto quel movimento, riuscendo a mettersi in salvo nei boschi? Cadfael lo sperava sinceramente. Ma frattanto lui non poteva fare altro che aspettare senza tradirsi. Tuttavia, se quelle perlustrazioni si fossero concluse prima di sera e lui fosse riuscito a rintracciare i suoi due pupilli, doveva assolutamente spedirli all'ovest quella notte stessa. E forse sarebbe stato proprio il momento giusto, quando l'abbazia e i dintorni fossero già stati setacciati, i cacciatori stanchi e inclini ad allentare la sorveglianza, gli abitanti di Shrewsbury impegnati unicamente a piangere sulle proprie disgrazie e i confratelli devotamente assorti in preghiere di ringraziamento per il cessato pericolo.

Cadfael tornò nel cortile principale in tempo per la messa e trovò una confusione di carri sui quali si stavano caricando i sacchi prelevati dai magazzini, mentre i fiamminghi facevano il diavolo a quattro nelle stalle e alcuni ospiti di passaggio, sorpresi con cavalcature che valeva la pena di requisire, protestavano ad alta voce, e inutilmente, per riavere i propri cavalli, dichiarando di essere fedeli servitori del re. Si salvarono soltanto le rozze. Venne preso persino un carro dell'abbazia, sul quale fu caricato il grano dell'abate.

Frattanto qualcosa di strano stava accadendo al portone. La porta carraia era chiusa e controllata da sentinelle, ma qualcuno aveva avuto l'audacia di bussare al portoncino chiedendo di entrare. Poiché poteva essere uno dei loro, un messaggero proveniente da St. Giles o dal campo del re, le guardie aprirono e nella stretta inquadratura del portoncino apparve la riservata figura di Aline Siward, con un libro di preghiere in mano e i bei capelli biondi convenientemente nascosti dalla candida cuffia da lutto.

« Ho il permesso di recarmi in chiesa », disse con dolcezza la damigella e, rendendosi conto che le guardie non se la cavavano troppo bene con l'inglese, ripeté la frase in francese, ma le guardie non sembravano affatto disposte a lasciarla entrare e stavano per chiuderle la porta in faccia quando un ufficiale notò la scena e accorse in gran fretta.

« Ho avuto il permesso da messer Courcelle di venire a messa », ripeté paziente Aline. « Sono Aline Siward. Se non mi credete, potete chiederlo a lui. »

Evidentemente non mentiva perché dopo un concitato scambio di parole il portoncino fu spalancato e le guardie si trassero da parte per lasciarla entrare. Passando in mezzo alla baraonda del cortile come se non stesse accadendo niente fuori del normale, Aline si diresse verso il chiostro e la porta meridionale della chiesa ma, a un certo punto, rallentò il passo perché aveva visto fratello Cadfael che si destreggiava tra i soldati indaffarati e i viaggiatori inviperiti andandole incontro nel portico. Lo salutò ad alta voce con gentile modestia, ma quando gli fu proprio vicina, sussurrò rapidamente: « State tranquillo, Godric è al sicuro in casa mia ».

« Sieno grazie a Dio e a voi », ribatté il frate nello stesso tono. « Ditele che quando farà buio verrò a trovarla. » E benché Aline avesse usato il nome maschile, il suo lieve, enigmatico sorriso gli lasciò intendere che i pronomi usati da lui non l'avevano sorpresa. « E la barca? » aggiunse in un soffio.

« In fondo al mio giardino, pronta. »

Aline entrò in chiesa e Cadfael, col cuore improvvisamente leggero come una piuma, andò dignitosamente a prendere il proprio posto nella processione dei suoi confratelli.

A cavalcioni di un ramo e ben nascosto tra la chioma di un albero al margine del bosco a est del castello di Shrewsbury, Torold rosicchiava l'ultimo pezzo del pane che si era portato via, insieme con due mele acerbe colte al limite dei terreni dell'abbazia. Guardando verso occidente, oltre il fiume, vedeva non soltanto le mura e le torri del castello ma, un po' più a destra e appena emergenti dalla chioma degli alberi, le tende dell'accampamento reale, che in quel momento, a giudicare dal numero di uomini sparsi per ogni dove, all'abbazia e in città, doveva essere quasi deserto.

Il corpo di Torold se la cavava abbastanza bene in quella

crisi inaspettata e questo era per lui motivo di profonda soddisfazione e di sorpresa. Soffriva di più la sua mente. Fino a quel momento non aveva camminato molto né aveva fatto grandi sforzi, a parte l'arrampicata su quell'albero comodo e frondoso, ma era felice di come rispondevano i suoi muscoli danneggiati: né la ferita alla coscia, già quasi rimarginata, né quella ben più grave alla spalla impacciavano in alcun modo i suoi movimenti. La sua mente invece era tormentata dal pensiero di Godith, il fratellino trasformatosi a un tratto in un essere che era per metà sorella e per metà qualcosa di più. Si fidava ciecamente di fratello Cadfael, naturalmente, ma non poteva scaricare ogni responsabilità per la ragazza su un paio di spalle monacali, per larghe e robuste che fossero. Torold si torturava per l'impazienza, ma continuava a mangiare le sue mele. Ben presto avrebbe avuto bisogno di tutte le sue forze.

Una pattuglia stava perlustrando metodicamente la riva del fiume e Torold non osò fare un gesto finché non la vide sparire in direzione del ponte e dell'abbazia. Quanto lontano sarebbe dovuto andare, oltre i sobborghi della città, per aggirare il cordone reale, non riusciva neppure a immaginarlo.

Lo avevano svegliato i rumori ritmici e insistenti provenienti dal ponte: rumori prodotti da una moltitudine di armati a piedi e a cavallo, che rimbombavano sulle alte arcate di pietra riverberandosi sull'acqua che ne trasportava lontano l'eco. Il legname del mulino e l'acqua che vi scorreva sotto li avevano portati fino alle sue orecchie. Balzato dal suo giaciglio, si era vestito in tutta fretta, facendo sparire ogni traccia che potesse tradire la sua presenza lì, prima di uscire a vedere che cosa stava accadendo. Come aveva visto i gruppi di armati che avanzavano oltre il ponte, diramandosi a ventaglio, si era reso conto che si trattava di un'operazione in grande stile e, non appena l'ultimo uomo era scomparso, lui era sgattaiolato come un'ombra fino al limite dei campi dell'abbazia e si era infilato nel bosco situato di fronte al castello.

Non sapeva per chi o per che cosa fosse stata scatenata quella caccia, ma sapeva fin troppo bene chi poteva esserne la vittima e il suo unico scopo, ora, era quello di raggiungere

Godith ovunque fosse e frapporsi, se possibile, fra lei e il pericolo. O meglio ancora portarla via, in Normandia, dove sarebbe stata al sicuro.

Dalla riva del fiume i soldati si divisero per battere i cespugli dove lo aveva trovato Godith. Avevano già ispezionato il vecchio mulino, ma grazie al cielo non dovevano avere trovato alcuna traccia, là dentro. Quando furono ben lontani, Torold si azzardò finalmente a scendere dal suo ramo per addentrarsi di più nel bosco. Doveva tenersi alla larga dallo stradone, la via per Londra, che dal ponte fino a St. Giles era tutto fiancheggiato da abitazioni e negozi. No, forse sarebbe stato meglio spostarsi ancora verso est, per attraversarlo poi oltre St. Giles, o aspettare che quella buriana fosse finita e tornarsene quindi per la strada dalla quale era venuto. Il guaio era che non aveva assolutamente modo di prevedere quando sarebbe finita e lui non ce la faceva più a tenersi in corpo quell'ansia per Godith. Non gli restava altro, dunque, che proseguire oltre St. Giles e aspettare l'occasione buona per attraversare lo stradone e poi, facendo un ampio giro, avvicinarsi all'abbazia dalla parte degli orti. Anche quello sarebbe stato pericoloso ma, una volta guadato il torrente, poteva mettersi al coperto e, non appena possibile, nascondersi dentro il pagliaio nel campo dei piselli. Di là, se tutto fosse rimasto tranquillo, si sarebbe poi spinto fino all'erbario di cui gli aveva parlato Godith e alla capanna dove lei dormiva. Sì, meglio proseguire e fare tutto il giro. Se fosse tornato indietro, avrebbe poi dovuto oltrepassare l'imbocco del ponte dove ci sarebbero stati certamente uomini di guardia fino a sera e, probabilmente, anche durante la notte.

Fu un'impresa oltremodo tediosa, perché Torold era impaziente di entrare in azione. L'improvvisa invasione degli uomini del re aveva messo in subbuglio gli abitanti della zona, che si erano riversati in strada, impauriti e indignati, e questo lo costringeva a muoversi con estrema cautela per non essere visto ed evitare che, in un posto dove tutti si conoscevano, la presenza di un estraneo non avesse a destare un pericoloso allarme. Più di una volta dovette ritrarsi nel folto degli alberi e aspettare che qualche pericolo fosse passato. Coloro che abitavano vicino alla strada e avevano subito le prime scorrerie cercavano di rifugiarsi nella solitudine dei boschi, mentre coloro che lavoravano nei campi o sorvegliavano il bestiame lontano dallo stradone, messi in allarme dal baccano, si muovevano in senso inverso per vedere che cosa accadeva. Preso in mezzo alle due correnti opposte, Torold trascorse una giornata infernale, fatta di smanie e di lunghe attese, ma alla fine si trovò molto al di là dell'inesorabile posto di guardia istituito da Willem Ten Heyt dove nel frattempo si era accatastata una quantità enorme di merci sequestrate a viaggiatori indignati, insieme con una dozzina di ottimi cavalli. Lì il villaggio finiva e iniziavano i campi costellati di rari casolari. A mezzo miglio dal posto di guardia il traffico era ormai molto scarso e Torold non ebbe difficoltà ad attraversare in due balzi la carreggiata, gettandosi subito dopo in un folto di cespugli che dominava il piccolo torrente ed esaminando dal suo nascondiglio il terreno circostante.

In quel punto i corsi d'acqua erano due perché, da una chiusa un po' più a monte, si dipartiva dal Meole la gora che scendeva al mulino dell'abbazia e Torold ne vedeva i due nastri d'argento scintillanti sotto i raggi del sole ormai prossimo al tramonto. Doveva essere quasi l'ora del vespro e certo re Stefano l'aveva finita con l'abbazia: gli restava ancora tutta Shrewsbury da saccheggiare!

La valle lì era stretta e ripida, senza alcuna costruzione, riservata unicamente ai pascoli per le pecore. Torold si lasciò scivolare fin sul fondo, varcò con un balzo la gora e guadò il torrentello passando da una pietra all'altra, poi lo costeggiò tenendosi sempre al coperto e, più o meno all'ora del vespro, si ritrovò nei prati pianeggianti di fronte al campo di piselli di fratello Cadfael. Lì il terreno era troppo aperto e il giovane dovette allontanarsi dal torrente, fino a un boschetto dove poteva nascondersi mentre studiava la situazione. Dal punto dove si trovava poteva vedere i tetti degli edifici del convento, il campanile e il tetto della chiesa, ma il muro di cinta dell'abbazia gli impediva di scorgere qualunque segno di attività al suo interno. Quel che riusciva a vedere era perfettamente tranquillo: il lieve pendio del campo di piselli biancheggiante di stoppie, il grande pagliaio dove appena diciannove ore prima lui e Godith avevano nascosto la barca e il tesoro, un muretto rossastro poco più avanti, il tetto aguzzo di un granaio. Avrebbe dovuto aspettare ancora un bel po' prima che fosse buio. A meno che non volesse arrischiarsi, se si presentava l'occasione propizia, ad attraversare di nuovo il torrente e correre a nascondersi dentro il pagliaio. Ma di tanto in tanto passava qualcuno, un pastore diretto col suo gregge verso casa, una donna che tornava dal bosco con un canestro di funghi, due bambini con un piccolo branco di oche. Avrebbe anche potuto incamminarsi tranquillamente, scambiando un cortese cenno di saluto, come un normale viandante, con chiunque avesse incontrato, ma non poteva certo farsi vedere a guadare il torrente e a penetrare negli orti dell'abbazia. Sarebbe bastato per attirare l'attenzione e destare immediatamente l'allarme, quando a distanza echeggiavano ancora i rumori di un'attività insolita, grida e ordini e cigolare di carri. Per giunta, da questa parte del torrente era apparso un uomo a cavallo che si avvicinava lentamente, guardandosi intorno come se fosse stato messo a sorvegliare l'unica via d'uscita dal convento non protetta dal muro di cinta. E probabilmente era così, benché avesse l'aria di prendere molto alla leggera il proprio compito dal momento che teneva il cavallo al passo, come per un'innocente passeggiata. Un uomo solo, ma bastava. Non aveva che da lanciare un grido o un fischio per attirare lì in un batter d'occhio una schiera di fiamminghi.

Acquattato fra i cespugli, Torold lo guardò avvicinarsi. Un grande cavallo dall'ossatura robusta, possente ma non bello, un pomellato color crema e grigio scuro, e un giovane cavaliere dai capelli bruni e dalla carnagione olivastra, con un'espressione ferma e grave sul viso sottile e un portamento in cui all'elegante disinvoltura si univa un'inequivocabile arroganza. Fu proprio quel portamento, insieme con l'inconsueto colore del cavallo, ad attirare l'attenzione di Torold. Erano senz'ombra di dubbio l'uomo e il cavallo che aveva visto quella mattina all'alba, alla testa della pattuglia proveniente dal fiume, e proprio quell'uomo doveva essere smontato di sella entrando per primo nel vecchio mulino che era stato il suo rifugio. Poi cinque o sei uomini lo avevano seguito, e lui era uscito ed era rimasto in attesa che il drappello si radunasse e fosse pronto a ripartire. Torold era certo che fosse lui: aveva avuto ottimi motivi per osservarlo bene, poiché temeva che nonostante le sue precauzioni fossero riusciti a trovare qualcosa di sospetto. Lo stesso uomo e lo stesso cavallo che ora costeggiavano il torrente. Il cavaliere sembrava distratto e noncurante, ma Torold non si lasciò ingannare. Niente sfuggiva a quei suoi occhi mobilissimi e arguti, che si guardavano intorno con apparente disinteresse.

Ora il giovane cavaliere voltava le spalle a Torold e tutt'intorno non si vedeva anima viva. Se l'uomo si fosse allontanato abbastanza, Torold avrebbe potuto azzardarsi ad attraversare il torrente. Alla peggio, se per la fretta avesse messo un piede in fallo, si sarebbe inzuppato i vestiti: in quelle quattro spanne d'acqua non sarebbe certo affogato e la notte sarebbe stata abbastanza calda per asciugarsi. Doveva andare e trovare il modo di raggiungere la capanna di Godith e sapere che cos'era accaduto.

L'ufficiale del re proseguiva per la sua strada senza neppure girare il capo, e intorno non si vedeva nessun altro. Torold colse il momento buono e si lanciò di corsa attraverso il prato, raggiunse il piccolo torrente e un po' per istinto, un po' per fortuna riuscì a varcarlo senza guai, risalendo poi fra le pallide stoppie dell'altra sponda. Come una talpa si scavò un passaggio nel pagliaio e, dopo le traversie di quella giornata, non si stupì per nulla di non trovarvi né la barca né il tesoro, e non ebbe il tempo di riflettere se quella scomparsa fosse di buono o di cattivo augurio. Risistemò dal di dentro la paglia scomposta, che formava intorno a lui una sorta di rigido pizzo color crema riscaldato dal sole, e si accovacciò rabbrividendo e spiando attraverso quella rete il nemico che continuava serenamente la sua passeggiata.

Al limite del terreno pianeggiante, il nemico girò la sua cavalcatura e rimase fermo per un lungo momento, osservando attentamente il corso del torrente, come se una sorta di sesto senso avesse destato in lui qualche sospetto, ma dopo pochi istanti si rimise in cammino, ripercorrendo in senso inverso la strada di prima, con la stessa aria in apparenza svagata ma in realtà vigile e attenta.

Torold lo guardò avvicinarsi trattenendo il respiro. Il cavaliere non accellerò l'andatura. Cavalcava placido e sereno come se non avesse niente da fare e quell'andare e venire fosse soltanto un modo per passare il tempo. Ma quando fu di fronte al campo di piselli, tirò le redini e si fermò a guardare attentamente di là del torrente e i suoi occhi si soffermarono a lungo proprio sopra il pagliaio. A Torold sembrò di vedere l'ombra di un sorriso aleggiare sul viso olivastro, gli sembrò persino di notare un lieve movimento della mano alzata a reggere la briglia, come in un impercettibile cenno di saluto. Ah, era un'idiozia, nient'altro che uno scherzo della sua immaginazione! Il cavaliere si era già rimesso in cammino, lo sguardo fisso in lontananza, al punto in cui l'acqua rifluiva dal laghetto del mulino per andare a gettarsi nel fiume. E mai una volta girò la testa a guardare indietro.

Rannicchiato nel caldo bozzolo del pagliaio, Torold posò la testa sulle braccia e si addormentò di colpo, esausto. Quando si destò, era quasi buio e il silenzio regnava sovrano. Rimase qualche momento in ascolto, poi uscì guardingo dal suo nascondiglio e, accertatosi che non ci fosse nessuno in vista, scivolò furtivo verso l'orto dell'abbazia, ombra solitaria in mezzo ai mille profumi che esalavano dalle erbe di fratello Cadfael ancora calde di sole. Trovò la capanna, con la porta spalancata come per un invito, e si avvicinò a scrutare con un certo timore l'interno caldo e silenzioso.

« Sia lodato Iddio! » esclamò fratello Cadfael alzandosi dalla panca per trascinarlo dentro. « Pensavo che saresti venuto qui. Ho tenuto d'occhio la capanna per tutto il giorno e finalmente eccoti qui. Ora siediti e riposati. Ce la siamo cavata abbastanza bene! »

Con voce ansiosa e sommessa, Torold chiese la sola cosa che gli importava: « Dov'è Godith? »

## CAPITOLO IX

GODITH, in quello stesso momento, stava ammirando la propria immagine nello specchio di Aline che Constance teneva nella posizione giusta perché potesse vedersi quasi per intero. Ben lavata e pettinata, con un vestito di Aline in broccato marrone e oro e un sottile cerchio d'oro intorno ai riccioli bruni, la ragazza si rigirava da una parte e dall'altra, felice di sentirsi di nuovo donna, e il suo viso non era più quello di un sudicio monello ma quello di un'austera, giovane dama, consapevole della propria grazia, cui la morbida luce delle candele conferiva una strana aria misteriosa.

« Oh, se lui potesse vedermi così! » mormorò, dimenticando che fino a quel momento l'unico *lui* del quale avesse parlato era fratello Cadfael e che, all'infuori del suo nome, non poteva ancora dire niente, nemmeno ad Aline, di Torold e del suo incarico. Aveva detto quasi tutto ciò che riguardava lei personalmente, ma quello era stato soltanto il riconoscimento di un debito.

« Oh, c'è dunque un *lui*? » domandò Aline, accendendosi di affettuosa curiosità. « Ti accompagnerà quando andrai dove devi andare? Oh, no, scusami, non devo chiederti niente, sarebbe sleale. Ma perché non puoi indossare questo vestito per lui? Lontano da qui, potrai viaggiare vestita da donna, non sarà più necessario che ti camuffi da ragazzo. »

« Ne dubito », ribatté mestamente Godith. « Non lungo la strada che prenderemo. »

« Allora portatelo via. Puoi metterlo dentro quel tuo tremendo fagotto. Io ne ho tanti e tu avrai pure bisogno di un vestito quando sarai arrivata a destinazione. »

« Ah, non tentarmi! Sei molto buona, ma non posso prenderlo. Saremo già abbastanza carichi, per le prime miglia. Ma ti ringrazio lo stesso, non dimenticherò mai la tua generosità. »

Con il volonteroso aiuto di Constance, Godith si era provata per divertimento tutti gli abiti che Aline aveva con sé, e a ogni volta aveva immaginato di trovarsi all'improvviso davanti a Torold e di godersi la sua attonita, rispettosa ammirazione. E in quella maniera, pur non sapendo dove fosse Torold né come se la cavasse, aveva trascorso un lieto pomeriggio, non turbata da dubbi. Prima o poi, lui l'avrebbe vista certamente in tutto il suo splendore, vestita di un abito simile a quello, adorna di gioielli, con i capelli ricresciuti bene acconciati e fermati da un cerchietto d'oro come quello. Poi si risovvenne di loro due seduti l'uno accanto all'altra come due compagni, a mangiare prugne e a gettarne i noccioli nel Severn che scorreva sotto le tavole sconnesse del pavimento, nel vecchio mulino, e scoppiò a ridere. A che cosa sarebbe mai servito darsi delle arie con Torold?

Stava levandosi il sottile cerchio d'oro quando si udì un lieve colpo bussato alla porta d'ingresso, e tutte e tre si raggelarono a un tratto, scambiandosi un'occhiata impaurita.

« Vengono a cercare anche qui? » domandò Godith in un tremante sussurro. « Ti ho messa nei guai, dopo tutto? »

« No, stamattina, quando sono arrivati, Adam mi ha assicurato che nessuno sarebbe venuto a disturbarmi. » Aline si alzò con piglio risoluto. « Voi due restate qui e chiudete l'uscio col catenaccio. Vado io a vedere. Potrebbe essere fratello Cadfael? »

« No, non ancora. Le ricerche devono essere ancora in corso. »

Era sembrato un colpo rispettoso, ma Godith sedette ugualmente dietro la porta, tendendo l'orecchio alle voci provenienti dall'altra stanza, dove Aline aveva fatto entrare il visitatore. Quella che si alternava alla sua era una voce maschile, bassa e venata di un rispettoso ardore.

« Adam Courcelle! » sussurrò Constance con sorriso carico

di sottintesi. « È così innamorato che non riesce a stare lontano! »

« E lei... Aline? » domandò con lo stesso tono Godith, incuriosita.

« Chi lo sa? Ma no, non credo, non ancora! »

Godith aveva udito quella stessa voce rivolgersi, quella mattina, al portinaio e ai servitori laici in ben altro tono. Ma compiti di quel genere non erano certo piacevoli e potevano mettere di malumore e rendere arrogante anche l'uomo più cortese. E la sua vera natura, probabilmente, era invece questa, dell'uomo devoto e premuroso che si interessava, con una sfumatura di tenerezza, alla tranquillità di Aline.

« Spero che tutto questo trambusto non vi abbia disturbata troppo », stava dicendo. « Ma ora potete stare tranquilla, non vi daremo più nessun fastidio. »

« Non sono stata disturbata affatto », lo rassicurò serenamente Aline. « Non posso lamentarmi di niente, siete stato un vero gentiluomo. Ma mi dispiace per quella povera gente che è stata privata dei propri beni. Sta accadendo la stessa cosa anche in città? »

« Sì, purtroppo », ammise tristemente lui. « E continuerà anche domani. Ma l'abbazia è ormai tranquilla. Abbiamo finito, qui. »

« E la ragazza che dovevate cercare? L'avete trovata? »

« No. »

« Che cosa direste se vi confessassi che ne sono contenta? »

« Direi che non potevo aspettarmi altro da voi e vi ammiro per questo. So che non potreste augurare alcun male a nessuno, e men che meno a una ragazza innocente. Ho imparato tante cose da voi, Aline. » E quando, dopo un breve silenzio, il giovane riprese: « Aline... », la sua voce si era fatta così sommessa che Godith non riuscì più a distinguere la parole.

E non lo desiderava neppure, tanto il suo tono era intimo e ansioso. Ma dopo qualche momento udì Aline che diceva dolcemente: « Non dovete chiedermi niente, stasera. È stata una giornata molto dura per tanta gente e non posso fare a meno di sentirmi esausta quasi quanto devono esserlo loro. E voi! Concedetemi una notte di riposo, ci sarà un momento migliore per parlare di queste cose! »

« È giusto », riconobbe Courcelle riprendendo il tono del soldato nello svolgimento delle sue funzioni, come se raddrizzasse le spalle per sobbarcarsi di nuovo il loro peso. « Perdonatemi, non era questo il momento. I miei uomini devono essere sulla strada ad aspettarmi, ormai, devo raggiungerli. Vi lascio tranquilla. Udrete ancora per un poco i carri e gli uomini in marcia, poi sarà finito tutto. »

Le voci si allontanarono. Godith udì la porta d'ingresso aprirsi e, dopo un ultimo breve scambio di parole incomprensibili, la porta si richiuse con un lievissimo tonfo. Udì scorrere il catenaccio e finalmente Aline bussò all'uscio della camera.

« Potete aprire, se n'è andato. »

Si fermò sulla soglia, rossa in viso e un po' accigliata, ma per una certa intima perplessità, non perché fosse contrariata. « Pare che non gli abbia fatto alcun torto, nascondendoti qui », spiegò con un sorriso che Courcelle sarebbe stato lieto di vedere. « Mi è sembrato persino che fosse contento di non averti trovata. Se ne stanno andando tutti, è finita! Ora non ci resta che aspettare fratello Cadfael e l'oscurità della notte. »

Nella capanna dell'erbario, fratello Cadfael nutrì, rassicurò e medicò il suo paziente. Avuta soddisfacente risposta alla sua domanda, Torold si sdraiò di buon grado sulla panca dove aveva dormito Godith e lasciò che il frate gli medicasse e gli bendasse per bene la spalla e, benché fosse quasi guarita, la coscia.

« Visto che dovrete partire stanotte stessa per il Galles », osservò il frate, « non devi correre alcun rischio. Non vorrei che ti si riaprisse la ferita. »

« Stanotte? » fece eco Torold eccitato. « È per stanotte dunque? Con Godith? »

« Così è e così dev'essere. Non credo che potrei sopportare ancora a lungo una situazione simile », dichiarò Cadfael, ma sembrava compiaciuto piuttosto che seccato. « Non è che ne abbia abbastanza di voi due, intendiamoci, ma sarò ben contento quando vi saprò in viaggio verso la terra di Owain Gwynedd e, per sicurezza, vi darò un segno di riconoscimento da consegnare al primo gallese che incontrerete. Anche se c'è già un accordo tra FitzAlan e Owain, e Owain non è uomo che venga meno alla parola data. »

« Quando saremo partiti, avrò la massima cura di Godith », promise solennemente Torold.

« E Godith farà altrettanto con te. Le darò un vasetto del mio unguento per medicarti e altre due o tre cosette di cui potrà avere bisogno. »

« Sicché ha preso barca e tesoro e si è portata via tutto quanto! » rifletté ad alta voce Torold, innamorato e orgoglioso. « Quante altre ragazze avrebbero saputo tenere la testa a posto e fare altrettanto? E quell'altra che l'ha accolta in casa sua! E ha trovato il modo di farvelo sapere, con tanta furbizia! Credete a me, fratello Cadfael, abbiamo delle donne straordinarie, qui nel Salop. » Rimase in silenzio per qualche momento, facendosi pensieroso. « Ma come faremo a farla uscire? Può darsi che abbiano lasciato qualcuno di guardia. E in ogni caso, io non posso certo passare dalla portineria. Il frate guardiano mi vedrebbe uscire senza avermi mai visto entrare. E la barca è laggiù! »

« Chetati un momento e lasciami pensare », lo zittì Cadfael avvolgendo con cura l'ultimo giro di benda. « Te la sei cavata piuttosto bene anche tu, mi pare. E devi avere lasciato tutto a posto per benino, al vecchio mulino, dato che non s'è sentito dire che abbiano trovato qualcosa. Hai subodorato a tempo il pericolo, a quanto pare. »

Torold gli descrisse quella sua lunga giornata così piena di pericoli eppure così tediosa, tutta fatta di corse e di fermate, di fretta e di lunghe soste in qualche nascondiglio. « Ho visto la compagnia che ha rastrellato la riva del fiume e il mulino. Sei uomini a piedi, guidati da un ufficiale a cavallo, ma ero certo di non avere lasciato in giro niente che potesse tradirmi. L'ufficiale è entrato per primo, da solo, poi ha fatto entrare anche i suoi uomini. Ah, e quell'uomo l'ho poi rivisto stasera », ricordò, rendendosi improvvisamente conto della coincidenza. « È stato quando ho attraversato il guado per nascondermi nel pagliaio. Andava su e giù lungo la riva del torrente. L'ho riconosciuto per il suo modo di stare in sella e per il colore del cavallo. Ho attraversato mentre lui mi girava le spalle, ma quando è tornato indietro si è fermato proprio di fronte ed è rimasto per un bel po' a guardare il pagliaio dove mi ero nascosto. Avrei giurato che mi avesse visto. Sembrava proprio che guardasse me. E sorrideva! Ebbi proprio paura di essere scoperto. Invece se n'è andato tranquillo com'era venuto. Pensandoci bene, non poteva avermi visto. »

Cadfael ripose con cura le sue medicine prima di domandare: « Lo hai riconosciuto per il cavallo, hai detto. Che cosa aveva di straordinario? »

« La grandezza e il colore. Un animale alto e magro, non bello ma robusto e con un mantello pomellato che dal ventre color crema passava a un grigio scuro sul dorso e sui fianchi. »

Cadfael si stropicciò il naso, poi si grattò la tonsura abbronzata. « E l'uomo? »

« Giovane, forse di qualche anno appena più anziano di me. Stamattina avevo notato soltanto il modo com'era vestito e come stava in sella, elegante e disinvolto su quel bestione che non doveva essere molto facile da montare. Ma stasera l'ho visto in faccia. Di carnagione olivastra, lineamenti magri ma marcati, occhi neri e così le sopracciglia. Oh, e fischiettava fra sé, anche », aggiunse Torold, sorpreso di ricordare solo allora quel particolare.

Già, se lo ricordava anche Cadfael. E ricordava anche quel cavallo, rimasto nelle scuderie dell'abbazia quando ne erano stati portati via altri due, più belli e meno appariscenti. Due, aveva detto il loro proprietario, poteva anche sacrificarli, ma tutti e quattro no, soprattutto non i più belli. La requisizione era stata fatta e lui cavalcava ancora uno dei due animali rimasti all'abbazia e senza dubbio anche l'altro era tuttora a sua disposizione. Dunque aveva mentito. La sua posizione presso il re era già assicurata, gli avevano persino affidato un incarico nelle scorrerie di quel giorno. Un incarico scelto a bella posta? E se sì, scelto da chi?

« Sicché pensi che ti abbia visto attraversare il torrente? »

« Come vi ho detto si è fermato a guardare dalla mia parte, quand'ero nascosto nel pagliaio. Forse mi aveva visto con la coda dell'occhio. »

"Quello là ha gli occhi tutt'intorno alla testa", pensò Cadfael, "e quel che non vede non vale la pena di essere visto." Ma a Torold disse soltanto: « Si è fermato a guardare e poi si è rimesso in cammino come se niente fosse? »

« Mi era persino sembrato che mi facesse un lieve cenno con la mano che reggeva le redini », confessò Torold ridendo dei propri timori. « Ma a quell'ora avevo le traveggole, credo, tanto ero ansioso di raggiungere Godith. Ma è stato proprio così: ha girato il cavallo e se n'è andato, tranquillo come prima. Sicché non mi aveva visto, in fin dei conti. »

Cadfael rifletté, stupito e ammirato, su tutto ciò che quella storia poteva significare. E la luce cominciava a farsi strada in lui, mentre le prime ombre della sera diventavano il buio della notte. Non ancora buio completo, perché a occidente una lieve luminosità verde pallido trascolorava ancora il cielo, così come la luce non era ancora luce completa, ma soltanto una promettente conferma dei primi raggi elusivi.

« Non credete che mi abbia visto, vero? » domandò Torold, preoccupato all'idea di avere forse creato qualche complicazione per Godith.

« Non pensarci nemmeno », lo rassicurò subito fratello Cadfael. « Va tutto bene, figliolo, non preoccuparti, so quel che faccio. Ma ora devo andare a compièta. Chiudi la porta col catenaccio e buttati giù a dormire per un'oretta. Devi riposarti, prima di metterti in viaggio. Io tornerò appena la funzione sarà finita. »

Trovò tuttavia anche il tempo per fare un salto alle scuderie e non fu sorpreso di vedere che né il pomellato grigio né il tozzo sauro marrone erano al loro posto. Dopo compièta, un'innocente visita al settore riservato agli ospiti, gli confermò che né Hugh Beringar né i suoi tre giannizzeri erano all'abbazia. Il portinaio, infatti, ricordava di avere visto i tre uomini uscire subito dopo il ritorno di Beringar, rientrato a cavallo verso la fine del vespro, e che lo stesso Beringar era uscito di nuovo, apparentemente senza fretta, circa un'ora dopo.

"Le cose stanno dunque così", pensò fratello Cadfael. "Ha puntato la sua posta sulla supposizione che sarà per stanotte, giocando il tutto per tutto. Bene, dato che è tanto astuto da arrivare a leggere i miei pensieri, vediamo se io sarò altrettanto bravo a leggere i suoi, giocando la mia posta con la stessa audacia."

Dunque: Beringar sapeva fin dal principio che il re aveva accettato i suoi servigi e che i suoi cavalli erano al sicuro, tuttavia aveva voluto nasconderli per qualche suo scopo. E aveva coinvolto lui nella cospirazione. Perché? Non gli sarebbe stato difficile trovare per proprio conto un rifugio, se lo avesse voluto. No, aveva voluto che lui sapesse dov'erano i cavalli, disponibili e invitanti. Sicché sapeva che lui aveva due persone da far fuggire dalla città e che si sarebbe gettato a pesce su quell'occasione. Gli aveva offerto l'esca dei cavalli per indurlo a portare nello stesso posto il tesoro, pronto per la fuga. Così, non avrebbe più avuto alcun bisogno di dare la caccia ai fuggitivi: gli sarebbe bastato aspettare che lui, Cadfael, li portasse alla masseria e avrebbe avuto tutto a portata di mano in un unico posto.

Ne conseguiva dunque che quella notte sarebbe stato là ad aspettarli, e questa volta avrebbe avuto con sé i suoi armati.

Ma c'era ancora qualche particolare che lasciava perplesso il frate. Se davvero Beringar aveva finto di non vedere Torold, quella sera, perché lo aveva fatto? Di certo, non sapeva dove fosse nascosta Godith in quel momento e poteva avere deciso di lasciar scappare un uccellino per acchiapparne due più tardi. Ma arrivato a questo punto, Cadfael si rese conto che bisognava prendere in considerazione la possibilità che in tutto quel tempo Beringar avesse anche finto di non avere riconosciuto Godith nei suoi panni maschili e che avesse una chiara idea del posto dove avrebbe potuto rintracciare la sua fidanzata scomparsa. Ma in tal caso, se sapeva che Godric era Godith e che uno degli uomini di FitzAlan si nascondeva nel vecchio mulino, perché, dopo essersi accertato che il frate aveva recuperato per lui il tesoro, non era andato là in forze, aggiudicandosi d'un colpo solo tre premi preziosi da consegnare a un re presumibilmente felice e grato di quel dono? Se non lo aveva fatto, scegliendo invece la strada del sotterfugio, voleva dire che aveva in mente qualcos'altro. Per esempio, di catturare Godith e Torold e consegnarli al re per trarne un vantaggio personale, ma di spedire il tesoro, o di portarlo lui stesso, non all'accampamento del re ma al proprio castello, per proprio uso personale. Nel qual caso aveva portato i cavalli alla masseria non soltanto per gabbare uno sciocco vecchio frate, ma per poter trasferire direttamente il tesoro a Maesbury, in tutta segretezza e senza dover tornare in città.

Tutto questo, naturalmente, sempre supponendo che non fosse stato Beringar a uccidere Nicholas Faintree. Perché se era stato lui, il piano doveva comportare qualche variante non trascurabile. Beringar avrebbe fatto in modo che Godith andasse ugualmente a fare da esca per suo padre e che Torold venisse sì catturato, ma morto. E muto. Un secondo delitto per nascondere il primo.

"Nell'insieme, una prospettiva non troppo allegra", rifletté Cadfael, sorpreso lui stesso di non sentirsene troppo turbato. "Ma certo", aggiunse fra sé, "tutto questo potrebbe anche significare un'altra cosa! Non *potrebbe*: significa! O io non mi chiamo più Cadfael e non mi imbarcherò mai più in una gara con un astuto giovane cavaliere!"

Tornò alla capanna dell'erbario con l'animo in pace e pronto a trascorrere un'altra notte movimentata. Torold, già sveglio e vigile, fu pronto a tirare il catenaccio non appena fu certo che chi si avvicinava era il frate.

« È già l'ora? Possiamo andare a piedi fino alla casa dov'è Godith? » Era sulle spine per l'ansia di vederla, di accertarsi che era sana e salva, che non le era accaduto niente di male.

« Si trova sempre il modo. Ma non è ancora abbastanza buio e c'è ancora gente in giro, perciò restatene lì a sedere buono buono e riposati, finché puoi, perché sarai tu a portare tutto il peso finché non avremo preso i cavalli. Ora io devo salire in dormitorio con gli altri fratelli e andare a letto. Oh, non preoccuparti, ritornerò! Una volta che ci siamo ritirati nelle nostre celle, uscirne non è un grosso problema. La mia è proprio vicina alle scale di cui ci serviamo di notte e il priore dorme dalla parte opposta, e dorme come un sasso. E hai dimenticato che l'ingresso principale della chiesa dà direttamente sulla strada? Da lì alla casa dove abita madamigella Siward il tragitto è breve e anche se si deve passare davanti alla portineria, credi forse che il frate guardiano si preoccupi se vede qualcuno ancora in circolazione a quell'ora? »

« Sicché madamigella Aline avrebbe potuto andare a messa passando da quell'ingresso come tutti gli altri, allora! » osservò Torold sorpreso.

« Certo, ma in tal caso non avrebbe potuto parlare con me. Inoltre voleva far valere i propri privilegi con Courcelle e mostrare ai fiamminghi che lei è un personaggio importante. È in gamba, quella figliola. Oh sì, anche la tua ragazza è in gamba, mio giovane Torold, e spero che ti comporterai bene con lei, ma questa Aline sta mettendo alla prova il proprio potere per vedere fin dove può arrivare e, credi a me, non sarà da meno della nostra Godith. »

Torold sorrise nella calda oscurità della capanna, certo, anche nella sua ansia, che non poteva esserci in tutto il mondo un altro Godric-Godith. « Avete detto che il guardiano non farà caso a un passante che torni a casa di notte », osservò. « Ma forse vi farebbe caso se quel passante portasse il saio del benedettino! »

« E chi ha parlato di benedettini in giro a tarda notte? Ci andrai tu, figliolo, a prendere Godith. Quella porta della chiesa non si chiude mai, non è necessario con la portineria così vicina. Quando sarà il momento te ne andrai da quella parte, raggiungerai la piccola casa vicina al mulino e porterai Godith e la barca dal laghetto fino al punto in cui l'acqua torna al torrente. Io ti aspetterò lì. »

« Ho capito. D'accordo, andrò io », sussurrò Torold, con tale entusiasmo che parve riempire di nuovo calore la capanna fragrante del profumo delle erbe. Era felice di essere lui a portare via Godith, come se si trattasse della fuga di due innamorati. « Vi troveremo sulla sponda dalla parte dell'abbazia? »

« Certo. E non andate da nessuna parte senza di me. Ora stenditi di nuovo a riposare per un'altra oretta e lascia il saliscendi, nel caso che tu dorma troppo profondamente. Io tornerò non appena tutto sarà tranquillo. »

Il piano di Cadfael funzionò alla perfezione. Dopo una giornata tanto agitata, tutti furono ben contenti di chiudere le imposte, spegnere le luci, barricarsi in casa per la notte e andarsene a dormire. Torold era già ben sveglio quando arrivò fratello Cadfael. I due attraversarono l'orto, il cortile tra la sala per gli ospiti e l'alloggio dell'abate, poi il chiostro ed entrarono in chiesa dalla porta meridionale, in mezzo a una pace e a un silenzio che non erano né della notte né del giorno, ma di un mondo appartato fra un rito e l'altro. Non scambiarono una parola finché non furono nella chiesa, addossati spalla a spalla dietro la porta occidentale. Cadfael socchiuse il pesante battente e rimase un momento in ascolto. Scrutando nel buio poteva vedere il portone dell'abbazia chiuso, ma col portoncino aperto che ritagliava nella notte un piccolo rettangolo luminoso.

« Calma assoluta. Vai! Ci vediamo al torrente. »

Torold scivolò attraverso la stretta apertura e si portò immediatamente al centro della strada, come un passante qualsiasi, e Cadfael richiuse silenziosamente alle sue spalle la porta della chiesa. Poi uscì a sua volta dalla parte del giardino, lo attraversò senza far rumore sotto la solitaria luce delle stelle, scese verso il piccolo torrente e lo costeggiò finché non poté andare oltre. Allora sedette in mezzo all'erba, ad aspettare. La notte estiva era calda e silenziosa, percorsa da una brezza leggera appena sufficiente a far sospirare le foglie di alberi e arbusti, quanto bastava per coprire con lievi rumori i rumori ancora più lievi prodotti da uomini attenti e abili. Ma nessuno li avrebbe seguiti, quella sera. Non ce n'era bisogno. L'unico che avrebbe potuto farlo era già ad aspettarli al suo posto, al termine del viaggio.

Constance aprì la porta e, ammutolita dalla sorpresa, rimase a fissare il giovane in abiti secolari che si stagliava nell'apertura al posto del frate che lei si aspettava. Ma alle sue spalle, ansiosa e impaziente, c'era Godith che con un breve grido inarticolato le passò accanto quasi volando e si gettò fra le braccia del visitatore. Era di nuovo Godric, ma per lui, benché non l'avesse mai vista com'era veramente, non sarebbe mai stata altro che Godith. Aggrappata a lui, rideva, piangeva, lo minacciava e lo insolentiva a un tempo, gli tastava teneramente la spalla ferita, chiedeva spiegazioni e annullava lei stessa le proprie domande e infine ammutoliva all'improvviso e alzava verso di lui il viso raggiante, aspettando di essere baciata. E Torold la baciò, sbalordito ed estasiato.

« Voi dovete essere Torold », disse Aline dal fondo della stanza, con tale serenità da far supporre che ne sapesse, sui loro rapporti, più di quanto ne sapeva lui stesso. « Chiudi la porta, Constance, va tutto bene. » Squadrò il giovane da capo a piedi, come se lo confrontasse mentalmente con qualcun altro di sua conoscenza, e ne ebbe un'ottima impressione. « Sapevo che fratello Cadfael avrebbe mandato qualcuno. Godith voleva rifugiarsi altrove ma io non ho voluto. Lui aveva detto che sarebbe venuto qui. Non pensavo che avrebbe mandato voi, ma un messaggero di fratello Cadfael è sempre il benvenuto. »

« Godith vi ha parlato di me? » domandò Torold arrossendo.

« Mi ha detto soltanto quel che era necessario. È la discrezione in persona, e lo sono anch'io », lo rassicurò subito Aline. Era arrossita anche lei, ma era raggiante ed elettrizzata per la parte avuta nel complotto: quasi le dispiaceva che dovesse finire lì. « Se fratello Cadfael vi sta aspettando, non dobbiamo perdere tempo. Più lontani sarete al sorgere del giorno, tanto meglio sarà. Qui c'è il fagotto portato da Godith. Aspettate qui, vado a vedere se tutto è tranquillo. »

Scivolò fuori, nella tiepida oscurità, e si fermò in riva al laghetto tendendo l'orecchio. Era certa che gli uomini del re non avessero lasciato nessuno di guardia, non ne avrebbero avuto alcun motivo, visto che avevano già cercato dappertutto e si erano presi tutto quel che erano venuti a prendere, ma poteva darsi che qualcuno vegliasse ancora nelle case di fronte. Ma tutto era tranquillo, nessuna luce splendeva nel buio. Aline pensò che la gente avesse chiuso persino le imposte, nonostante il caldo, per il timore che qualche fiammingo solitario tornasse a razziare per proprio conto sotto la copertura del saccheggio autorizzato. Persino le foglie dei salici pendevano immobili, in quell'angolo riparato anche dalla lieve brezza che faceva frusciare l'erba lungo la sponda del fiume.

« Venite! » sussurrò socchiudendo appena la porta. « Tutto a posto. Seguitemi attentamente, il pendio è molto ripido. » Aveva persino provveduto a cambiare l'abito chiaro che aveva indossato durante il giorno con un altro scuro, per mimetizzarsi meglio in mezzo alle ombre del giardino. Torold sollevò il fagotto col tesoro reggendolo per la fune con la quale era legato e allontanò risolutamente Godith che aveva teso un braccio per aiutarlo a reggere il peso. Stranamente, lei si arrese con docilità e si avviò svelta davanti a lui verso la sponda del laghetto dove si dondolava leggera la barca, seminascosta tra i rami dei salici. Come l'ebbero raggiunta, Aline si inginocchiò sulla sponda per afferrare la fune d'ormeggio e trascinare a riva il piccolo scafo, tenendolo fermo mentre gli altri vi scendevano. La damigella riservata, cresciuta in convento e fino ad allora conscia soltanto del dovere filiale, stava imparando presto a prendere le proprie decisioni e ad esercitare il proprio potere.

Godith scivolò nella barchetta e si ingegnò a sistemare saldamente il fagotto fra i due sedili. L'imbarcazione era destinata a portare due persone al massimo e quando anche Torold fu a bordo, affondò di parecchio nell'acqua, ma era solida e resistente e li avrebbe portati sicuramente a destinazione, come aveva già fatto prima.

Godith si protese chinandosi a baciare Aline, ancora inginocchiata sull'erba. Non c'era più tempo per i ringraziamenti, ma Torold depose un bacio sulla manina ben curata che gli veniva tesa, poi Aline sciolse la fune e la gettò a bordo e la barca scivolò via in mezzo ai piccoli vortici della corrente che tornava verso il piccolo torrente dal quale si era precedentemente staccata. Torold non ebbe neppure bisogno di manovrare la pagaia per allontanarsi dal laghetto. Quando Godith si voltò a guardare, già non si vedeva più altro che l'ombra dei salici oltre i quali si delineava a malapena la casa buia.

Non appena vide Torold dirigere la barca verso la sponda, fratello Cadfael si alzò. « Bravi! » sussurrò. « Nessun intoppo? »

« Nessuno. Ora guidateci voi. » Il frate fece dondolare la barca con una mano, pensierosamente. « Porta Godith e il carico sull'altra sponda, poi torna a prendermi. Preferisco avere i piedi asciutti. » Quando furono tutti sull'altra sponda, il frate tirò la barca all'asciutto, in mezzo all'erba, e Godith lo aiutò a trascinarla dentro un boschetto. Lì, al riparo, ebbero il tempo di tirare il fiato e di prendere gli ultimi accordi. Cinque minuti ben spesi in quel momento, disse fratello Cadfael, potevano risparmiare loro maggiori fatiche in seguito.

« Possiamo parlare, ma sottovoce. E dato che nessuno sguardo indiscreto, spero, vedrà questo vostro carico finché non sarete ben lontani sulla via dell'occidente, penso che sarà meglio aprire il fagotto e dividere il peso. Sarà più facile caricarci in spalla le bisacce da sella, invece di questo grosso fagotto. »

« Io posso portarne un paio », si offrì subito Godith.

« Sì, per un breve tratto, forse », riconobbe di buon grado il frate, già indaffarato a liberare le due paia di bisacce dai sacchi che le avvolgevano. Larghe cinghie consentivano di portarle agevolmente in spalla e il peso era già stato equamente suddiviso alla partenza. « Avevo pensato di risparmiarci circa mezzo miglio di strada risalendo il fiume per il primo tratto », osservò. « Ma in tre e con questo peso andremmo senza dubbio a fondo, con quel guscio di noce. Del resto, non dovremo fare molta strada, così carichi. Poco più di tre miglia al massimo. »

Si sistemò con cura un paio di borse su una spalla e Torold si caricò l'altra sulla spalla sana. « Non ho mai trasportato roba di tanto valore in vita mia », commentò fratello Cadfael mentre si incamminavano. « E non avrò nemmeno la soddisfazione di vedere che cosa c'è dentro. »

« Un carico ben doloroso per me », mormorò Torold alle sue spalle. « È costato la vita a Nick e io non ho neppure la possibilità di vendicarlo. »

« Pensa alla *tua* vita, ora, e preoccupati di portare il tuo fardello », ribatté il frate. « Nick sarà vendicato. Guardate al vostro avvenire e Nick lasciatelo a me. »

La strada lungo la quale Cadfael guidò i suoi giovani amici non era la stessa che aveva percorso in precedenza con Beringar. Invece di guadare il torrente e puntare direttamente verso la masseria, piegò più a ovest così che quando giunsero all'altezza della masseria stessa, erano però spostati di almeno un miglio verso ovest in direzione del Galles, nel folto di una foresta.

« E se qualcuno ci avesse seguito? » domandò Godith.

« Non ci ha seguito nessuno », ribatté risolutamente il frate, e la ragazza accettò quella dichiarazione senza fare altre domande. Se lo diceva fratello Cadfael... Aveva insistito per portare il carico di Torold per circa mezzo miglio, ma al suo primo segno di fatica lui se l'era ripreso.

Una trina di cielo apparve tra i rami, davanti a loro. Finalmente emersero cautamente al margine di una larga strada che tagliava obliquamente il loro sentiero, il quale proseguiva poi in un tratto di bosco un po' meno fitto.

« Ora fate bene attenzione », ammonì Cadfael, fermandosi nell'ombra. « Perché dopo dovrete tornare fino a questo punto senza di me. Questa è una vecchia strada romana. Verso est, alla nostra sinistra, porta al ponte sul Severn, ad Atcham. Verso ovest, alla nostra destra, vi porterà invece dritti dritti al Galles. Se doveste imbattervi in qualche ostacolo, potrete piegare ancora a sud, fino al guado di Montgomery. Di là, potrete poi proseguire velocemente, benché in qualche tratto la strada sia piuttosto ripida. Ora noi l'attraversiamo qui e proseguiamo per circa mezzo miglio, fino al guado del torrente. Perciò prendete nota del cammino. »

Ora il sentiero era molto più chiaro, anche i cavalli avrebbero potuto percorrerlo senza troppe difficoltà. Il guado era largo e facile. « E qui », riprese Cadfael, « lasciamo il nostro carico. Un albero fra tanti si potrebbe anche perderlo, ma un albero vicino all'unico guado lungo il sentiero non lo perderete di certo. »

« Lo lasciamo qui? » si stupì Torold. « Ma come, non andiamo direttamente dove sono i cavalli? Avete detto voi stesso che non ci avrebbe seguito nessuno, stanotte. »

« No, difatti non ci ha seguito nessuno. » Quando si sa dove sta andando la selvaggina non è necessario seguirla, basta stare là ad aspettarla. « Via, via, non perdiamo altro tempo. Fidatevi di me e fate come vi dico. » Cadfael posò a terra la sua metà del carico e si mise a frugare con lo sguardo nell'oscurità a cui i suoi occhi erano ormai abituati, in cerca del nascondiglio più sicuro. Nel folto dei cespugli vicini al guado, alla loro destra, c'era un vecchio albero tarlato, morto da una parte ma ancora fronzuto dall'altra, con un grosso ramo che si perdeva fra i cespugli. Cadfael vi appese le sue bisacce e senza una parola Torold fece altrettanto, tirandosi poi indietro per accertarsi che nessuno potesse vederle. Le sacche erano completamente nascoste dal fogliame.

« Bravo figliolo! » mormorò Cadfael soddisfatto. « Ora piegheremo un poco verso est finché non incroceremo il sentiero che porta alla masseria. Dobbiamo arrivarci dalla direzione giusta. Nessuno deve sospettare che ci eravamo spostati di circa un miglio verso il Galles. »

Liberi dal carico, Godith e Torold si misero a fianco a fianco e seguirono fiduciosi il frate, la mano nella mano. Ora che erano sempre più vicini alla possibilità di fuggire, non avevano più niente da dirsi: si tenevano stretti l'uno all'altra, sperando che tutto andasse per il meglio.

I due sentieri si unirono soltanto a pochi minuti di cammino dalla radura dove sorgeva la masseria. Una luce rossastra traspariva da una finestra della casa, ma all'infuori di quella niente rompeva il buio tranquillo e silenzioso della notte.

Qualche viaggiatore in angustie doveva già essere capitato lì con la notizia di quanto era accaduto quel giorno a Shrewsbury perché fratello Anselm si precipitò ad aprire la porta e li tirò dentro in gran fretta, ringraziando il cielo e scrutando con curiosità i due ragazzi che seguivano il confratello.

« Ma l'aspettavo! Avevo il presentimento, lo sentivo che doveva essere per stanotte. È stata dura dalle vostre parti, a quel che ci hanno detto! »

« Piuttosto dura, sì », sospirò Cadfael. « Avrei proprio voluto che i nostri amici ne restassero fuori. Soprattutto questi due. Figlioli, questi bravi confratelli hanno avuto cura della vostra roba e l'hanno tenuta qui al sicuro per voi. Anselm, questa è la figlia di Adeney e questo è lo scudiero di FitzAlan. Dov'è Louis? »

« Appena vi ha visti arrivare è andato a sellare i cavalli. Abbiamo avuto in mente per tutta la giornata che forse avreste dovuto accelerare le cose. Ho preparato qualcosa da mangiare, per il caso che foste venuti. È dentro questo sacco. È brutto viaggiare a stomaco vuoto. Ci ho messo anche una fiasca di vino. »

« Bene. Mettiamoci anche queste », disse Cadfael vuotando la sua borsa. « Sono medicine. Godith sa come usarle. »

Godith e Torold ascoltavano attoniti. « Vado a dare una mano a sellare le bestie », disse finalmente Torold, quasi incapace di parlare per la commozione e la gratitudine. Sfilò la mano da quella della ragazza e si avviò verso le scuderie, attraverso un piccolo cortile già invaso da erbacce. Ben presto la foresta si sarebbe impadronita di nuovo del terreno che le era stato rubato e che in quei tempi così difficili era stato sottratto alle cure dell'uomo, e la rigogliosa vegetazione di poche estati avrebbe inghiottito i modesti edifici in legno. In tre anni, quattro al massimo, la Long Forest avrebbe divorato tutto quanto, senza lasciarne traccia.

« Fratello Anselm », disse Godith, squadrando da capo a piedi con rispettoso stupore il gigantesco frate. « Vi ringrazio con tutto il cuore, a nome di entrambi, per tutto ciò che avete fatto per noi, anche se penso che lo abbiate fatto soprattutto per il nostro fratello Cadfael. È stato il mio maestro per otto giorni e anch'io farei qualunque cosa per lui. Vi giuro che né Torold né io dimenticheremo mai l'aiuto che ci avete dato. »

« Dio vi benedica, figliola », ribatté fratello Anselm, lusingato e divertito. « Parlate come un libro sacro. Che cosa potrebbe mai fare un onest'uomo quando una giovane donna è in pericolo, se non industriarsi per metterla in salvo insieme con il suo cavaliere? »

Fratello Louis arrivò tenendo per la briglia il roano che Beringar cavalcava la notte che erano stati portati lì i due cavalli, mentre Torold lo seguiva con l'altro, dal mantello nero. I due animali, ben strigliati, ben nutriti e riposati, scalpitavano impazienti.

« È pronto anche il vostro bagaglio », dichiarò fratello Anselm con una sfumatura di sottinteso. « Ne abbiamo avuto la massima cura. Io lo avrei magari diviso in due, per bilanciare meglio il peso, ma ho pensato che non avevo alcun diritto di aprirlo, perciò l'ho lasciato com'era. »

I due frati andarono a prendere il fagotto lasciato da Cadfael. A quanto pareva, ignoravano alcuni particolari, così come Godith e Torold avevano accettato alcune cose senza capirle. Fratello Anselm portò il fagotto reggendolo sulle sue spalle robuste. « Ho portato anche delle cinghie per assicurarlo alla sella », disse Anselm lasciando cadere il fagotto accanto ai cavalli sellati. Ma stavano passando le cinghie sotto la fune con la quale era stato legato il fagotto quando la lama di una spada troncò di netto la corda che teneva fermo il catenaccio della porta alle loro spalle e una voce chiara e imperiosa ordinò:

« Fermi tutti! Nessuno si muova! Voltatevi lentamente, tutti quanti, e tenete le mani bene in vista. Per il bene della signora! »

Si voltarono tutti, come in sogno, sbarrando gli occhi. Il portone della palizzata era spalancato e sulla soglia c'era Hugh Beringar, con la spada in mano. Ai suoi fianchi, un passo indietro, stavano due arcieri dall'aria risoluta con l'arco teso. E puntato su Godith.

« Molto bene », commentò Beringar con un cenno di approvazione. « Vedo che avete capito. Ora restate fermi ancora un momento, mentre l'altro mio uomo chiude il portone. »

# CAPITOLO X

OGNUNO reagì secondo la propria natura. Fratello Anselm si guardò cautamente in giro alla ricerca del proprio randello che, però, era fuori portata; fratello Louis tenne le mani bene in vista, ma la sua destra era pericolosamente vicina all'apertura del saio, sotto il quale teneva la daga. Godith, dapprima sgomenta e incredula, fu presa subito dopo da una collera furiosa che tuttavia si rivelava soltanto nell'improvvisa durezza del suo viso e nel pericoloso scintillio degli occhi, mentre fratello Cadfael, affettando una dolente rassegnazione, sedeva sopra il fagotto, nascondendolo con finta indifferenza sotto le pieghe del saio. Torold invece, vincendo la tentazione di afferrare il pugnale donatogli dal frate e tenendo le mani bene in vista, fissò Beringar con occhi di fuoco e fece due lunghi passi avanti per mettersi fra Godith e i due arcieri. Cadfael sorrise fra sé. Probabilmente il baldo giovanotto non aveva riflettuto, nella sua temeraria devozione, che c'era stato tutto il tempo perché le frecce colpissero il bersaglio prima del suo intervento, se fosse stato quello il programma.

« Un gesto davvero commovente », osservò infatti Beringar, magnanimo. « Ma di scarsa efficacia. Dubito che la signora sarebbe soddisfatta di quest'altra soluzione. E siccome siamo tutte persone dal cuore sensibile, non vedo la necessità di eroismi inutili. Del resto, a questa distanza, il mio buon Matthew potrebbe infilzarvi entrambi con un colpo solo, ma non sarebbe un vantaggio per nessuno, nemmeno per me. Perciò vi conviene rassegnarvi al fatto che per il momento sono io a dare gli ordini e a scegliere la musica. »

Era la pura e semplice verità. Per quanto i suoi uomini non

avessero reagito quando Torold si era mosso, contravvenendo all'ordine di Beringar, restava il fatto che nessuno avrebbe avuto la minima possibilità di sferrare contro di lui un attacco capace di capovolgere la situazione. C'era qualche metro fra loro e Beringar e nessun'arma può battere in velocità una freccia. Torold tese un braccio dietro di sé per tirarsi vicina Godith, ma lei si liberò bruscamente dalla sua mano e andò a piantarsi con espressione di sfida davanti a Beringar.

« E quale musica intendete suonare per me? » domandò. « Se è me che volete, bene, sono qui. Che intenzioni avete? Suppongo di essere padrona di terre che forse vi fanno gola. Intendete far valere i vostri diritti e sposarmi per averle? Anche se ha spodestato mio padre, il re potrebbe ben concedere me e le mie terre a uno dei suoi nuovi capitani! Valgo tanto per voi? O desiderate soltanto guadagnarvi il favore di Stefano consegnandomi a lui perché mi usi come esca per indurre uomini tanto più valorosi di lui a consegnarsi nelle sue mani? »

« Né l'una cosa né l'altra », rispose placido Beringar, osservando con ammirazione le spalle ben erette della sua "fidanzata" e il viso alzato verso di lui con espressione sprezzante. « Ammetto, mia cara, di non essere mai stato tanto tentato di sposarvi davvero... siete ben diversa dalla ragazzina grassa che ricordavo. Ma a giudicare dal vostro viso, penso che sposereste piuttosto il diavolo in persona. E io ho altri progetti, come voi, del resto. No, purché nessuno qui compia qualche gesto sconsiderato, non abbiamo alcun bisogno di litigare. E se questo può esservi di conforto, Godith, non ho neppure intenzione di scagliare i segugi sulle tracce del vostro campione qui presente. Perché mai dovrei trattare crudelmente un leale avversario? Soprattutto ora, quando sono certo che gode di molto favore ai vostri occhi. »

Rideva di lei, e lei lo capì e si mise in guardia. Ma non v'era cattiveria in quel suo modo di fare, benché Godith lo trovasse profondamente offensivo. Era sì un atteggiamento trionfante, ma la sua ironia era garbata, persino vagamente affettuosa. Lei indietreggiò di un passo, lanciando un'occhiata supplichevole a fratello Cadfael, ma il frate se ne stava seduto sul suo fagotto in atteggiamento apatico, con le spalle curve e gli occhi fissi a terra. Allora Godith alzò di nuovo lo sguardo su Beringar, che fissava su di lei gli occhi neri con spassionata ammirazione.

« Quasi quasi vi credo », mormorò un po' incerta.

« Mettetemi alla prova! Siete venuta qui a prendere i cavalli per il vostro viaggio. E i cavalli sono qui. Potete montare in sella e andarvene quando vi pare, voi e il vostro giovane scudiero. Nessuno vi seguirà. Nessuno sa che siete qui, all'infuori di me e dei miei uomini. Ma viaggerete più spedita e sicura se porterete con voi soltanto lo stretto necessario. Quel fagotto sul quale fratello Cadfael sta negligentemente seduto come se avesse trovato una comoda pietra... quello lo terrò io, mia dolcissima Godith, come vostro ricordo. »

Godith riuscì a controllarsi quanto bastava per non guardare il frate. Ma dovette fare uno sforzo per mantenere la stessa espressione sdegnosa, per non tradire neppure con un muscolo del viso il lampo che le aveva illuminato a un tratto la mente, la risata di trionfo che le tremava in gola. E anche senza guardarlo, sapeva che Torold, qualche passo dietro di lei, stava comportandosi allo stesso modo. Per quello avevano lasciato le bisacce da sella appese all'albero vicino al guado a un miglio da lì, un miglio lungo la strada per il Galles. Il bottino che era lì, potevano consegnarlo a cuor leggero, ma nessun lampo di soddisfazione doveva minacciare il loro successo. Ora toccava a lei perfezionare il colpo, fratello Cadfael lasciava a lei l'ultima mossa. Era la prova più difficile che avesse mai dovuto affrontare, una prova vitale per la stima che in seguito avrebbe potuto avere di se stessa. Perché l'uomo che aveva di fronte era molto più di quanto lei avesse mai pensato e rinunciare a lui appariva a un tratto un gesto generoso, non meno generoso di quello che compiva lui lasciandola libera di andarsene verso la felicità con un altro uomo e per un'altra causa, trattenendo soltanto un trascurabile mucchietto d'oro per ripagarsi del disturbo. In cambio di due cavalli e di una corsa senza ostacoli verso il Galles. E di una sorta di benedizione, anche, laica ma pur sempre preziosa!

« Dite sul serio », esclamò, e non era una domanda ma un'affermazione. « Possiamo andarcene! »

« E in tutta fretta, se accettate il mio consiglio. La notte è ancora giovane, ma maturerà presto. E la strada sarà molto lunga. »

« Vi avevo mal giudicato », riconobbe generosamente lei. « Non vi conoscevo bene. Avevate il diritto di battervi per questo premio. Ma riconoscerete, spero, che ne avevamo il diritto anche noi. Quando vittoria e sconfitta sono parimenti leali, non c'è posto per i rancori. D'accordo? »

« D'accordo! » ripeté lui, compiaciuto. « Siete una nemica deliziosa e credo che il vostro giovane scudiero farà bene a portarvi via subito, prima che io cambi idea. Purché lasciate qui il vostro bagaglio... »

« Non possiamo farci niente, è vostro », mormorò fratello Cadfael alzandosi con riluttanza dal suo sedile. « Ve lo siete conquistato lealmente, che altro posso dire? »

Beringar osservò senza manifestare alcuna emozione il mucchio riapparso alla vista. Conosceva bene la sagoma del fagotto che Cadfael aveva ripescato dal fiume. Non aveva dubbi.

« Andate, allora, e correte! Avete ancora qualche ora di buio. » E per la prima volta Beringar osservò attentamente Torold, che aveva saputo mantenere la calma rimanendo in disparte e lasciando che fosse Godith a condurre il gioco, un gioco che lui ovviamente non poteva capire. « Domando scusa, ma non conosco il vostro nome! »

« Mi chiamo Torold Blund, scudiero di FitzAlan. »

« Mi dispiace che non ci siamo conosciuti prima. Ma non mi dispiace affatto che non ci siamo mai incontrati con le armi in pugno. Temo che mi avreste dato del filo da torcere. » Ma lo disse con perfetta serenità, perché ormai aveva vinto e non gli incuteva davvero timore la supposta superiorità fisica di Torold. « Abbiate cura del vostro tesoro, Torold, come io avrò cura del mio! »

Seria e grave, fissandolo coi grandi occhi ancora un po' dubbiosi, Godith disse: « Datemi un bacio e fatemi tanti auguri, Hugh, come io li faccio a voi! »

« Con tutto il cuore! » Beringar le sollevò il viso fra le mani e le diede un bacio appassionato facendolo durare a lungo, forse con l'intenzione di provocare Torold. Ma Torold rimase a guardare, sereno e imperturbabile, come se si trattasse di un bacio tra fratello e sorella che si salutano prima di una lunga separazione. « E ora », disse finalmente Beringar, « a cavallo e via! »

Godith si avvicinò a fratello Cadfael e chiese anche a lui di darle un bacio, con un lieve tremito delle labbra e della voce che avrebbe potuto essere di pianto o di riso o dell'uno e l'altro insieme. I ringraziamenti a lui e agli altri fratelli furono necessariamente brevi, anch'essi impacciati dalla stessa mescolanza di emozioni contrastanti. Doveva andarsene in fretta, per non tradirsi. Torold le resse la staffa, ma fratello Anselm la sollevò di peso e la depositò con garbo sulla sella. Le staffe erano un po' lunghe per lei e il frate si chinò ad accorciarle, ma Godith lo vide alzare furtivamente il viso a guardarla con un sorrisetto malizioso e capì che anche lui aveva indovinato quel che stava succedendo e ne rideva segretamente con lei. Se lui e il suo compagno fossero stati messi al corrente del complotto fin dall'inizio, non avrebbero potuto recitare bene la propria parte, ma evidentemente entrambi erano svelti a cogliere i significati più nascosti.

In sella al roano di Beringar, Torold girò lo sguardo sul gruppo riunito entro la palizzata. Gli arcieri, allentato l'arco, seguivano la scena con divertito interesse, mentre il terzo uomo apriva il portone per lasciar uscire i viaggiatori.

« Fratello Cadfael, devo tutto a voi. Non lo scorderò mai. »

« Bene, se mi devi qualcosa, ripagalo a Godith », ribatté serenamente il frate.

Ma subito aggiunse, in tono più severo: « E bada a quel che fai, finché non l'avrai restituita sana e salva a suo padre. Te l'affido come una cosa sacra, attento a non approfittarne! »

Un luminoso sorriso brillò per un istante sul viso di Torold e subito scomparve, e un attimo dopo era scomparso anche lui, insieme con Godith, oltre il portone spalancato. Superata la breve radura, i due cavalieri si tuffarono nell'ombra densa del bosco. Non dovevano fare molta strada per raggiungere il largo sentiero e il guado e l'albero dove li aspettavano le bisacce col tesoro. Cadfael rimase ad ascoltare il sordo tonfo degli zoccoli sul terreno erboso e l'occasionale fruscio di qualche ramo finché il rumore si spense e non rimase altro che l'immenso silenzio della notte. Quando si scosse dalla sua attenta immobilità, si avvide che anche gli altri erano rimasti con le orecchie tese come lui. Ci fu un reciproco scambio di occhiate e per un attimo parve che nessuno avesse niente da dire.

« Se arriva vergine da suo padre », osservò finalmente Beringar, « non scommetterò mai più su un uomo o una donna in vita mia! »

« Io », ribatté seccamente Cadfael, « credo che arriverà da suo padre con la fede al dito. Ci sono tanti preti fra qui e la Normandia! Dovrà faticare non poco per convincere Torold, che ha il diritto di prendersela anche senza la benedizione paterna, ma saprà bene lei come fare a persuaderlo! »

« Voi la conoscete meglio di me », mormorò Beringar. « In fondo io non la conoscevo affatto. Un vero peccato! » concluse con un sospiro.

« Tuttavia penso che l'abbiate riconosciuta fin dalla prima volta che l'avete vista con me all'abbazia. »

« Be', da principio non ne ero proprio certo, ma mi sono bastati due giorni. Di viso non è cambiata molto, si è soltanto assottigliata, trasformandosi in quel ragazzino scattante. » Cogliendo l'occhiata di Cadfael, Beringar sorrise. « Sì, ero proprio venuto a cercare lei, ma non per consegnarla al re. E nemmeno la volevo per me, ma anche a me, come avete detto voi, lei era stata affidata come cosa sacra. In nome dell'alleanza sottoscritta da altri per noi, avevo il dovere di portarla in salvo. »

« Sono certo che l'avreste fatto », commentò Cadfael.

« Potete dirlo. Senza rancore, allora? »

« Senza rancore. E senza desideri di vendetta. Il gioco è concluso. » Cadfael si rese conto a un tratto di avere proprio la giusta aria dimessa e rassegnata, ma si trattava soltanto della piacevole stanchezza che segue al sollievo.

« Allora tornate con me all'abbazia? Mi farete compagnia. Abbiamo due cavalli e questi miei compagni si sono guadagnati una notte di riposo. Se i vostri buoni confratelli vorranno offrire loro un letto e qualcosa da mangiare, potranno tornare domani con tutto comodo. Anzi, per rallegrare la festa, ci sono due fiasche di vino e un pasticcio di carne nella mia borsa da sella. Temevo di dover aspettare a lungo, anche se non dubitavo che sareste venuti. »

Fratello Louis si fregò le mani soddisfatto. « Me la sentivo che sarebbe finito tutto bene, stanotte, nonostante il trambusto! Per due fiasche di vino e un pasticcio di carne vi offriamo con piacere anche il nostro letto, per non parlare di una partita a tavola reale, se ne avete voglia. Non capita spesso di avere un po' di compagnia, qui! »

Un arciere condusse nel cortile i due cavalli di Beringar, il grande pomellato grigio e il tozzo e robusto animale dal mantello bruno, poi fratelli laici e uomini d'armi scaricarono d'amore e d'accordo cibo e vino, caricando in loro vece, in groppa al pomellato, il fagotto avvolto in tela di sacco che fu legato con una correggia di cuoio da fratello Anselm. « Non è che non mi fidi a farlo caricare con voi sull'altro cavallo », spiegò Beringar rivolgendosi a fratello Cadfael, « ma questo gigante non ne avvertirà neppure il peso. E bisogna sapere come trattarlo, perché ha la bocca dura ed è un bastian contrario. Ma io lo conosco e, per essere sincero, gli sono affezionato. Quegli altri due erano molto più belli e pregiati, ma questo demonio mi assomiglia e non lo cambierei mai! »

Non avrebbe potuto esprimere meglio ciò che Cadfael pensava di lui. "Questo demonio mi assomiglia... Regalava generosamente due ottimi cavalli per pagare il proprio debito verso una sposa che non aveva mai desiderato veramente ed escogitava pazienti, sottilissimi trucchi per vederla in salvo e al tempo stesso mettere le mani su un tesoro che, al contrario della ragazza, poteva essere considerato una preda di guerra. Bene, bene, si vive per imparare a leggere nel gran libro dell'umanità!"

Cavalcarono a fianco a fianco per la stessa strada già percorsa insieme una volta, ma animati ora da sentimenti molto più amichevoli. Cavalcarono senza fretta nella notte tiepida e silenziosa che pareva sfidare i tempi mutevoli e burrascosi con la sua calma asserzione di permanente stabilità.

« Temo proprio di avervi fatto perdere mattutino e laudi », osservò Beringar compunto. « È tutta colpa mia. Se non vi avessi fatto ritardare, avreste potuto essere di ritorno per mezzanotte. Dovrò fare penitenza con voi. »

« State già facendo penitenza con me », ribatté enigmatico Cadfael. « Ma non potrei desiderare compagnia più stimolante. Mi ripagherete del danno cavalcando piano. Non capita spesso a uno come me di potersi godere una simile passeggiata notturna, tranquilla e senza pericoli. »

Rimasero in silenzio per un buon tratto, immersi ognuno nei propri pensieri, ma evidentemente i diversi fili a un certo punto si ingarbugliarono perché Beringar esclamò a un tratto: « Vi mancherà, Godith ». E lo disse con schietta simpatia. Dopo tutto, lo aveva osservato e studiato per parecchi giorni.

« Come una fibra strappatami dal cuore », ammise Cadfael senza alcun turbamento. « Ma altri riempiranno il vuoto. Era una brava ragazza, e un bravo ragazzo, anche, se mi consentite il giochetto. Svelto nello studio e lavoratore infaticabile. Spero davvero che sarà anche un'ottima moglie. E quel giovanotto è proprio quel che fa per lei. Avete notato che non usava una spalla? Un arciere del re aveva cercato di portargliene via una fetta, ma con le cure di Godith guarirà in fretta. Raggiungeranno la Francia. » E dopo una breve riflessione domandò, con candida curiosità: « Che cosa avreste fatto se qualcuno di noi avesse disobbedito ai vostri ordini, scatenando una rissa? »

Hugh Beringar fece una sonora risata. « Credo che avrei fatto la figura dello sciocco, perché naturalmente i miei uomini non avrebbero colpito nessuno. Ma un arco teso è un potente mezzo di persuasione e, dopo tutto, un essere imprevedibile come me poteva anche farsi prendere la mano. Ma non avrete creduto davvero che volessi far del male a Godith? »

Dubitando della saggezza di una risposta sincera in quel momento, Cadfael tergiversò. « Se mai l'ho pensato, mi sono reso conto immediatamente di avere avuto torto. Avrebbero potuto ucciderla prima che Torold si mettesse di mezzo. No, ho riconosciuto subito il mio errore. »

« E non vi sorprende che io sapessi che cosa avevate portato alla masseria e che cosa avevate in progetto stanotte? »

« Nessuna rivelazione della vostra astuzia può più sorprendermi, ormai. Immagino che mi abbiate seguito la notte che sono andato a ripescare il fagotto nel fiume. E immagino pure che abbiate chiesto il mio aiuto per portare là i cavalli con un duplice scopo: per indurmi a trasferire là dal suo nascondiglio il tesoro e per consentire a quei due ragazzi di prendere la fuga, tenendo l'oro per voi. La mano destra non sappia ciò che fa la sinistra. Vi si addice alla perfezione. Ma come facevate a essere certo che sarebbe stato per stanotte? »

« Be', se fossi stato nei vostri panni, li avrei fatti fuggire appena possibile e stanotte era proprio il momento giusto, dopo che si era cercato dappertutto, e invano. Sareste stato uno sciocco a lasciarvi sfuggire un'occasione simile e avevo scoperto già da tempo che non siete affatto sciocco, fratello Cadfael! »

« Abbiamo molti punti in comune », riconobbe gravemente il frate. « Ma se sapevate che questo bel fagotto che tenete in sella era al sicuro nella masseria, perché non siete andato a prendervelo tranquillamente, lasciando poi che quei due ragazzi se ne andassero a mani vuote, come è accaduto? »

« E starmene a dormire placidamente mentre se ne andavano? Senza far pace con Godith e lasciando che se ne andasse in Francia convinta di avere in me un nemico, capace per giunta di una tale bassezza? No, non avrei potuto sopportarlo. Sono vanitoso, io! Volevo che finisse tutto bene, senza rancori. Inoltre ero anche curioso, volevo vedere l'uomo del quale si era innamorata. Il tesoro era al sicuro finché voi non aveste deciso di farli partire, perché mai avrei dovuto preoccuparmene? In questo modo tutti i miei desideri sono stati soddisfatti. »

« Oh sì, potete ben dirlo! » convenne entusiasticamente il frate.

Avevano ormai raggiunto il limite della foresta all'altezza della strada per Sutton e stavano piegando verso nord, in direzione di St. Giles, sempre chiacchierando come vecchi amici, cosa della quale più nessuno dei due pareva sorprendersi.

« Stavolta », disse Beringar, « entreremo dalla portineria come due normali ospiti della casa, anche se l'ora è un po' insolita. E se non avete niente in contrario, possiamo portarci questa roba direttamente alla vostra capanna nell'erbario e vedere un po' che cosa c'è dentro. Mi farà piacere vedere come viveva Godith quando era affidata alle vostre cure e che cosa ha imparato in questi giorni. Chissà dove saranno, ora? »

« Almeno a mezza via verso Pool, o anche oltre. La strada è ottima, in quel tratto. D'accordo, venite pure a vedere. Eravate andato a indagare anche in città, vero? Da Edric Flesher. Petronilla ha avuto una pessima impressione di voi. »

« Lo credo », ribatté Beringar ridendo. « Nessuno sarebbe stato abbastanza buono per il suo pulcino. Mi ha odiato fin dal primo istante. Oh, bene, toccherà a voi metterle il cuore in pace, ora. »

Erano arrivati al piccolo borgo oltre l'abbazia e cavalcavano fra le case buie, dove il rumore degli zoccoli sembrava quasi irreale nel profondo silenzio della notte. Qualche abitante, preoccupato, socchiuse le imposte per vedere chi passava a quell'ora, ma il loro aspetto era così placido e sereno che nessuno avrebbe certo potuto sospettarli di essere animati da intenzioni malvagie. E i cittadini preoccupati se ne tornarono a letto completamente rassicurati. Ora alla loro sinistra appariva, sopra l'alto muro di cinta, il tetto della chiesa e nell'ombra più densa del portone si stagliava il riquadro debolmente illuminato del portello. Il guardiano, un fratello laico, parve sorpreso di vedere due cavalieri che volevano entrare a quell'ora, ma quando li riconobbe si tranquillizzò pensando che fossero stati fuori per qualche importante missione, fatto per nulla eccezionale in tempi tanto burrascosi.

Beringar e Cadfael si recarono prima alle scuderie, dove accudirono ai cavalli come avrebbe fatto qualsiasi bravo garzone di stalla, poi si diressero alla capanna nell'erbario col loro carico.

Beringar fece una smorfia quando lo sollevò da terra. « E voi ve lo siete portato in spalla per tutta quella strada? » domandò inarcando le sopracciglia.

« Esatto. Mi avete visto voi stesso. »

« Consentitemi di definirla una nobile fatica! Non vi dispiacerebbe accollarvela ancora per questi pochi passi? »

« Oh no! Non mi azzarderei mai », ribatté pronto Cadfael. « È roba vostra, ora. »

« Lo temevo! » Ma Beringar era ugualmente di ottimo umore. Era riuscito a dare di sé l'idea giusta, si era giustificato agli occhi di Godith, aveva vinto il premio desiderato e ora stava dando prova di avere in quel suo esile corpo molta più forza di quanto si sarebbe potuto pensare, sollevando senza sforzo quel po' po' di peso e portandoselo tranquillamente fino all'erbario.

« Ho esca e acciarino, da qualche parte », disse Cadfael entrando per primo nella capanna. « Aspettate che faccia un po' di luce, è pieno di roba fragile, qui dentro. » Trovò quel che cercava, fece sprizzare qualche scintilla dentro il rotolo di stoffa bruciacchiata e accese il lucignolo che galleggiava nella sua vaschettina d'olio. La fiamma si alzò limpida e ferma, illuminando le strane forme di mortai, fiasche e bottiglie e i fasci di erbe messe a essiccare che profumavano l'aria.

« Ma voi siete un alchimista », esclamò Beringar sorpreso e affascinato. « E non sono certo che non siate anche un mago. » Posò il fagotto al centro della stanza e si guardò intorno con profondo interesse. « È qui che dormiva lei? » domandò osservando il letto ancora in disordine dopo il breve sonno inquieto di Torold. « Glielo avevate preparato voi. Dovete avere scoperto tutto fin dal primo giorno! »

« Infatti. Non era molto difficile. Non sono vissuto sempre in convento. Volete assaggiare il mio vino? È fatto con le pere. »

« Volentieri. Brinderò al vostro successo contro tutti gli avversari... eccetto Hugh Beringar! »

In quel momento era inginocchiato sul pavimento, intento a sciogliere la fune avvolta intorno al fagotto. Dal primo sacco ne uscì un secondo e dal secondo ancora un terzo, ma non si poteva dire che Beringar agisse con impazienza o che desse segno di una particolare avidità: sembrava soltanto incuriosito. Finalmente dal terzo sacco uscì un fascio di indumenti scuri in mezzo ai quali appariva il bianco di una camicia, avvolti intorno a tre grosse pietre, a una cintura di cuoio arrotolata e a un corto pugnale nella sua guaina di cuoio. Da ultimo, scivolò fuori dal mucchio un piccolo oggetto duro e luccicante che rotolò sul pavimento sprizzando piccoli lampi dorati e andò a fermarsi contro i piedi di Beringar.

E niente altro.

Beringar guardava senza capire, muto e allibito, sbarrando gli occhi, con le sopracciglia inarcate quasi fino all'attaccatura dei capelli. Il suo volto di solito così mobile non mostrava traccia di altre espressioni: né rabbia, né allarme, né senso di colpa. Poi si chinò e con un colpo della mano scompose il mucchio dei misteriosi indumenti, li allargò sul pavimento e infine afferrò le pietre. Le sue sopracciglia tornarono finalmente al livello normale mentre nei suoi occhi si accendeva un lampo di comprensione. Beringar si girò a guardare Cadfael e a un tratto scoppiò a ridere, una risata schietta e sonora che lo scuoteva in tutto il corpo e faceva tremare le erbe appese sopra la sua testa. E fratello Cadfael rise con lui.

« E io che commiseravo voi! » ansimò finalmente Beringar asciugandosi gli occhi col dorso di una mano, come un bambino. « Voi, che tenevate in serbo per me una sorpresa simile! Che stupido sono stato a pensare di poter intrappolare un uomo come voi! E sì che avevo già avuto modo di conoscervi! »

« Qui, bevete questo », lo esortò il frate, offrendogli la ciotola che aveva riempito per lui. « Ai vostri futuri successi contro tutti gli avversari... eccetto Cadfael! »

Beringar prese la ciotola e la vuotò d'un fiato. « Sia onore al merito! Ridete voi per ultimo, ma almeno avete lasciato che per un po' ridessi io e vi giuro che non mi sono mai divertito tanto! Ma come avete fatto? Non vi ho levato gli occhi di dosso un solo istante. Quel che il vostro giovane amico aveva lasciato nel fiume dovete per forza averlo tirato fuori, ho udito con le mie orecchie l'acqua scorrere giù sulla pietra del ponte! »

« Difatti, l'ho tirato su, ma poi l'ho lasciato andar giù di nuovo, senza rumore. Questo fagotto lo avevo già pronto nella barca e quell'altro lo hanno ripescato Godith e Torold non appena noi due ce ne siamo andati. »

« E ora lo hanno loro? » s'informò Beringar, tornato serio per un istante.

« Sissignore. Nel Galles, ormai, mi auguro, dove saranno sotto la protezione di Owain Gwynedd. »

« Sicché avete sempre saputo che vi spiavo e vi seguivo? »

« Sapevo che dovevate farlo, se volevate rintracciare il tesoro che cercavate. Nessun altro poteva condurvi al suo nascondiglio. Se non c'è modo di eludere una sorveglianza, non resta altro che metterla a frutto. »

« Oh, e voi lo avete fatto, parola mia! Il mio tesoro! » esclamò Beringar, poi guardò il mucchio di indumenti e scoppiò di nuovo a ridere. « Ora capisco che cosa intendeva Godith! Quando vittoria e sconfitta sono parimenti leali non c'è posto per i rancori, ha detto! E non ce ne saranno! » Osservò di nuovo, con espressione grave, gli oggetti sparsi sul pavimento davanti a lui e dopo avere pensato un po', corrugando le sopracciglia, si girò a guardare con la stessa serietà fratello Cadfael. « Le pietre e i sacchi, lo capisco », mormorò lentamente. « Bisognava che peso e forma fossero più o meno uguali. Ma perché i vestiti? Che cosa hanno a che vedere con me? »

« Non li avete riconosciuti, l'ho capito. Non hanno niente a che vedere con voi, fortunatamente per voi e per me. Questi », spiegò il frate chinandosi a raccattare camicia, casacca e brache, « sono gli abiti che portava Nicholas Faintree la notte che fu strangolato in una capanna nel bosco vicino a Frankwell, prima di essere gettato nel fossato del castello insieme con i cadaveri degli impiccati. »

« Il vostro morto in più! » mormorò sommessamente Beringar.

« Proprio lui. Viaggiava con Torold Blund, ma Torold era

lontano quando Nick è stato ucciso. L'assassino è rimasto ad aspettare anche il secondo uomo, ma la seconda volta gli è andata male e Torold è riuscito a fuggire col tesoro. »

« Questo lo sapevo. Ho udito l'ultima parte del vostro colloquio, quella notte al vecchio mulino, ma niente altro. »

Osservò a lungo quegli abiti modesti, le brache scure e la casacca rossastra, quanto di meglio possedeva un giovane scudiero. Poi osservò Cadfael, a lungo, e questa volta senz'ombra di riso. « Ora capisco. Avete messo insieme questa roba per gettarmela addosso prendendomi alla sprovvista, quando cercavo ben altro. Per vedermi indietreggiare sotto la spinta del rimorso! Bene, se è accaduto la notte dopo la caduta della città, io ero proprio uscito a cavallo da solo, lo ricordo benissimo. E quello stesso pomeriggio ero stato a Shrewsbury e, sì, per dirla tutta avevo saputo da Petronilla più di quanto lei non pensasse. Sapevo che si stava preparando qualcosa, cioè che a Frankwell c'erano due giovani che aspettavano il buio per mettersi in viaggio. Anche se ero rimasto in ascolto soltanto per cogliere qualche accenno su Godith. Sì, mi rendo conto che era logico sospettare di me. Ma vi sembro capace di uccidere un mio simile, e in una maniera tanto idiota, soltanto per impossessarmi del ciarpame che quei due ragazzi si stanno portando nel Galles? »

« Ciarpame? » fece eco Cadfael, placido e pensieroso.

« Oh, piacevolissimo ciarpame, e utile, lo so bene. Ma una volta che si possiede quanto basta per soddisfare le proprie necessità, tutto il resto è ciarpame. Potete forse mangiarlo, indossarlo, cavalcarlo, usarlo per proteggervi dalla pioggia o dal freddo, leggerlo, suonarlo o farci all'amore? »

« Potete comprarci il favore del re », insinuò Cadfael, serafico.

« Ma io l'ho già, il favore del re. Si lascia fuorviare con troppa facilità dai suoi consiglieri, ma lasciato a se stesso sa riconoscere un uomo, quando ne trova uno. Ed esige servigi odiosi quando è in collera o assetato di vendetta, ma disprezza coloro che si precipitano con troppo zelo a compierli, senza lasciargli il tempo di ripensarci. Quella sera sono rimasto a lungo con lui, nel suo accampamento; mi ha concesso di governare per lui i miei castelli e le mie terre e di raccogliere uomini e mezzi a modo mio, che per me va benone. Sì, avendone avuta l'occasione, mi sarebbe piaciuto mettere le mani sul tesoro di FitzAlan per lui, ma non mi importa molto di averlo perso e in ogni caso è stata una bella lotta. Perciò ditemi, fratello Cadfael, vi sembro il tipo che strozzerebbe un uomo aggredendolo alle spalle per un po' di denaro? »

« No! Ne avreste avuto la possibilità, ma mi sono levato dalla testa quest'idea già da tempo. Non siete il tipo. Avete un'opinione troppo alta di voi stesso per considerare una manciata d'oro più preziosa della vostra dignità. Ancora prima di mettervi alla prova, ero assolutamente certo che desideravate soprattutto vedere Godith fuori da ogni pericolo e che mi stuzzicavate mettendo a mia disposizione il mezzo per farla fuggire. Tentare al tempo stesso di mettere le mani sul tesoro non era una slealtà. No, non siete voi l'uomo che cerco. Non sono molte le cose di cui non vi ritengo capace », riconobbe onestamente il frate, « ma ora che vi conosco, non vi sospetterei mai di avere ucciso qualcuno a tradimento. Bene, così non potete aiutarmi. Non c'è niente che possa turbarvi, lì in mezzo, e niente che possiate riconoscere. »

« No, riconoscere no. » Beringar prese in mano il topazio stretto nell'artiglio d'argento e lo rigirò pensieroso, poi si alzò e lo avvicinò alla luce per esaminarlo meglio. « Questo non l'ho mai visto, ma mi fa pensare a qualcosa. Ero con Aline quando stava preparando il corpo di suo fratello per la sepoltura. Fece un pacco dei suoi indumenti che, immagino, deve avere consegnato a voi perché li regalaste ai poveri, esclusa la camicia macchiata dal sudore della morte. Ma mi parlò di qualcosa che avrebbe dovuto esserci e non c'era, una daga che da tempo si trasmetteva nella sua famiglia di padre in figlio. Da come me la descrisse lei, credo che questa potrebbe essere la pietra che coronava l'impugnatura. » Guardò il frate corrugando la fronte. « Dove l'avete trovata? Non addosso al vostro morto, spero! »

« No, no davvero. L'ho trovata sul pavimento della capanna

dove Torold e il suo aggressore si erano rotolati, avvinghiati in una lotta mortale. Ma non appartiene a Torold. Di conseguenza, c'è soltanto un'altra persona che poteva avere addosso quella daga. »

« Intendete dire che può essere stato il fratello di Aline a uccidere Faintree? Dovrà dunque sopportare anche questo? »

« Per una volta dimenticate il vostro senso del tempo », lo rassicurò fratello Cadfael. « Quando Nicholas Faintree fu ucciso, Giles Siward era morto già da parecchie ore. No, non temete, nessuna colpa ricadrà su Aline. Secondo me, colui che ha ucciso Nick, aveva prima depredato il cadavere di Giles ed era poi andato a tendere il suo agguato mortale portandosi addosso la daga vigliaccamente rubata. »

Beringar si lasciò cadere pesantemente sul letto di Godith e si strinse la testa fra le mani. « Santo cielo, datemi dell'altro vino, il mio cervello si rifiuta di funzionare! » Vuotò avidamente la ciotola che Cadfael gli porse, poi riprese il topazio, soppensadolo nella mano. « Abbiamo dunque una traccia per arrivare all'uomo che cercate. È stato senza dubbio presente a una parte almeno del tristo lavoro compiuto al castello perché soltanto là potrebbe essersi impadronito della preziosa arma cui apparteneva questa gemma. Ma se ne andò prima che tutto fosse finito, perché le esecuzioni continuarono per buona parte della notte mentre, a quanto pare, lui era in agguato oltre Frankwell. Ma come poteva essere al corrente del progetto di fuga? Può darsi che qualcuno di quei poveri disgraziati abbia tentato di salvare la propria vita tradendo quei due? Il vostro uomo era là quando la strage ebbe inizio, ma se ne andò molto prima della sua fine. E fra i presenti, c'erano senza alcun dubbio Prestcote, Ten Heyt e i suoi fiamminghi cui era stato affidato quel tragico incarico e Courcelle che però, a quanto ne so, se ne andò quasi subito per dedicarsi al più onesto compito di setacciare la città alla ricerca di FitzAlan. E non so biasimarlo. »

« I fiamminghi non capiscono l'inglese », gli fece notare Cadfael.

« Alcuni sì. E di quei novantaquattro poveretti, almeno la

metà parlavano certamente francese. Qualunque fiammingo potrebbe avere rubato la daga. Era un oggetto prezioso e il suo proprietario non ne aveva più alcun bisogno. Credetemi, fratello Cadfael, la penso anch'io come voi, un delitto simile non può restare impunito. Non credete che dovrei mostrare questa pietra ad Aline, dal momento che la scoperta non le causerà nuove angosce, per sapere con certezza se faceva parte della daga di cui mi ha parlato? »

« Penso proprio di sì. E dopo il capitolo, possiamo ritrovarci qui, se volete. Sempre che, beninteso, al capitolo non mi infliggano una penitenza tale da tenermi segregato per una settimana. »

Per fortuna, le cose andarono in maniera ben diversa. Se pure la sua assenza al mattutino e alle laudi era stata notata, se n'erano dimenticati tutti molto prima del capitolo e neppure il priore Robert gli mosse qualche rimprovero o parlò di penitenze. Il fatto era che, dopo tutta l'agitazione e le paure del giorno avanti, si profilava ora un altro avvenimento un po' più felice. Re Stefano stava per spostarsi verso Worcester, più a sud, con le nuove reclute, le cavalcature e le provvigioni confiscate, per tentare un'irruzione nella piazzaforte occidentale del conte Roberto di Gloucester, fratellastro e leale campione della regina Maud. L'avanguardia del suo esercito si sarebbe messa in marcia il giorno seguente, ma quel giorno il re, con la sua guardia personale, si sarebbe trasferito al castello di Shrewsbury per controllarne e rafforzarne le difese, prima di partire a sua volta col resto delle truppe. E, soddisfatto del risultato delle requisizioni e disposto a scordare ogni motivo di rancore, aveva invitato alla sua tavola per quella sera l'abate Heribert e il priore Robert. Così, nell'eccitazione dei preparativi, i peccati di fratello Cadfael erano finiti nel dimenticatoio.

Ringraziando il cielo, Cadfael si rifugiò nel suo laboratorio e si addormentò sul letto di Godith. Lo svegliò Hugh Beringar, che tornava col topazio. Aveva un'espressione stanca ma serena.

« È proprio di Aline », annunciò. « È stata contenta di vederlo e lo ha riconosciuto senza ombra di dubbio. Ora io vado al castello, perché il seguito del re si sta già muovendo. Ci saranno anche Ten Heyt e i suoi fiamminghi. Intendo scoprire chi ha rubato la daga di Giles dopo la sua morte. Trovato quello, avremo trovato il vostro assassino. Cadfael, non potreste convincere l'abate Heribert a portarvi con lui al castello, stasera? Dovrà pure farsi scortare da qualcuno, allora perché non da voi? Non credo che rifiuterà, se glielo chiedete. Non si rivolge sempre a voi, quando ha bisogno di aiuto? Così vi avrei a portata di mano per il caso che avessi qualcosa da dirvi. »

Grugnendo e sbadigliando, il frate alzò gli occhi verso il giovane viso bruno chino su di lui, un viso dai lineamenti contratti, ora, freddo e risoluto. Il viso di un cacciatore. Aveva trovato un alleato formidabile.

« Una piccola, gentile maledizione per avermi svegliato », mugugnò. « Ma verrò. »

« Era la vostra causa », gli rammentò sorridendo Beringar.

« *È* la mia causa. Ma ora, per l'amore del cielo, andatevene e lasciatemi dormire. Mi avete già fatto perdere ore di sonno bastanti ad accorciarmi la vita, siete una peste! »

Hugh Beringar rise, ma fu una risata sommessa e grave, stavolta, poi tracciò un lieve segno della croce sull'ampia, abbronzata fronte del frate e lo lasciò al suo meritato riposo.

## CAPITOLO XI

ALLA CENA del re, era di prammatica un servitore per ciascun commensale e non fu un problema suggerire all'abate Heribert che sarebbe stato bene avere accanto, per qualsiasi evenienza, il fratello che se l'era sbrigata così brillantemente con quella faccenda della sepoltura in massa e che era persino andato a parlare col re per quell'altra storia del morto in più. Il priore Robert si era portato il suo consueto, assiduo accompagnatore, fratello Jerome, che sarebbe stato infaticabile con lavadita, tovaglioli e caraffe e certo più attento di fratello Cadfael la cui mente sarebbe stata occupata in tutt'altri pensieri.

Gli abitanti di Shrewsbury inscenavano volonterosamente manifestazioni di giubilo, non tanto in onore del re quanto per celebrare la sua partenza, ma il risultato era lo stesso. Edric Flesher era sceso dal suo negozio fino alla strada per veder passare gli invitati al castello e Cadfael gli strizzò fugacemente un occhio, come a fargli capire che c'erano novità di cui avrebbero dovuto parlare, ma novità così soddisfacenti che se ne poteva parlare anche più tardi. Il largo sorriso e l'ampio cenno di una mano carnosa che ne ebbe in risposta gli fecero capire che il messaggio era stato ricevuto. Petronilla avrebbe pianto per l'allontanamento della sua piccola, ma si sarebbe consolata con la certezza che era ormai in salvo, con una scorta adatta. "Devo andare a trovarli quanto prima", pensò, "non appena quest'altro dovere sarà compiuto."

Alla porta della città Cadfael aveva rivisto il mendicante cieco, che pareva quasi pavoneggiarsi nelle brache di Giles Siward, tendendo la mano con una sorta di fiera dignità. E a un incrocio aveva visto la vecchietta che teneva per mano il nipotino deficiente cui la bella casacca marrone conferiva un'aria di soddisfatto benessere. "Oh, Aline", pensò il frate, "avreste dovuto distribuire voi stessa i vostri caritatevoli doni per rendervi conto di ciò che avete dato a questi poveretti, oltre a un bene materiale!"

All'inizio della salita che portava al castello si erano raduna ti, speranzosi ed eccitati, tutti i mendicanti che seguivano di solito l'esercito di Stefano perché il giudice supremo del re, il vescovo Roberto di Salisbury, era venuto a raggiungere il suo signore con un seguito di ricchi e importantissimi prelati.

Osbern, lo sciancato, si era invece sistemato col suo carrettino al riparo del posto di guardia del castello, dove poteva chiedere l'elemosina senza bisogno di spostarsi. Il ricco mantello nero appartenuto a Giles Siward era posato accanto a lui, ripiegato con cura, e sul panno scuro spiccava lo splendido fermaglio di bronzo raffigurante un drago che si mordeva la coda, simbolo dell'eternità.

Mentre gli altri proseguivano, fratello Cadfael si fermò un momento a scambiare due parole con lo sciancato. « Come va, amico? Vi siete trovato un bel posticino, qui! Un po' meglio che davanti all'accampamento del re, vero? »

« Ah, ma io vi conosco! » esclamò Osbern, alzando sul frate due occhi limpidi e innocenti che parevano messi per sbaglio in quel viso deforme come il corpo. « Siete il frate che mi ha portato questo bel mantello. »

« Vi è stato utile, spero. »

« Utilissimo, e ho pregato per la signora, come mi avete detto voi. Ma, fratello, questo dono mi ha anche profondamente turbato. L'uomo che lo ha portato prima di me è morto, vero? »

« Sì, ma questo non deve turbarvi affatto. La signora che ve lo ha mandato è sua sorella. È un dono benedetto, credetemi. Portatelo senza preoccupazioni. »

Cadfael accennò a proseguire, ma una mano ansiosa lo trattenne afferrandolo per il saio. « Fratello, ho paura di avere una grossa colpa. Perché quell'uomo io lo avevo visto, in perfetta salute, con questo mantello addosso e... »

« Lo avevate visto? » fece eco il frate, con voce roca per lo stupore.

« Era notte e io avevo molto freddo e ho pensato: oh, se Dio mi mandasse un mantello così per scaldarmi! Fratello, anche il pensiero è una preghiera! E non più di tre giorni dopo Dio mi manda proprio quel mantello! Quella notte, il suo proprietario mi diede una moneta e mi chiese di pregare per lui, il giorno seguente. E io ho pregato. Ma se la mia prima preghiera avesse annullato l'effetto della seconda? Se fosse stata quella mia preghiera a mandare quell'uomo nella tomba perché io potessi avere il suo mantello? Come posso stare tranquillo? »

Cadfael rimase a guardarlo, muto e allibito, sentendo un brivido scorrergli lungo la schiena. Il mendicante era perfettamente sano di mente, di vista acuta, pienamente conscio di ciò che stava dicendo e il suo turbamento era sincero e profondo, forse originato anche da qualcos'altro.

« Levatevi queste idee dalla testa, amico », disse risolutamente il frate. « Soltanto il diavolo può avervele suggerite. Se Dio vi ha mandato ciò che gli avevate chiesto, lo ha fatto perché derivasse almeno un briciolo di bene da un male immenso del quale voi non avete nessunissima colpa. Le preghiere che avete detto per l'uomo che lo portava saranno utili alla sua anima. Faceva parte della guarnigione del castello, era un seguace di FitzAlan ed è stato giustiziato insieme con tutti gli altri per ordine del re. Non abbiate paura, non avete colpa alcuna per la sua morte, non avreste potuto salvarlo in alcun modo. »

Sul viso di Osbern apparve un'espressione di sollievo, ma il mendicante scosse la testa, perplesso.

« Un seguace di FitzAlan? » mormorò. « E come poteva esserlo se l'ho visto proprio io entrare e uscire dall'accampamento del re? »

« Lo avete visto? Ma ne siete certo? Come fate a sapere che è lo stesso mantello? »

« Il fermaglio. L'ho visto benissimo alla luce del fuoco, quando lui si è fermato a farmi l'elemosina. »

Non c'era possibilità di dubbio, dunque, pensò Cadfael. Aveva visto lui stesso un drago identico che faceva da fibbia alla cintura di Giles Siward.

« Quando lo avete visto? » domandò al mendicante. « Raccontatemi tutto. »

« È stato la notte prima dell'attacco, verso mezzanotte. Stavo vicino al posto di guardia, per godermi un po' di fuoco, e l'ho visto arrivare, non apertamente, ma sgattaiolando fra i cespugli, come un'ombra. Quando diedero il chi va là, si fermò subito e chiese alle guardie che lo portassero dal loro comandante perché aveva qualcosa da dire, qualcosa che sarebbe stato utile al re. Teneva il viso nascosto ma si capiva che era giovane e che aveva paura. Ma chi non avrebbe paura in una situazione simile? Lo vidi andarsene con le guardie che poco dopo lo riaccompagnarono fuori dal campo. Stava dicendo che aveva avuto ordine di tornare indietro, per non destare sospetti, ma non udii altro. Mi sembrò molto più tranquillo, non più impaurito come prima, così mi feci coraggio e gli chiesi l'elemosina. E lui me la diede, chiedendomi in cambio di pregare per lui. Pregate per me, domani, disse... e l'indomani, mi avete detto, morì! Ma di una cosa sono certo, quando se n'è andato non si aspettava certo di dover morire! »

« No », convenne Cadfael, sconvolto dalla pietà e dal dolore per tutti gli uomini miseri e atterriti e tanto fragili. « Non se lo aspettava di certo. Ma nessuno di noi sa quando verrà la sua ora. Continuate a pregare per lui, farà bene alla sua anima. Ma levatevi dalla testa di avergli causato qualche male, perché non è così. Dio legge nel cuore degli uomini. Non gli avete augurato alcun male, dunque non gliene avete fatto. »

Lasciò Osbern rassicurato e consolato, ma arrivò al castello portandosi in cuore tutto lo sconforto e l'amarezza che lo sciancato vi aveva seminato. È sempre così, pensava, per alleggerire gli altri bisogna caricare se stessi. E quale carico! Ricordò a un tratto di non avere fatto una domanda, la più importante di tutte, e tornò sui suoi passi.

« Amico, sapete chi comandava le guardie, quella notte? »

Osbern scosse la testa. « Non l'ho visto, lui non è uscito. No, non lo so proprio, fratello. »

« Pazienza. Non pensateci più. Mi avete aperto il vostro cuore e ora sapete che il mantello è un dono benedetto, non il frutto di una malvagità. Potete godervelo tranquillamente, ve lo siete meritato. »

Cadfael andò a cercare l'abate Heribert nel cortile del castello. « Fratello, se non avete bisogno di me, prima di cena, io avrei da fare qualcosa che riguarda Nicholas Faintree. »

Con re Stefano che teneva udienza nel cortile interno e il cortile grande che pullulava di nobili e di prelati, non c'era nemmeno lo spazio per i domestici, che sarebbero apparsi soltanto con l'inizio del banchetto; inoltre l'abate aveva trovato un amico nel vescovo di Salisbury, perciò concesse ben volentieri a Cadfael di andarsene per i fatti suoi. Il frate se ne andò dunque alla ricerca di Hugh Beringar, rimuginando nella mente il racconto di Osbern e quell'ultima domanda rimasta senza risposta. Uno, almeno, dei tristi misteri di quella vicenda si era chiarito. Non era stato un prigioniero atterrito e disperato a rivelare il piano di FitzAlan per mettere in salvo il tesoro. No, il tradimento era stato perpetrato il giorno avanti, quando l'esito della battaglia era ancora incerto, ed era stato premeditato, per salvare una vita che invece era andata perduta ugualmente. L'uomo si era recato di soppiatto al campo nemico, chiedendo di parlare con l'ufficiale di guardia perché aveva da rivelare qualcosa che sarebbe stato utile al re. E quando se n'era andato, dicendo di avere avuto ordini di tornare indietro per non destare sospetti, era sembrato in condizioni di spirito migliori. Non per molto, povero diavolo!

Ma qualunque fosse stato il pretesto del quale si era servito per uscire dal castello (forse la scusa di una sortita per controllare la posizione del nemico?) aveva senza dubbio obbedito all'ordine di rientrarvi per non destare sospetti. Era dunque tornato, ma soltanto per incontrarvi la morte cui aveva sperato di potersi sottrarre.

Fermo sui gradini che portavano al grande vestibolo, Hugh Beringar, intanto, si guardava intorno alla ricerca del suo frate. Il nero saio di un benedettino spiccava qua e là tra gli abiti fastosi dei cortigiani, ma fu Cadfael a vedere Beringar prima che questi vedesse lui. Si fece strada tra la folla dirigendosi verso il giovane e finalmente gli acuti occhi neri lo individuarono e splendettero di soddisfazione. Beringar scese in fretta i gradini e, preso per un braccio il frate, lo trascinò in disparte.

« Venite, saliamo sul cammino di ronda, là non ci sarà nessuno all'infuori delle sentinelle. Qui non possiamo parlare. » Saliti sulle mura, il giovane trovò un cantuccio dal quale avrebbero potuto vedere chiunque si fosse avvicinato e, fissando ansiosamente Cadfael, mormorò: « Avete qualche novità, ve lo si legge in viso. Coraggio, ditemi la vostra poi io vi dirò la mia. »

Cadfael gli riferì rapidamente il racconto del mendicante e altrettanto rapidamente Beringar intuì ciò che esso implicava. Si appoggiò con le spalle a un merlo, quasi dovesse coprirsi per sostenere un attacco, mentre sul suo viso si disegnava un'espressione di sgomenta amarezza.

« Suo fratello! Non si scappa, non poteva essere altri che lui. È uscito di soppiatto dal castello, nascondendosi il viso, ha parlato con un ufficiale del re ed è rientrato com'era venuto. Per non destare sospetti! Oh, mi viene la nausea! » disse Beringar con rabbia. « E tutto per niente! Il suo tradimento è stato ripagato con uguale moneta. Non sapete ancora tutto, Cadfael. Oh, mio Dio, proprio suo fratello doveva essere! »

« Purtroppo! Atterrito dalla prospettiva della morte, pentito di essersi schierato dalla parte sbagliata, è corso dall'assediante per barattare la propria vita... con cosa? Qualcosa che sarebbe stato utile al re! Proprio quella sera al castello c'era stata una riunione nel corso della quale si era concertato il piano per mettere in salvo il tesoro di FitzAlan. È stato così che qualcuno ha saputo che cosa si sarebbero portati via Faintree e Torold e da che parte sarebbero andati. Qualcuno che si è poi guardato bene dal farne parola al re, ma ha agito di propria iniziativa, per il proprio tornaconto. Sennò le cose non sarebbero andate come sono andate. Il visitatore notturno, ha detto Osbern, è tornato indietro perché ne aveva avuto l'ordine, ed era palesemente più calmo e sereno. »

« Gli avevano promesso la salvezza e forse anche il favore del re », commentò amaramente Beringar. « Certo che era più calmo e sereno! Ma in realtà chi lo aveva fatto, aveva inteso soltanto rimandarlo indietro perché fosse poi trucidato con tutti gli altri e fosse eliminato, così, l'unico, incomodo testimone. Perché io ho saputo dell'altro, Cadfael. E l'ho saputo proprio da un fiammingo che ha preso parte alla strage di quella tragica giornata dal principio alla fine. Dopo che ebbero impiccato Arnoldo di Hesdin, mi ha detto il mio uomo, Ten Heyt si rivolse agli esecutori indicando un giovane che secondo gli ordini ricevuti, disse, doveva essere giustiziato per secondo. Ma non fu una faccenda semplice perché quel tale non credeva affatto di dover morire. Dapprima sembrò pensare che lo stavano portando via per finta, soltanto per allontanarlo dagli altri, ma dopo, quando si rese conto che intendevano proprio impiccarlo, cominciò a dibattersi e a urlare, dicendo che doveva trattarsi di un errore, che lui non doveva morire come gli altri, che gli avevano promesso che sarebbe stato risparmiato, che si mandasse qualcuno a chiederlo... »

« Ad Adam Courcelle », l'interruppe il frate.

« No, non ha fatto alcun nome... il mio fiammingo non aveva udito nominare nessuno. Che cosa vi fa pensare proprio a Courcelle? Era stato là soltanto una volta, ha detto il mio informatore. Aveva fatto soltanto una breve comparsa al principio, a dare un'occhiata ai giustiziati, che in quel momento erano ancora pochissimi, poi se n'era andato in città per altri incarichi. Mancanza di fegato, avevano pensato. »

« E la daga? Siward l'aveva addosso quando lo hanno appeso? »

« Sì, il mio uomo l'ha vista, ma dopo ha dovuto allontanarsi per qualche momento e quando è ritornato la daga non c'era più. »

« Anche se c'è in vista un premio favoloso, un piccolo guadagno extra può far gola », commentò tristemente Cadfael.

Si guardarono senza parlare per qualche momento, poi Beringar domandò ancora: « Ma che cosa vi fa pensare proprio a Courcelle? »

« Sto ripensando al suo inorridito sgomento quando Aline andò a recuperare il corpo del fratello. Ah, se l'avessi saputo, se l'avessi saputo, continuava a ripetere. Lo avrei salvato per amor vostro, a qualunque prezzo! Che Dio mi perdoni, diceva, ma intendeva dire: perdonatemi, Aline! E lo diceva con tutto il cuore, benché io non creda che provasse rimorso. E si è affrettato a restituirle il mantello. Le avrebbe restituito anche la daga, ne sono convinto, se avesse potuto. Ma non poteva più farlo, era già rotta ormai. Che ne avrà fatto? Tanto per cominciare, un uomo capace di rubare un oggetto così prezioso a un cadavere non sarebbe certo disposto a separarsene tanto alla leggera, nemmeno per amore di una fanciulla, ma nemmeno poteva correre il rischio che lei lo vedesse in mano sua, anche se desiderava ardentemente continuare a corteggiarla. Poteva soltanto tenerlo, nascondendolo con cura, oppure liberarsene ».

« Se vedete giusto », osservò Beringar ancora dubbioso, « abbiamo bisogno di quella daga, sarà la nostra prova. Ma in nome di Dio, Cadfael, che possiamo fare, ora? Sa il cielo che non potrei trovare una sola parola buona da dire in favore di chi ha cercato di salvare col tradimento la propria vita quando tutti i suoi compagni erano ormai al loro ultimo respiro, ma né voi né io possiamo portare alla luce quanto è accaduto: ricopriremmo d'ignominia una dama innocente e onorabile. Come se non bastasse il lutto che porta! Concediamole almeno di continuare a pensare che suo fratello è rimasto fedele fino alla fine a una scelta sia pure sbagliata e che ha dato la vita per essa... Non deve sapere che è morto da vile, belando che gli era stata promessa la grazia in cambio di un ignobile tradimento. Mai! »

Fratello Cadfael non poté dargli torto, naturalmente. « Ma se accusiamo Courcelle e si arriva a un processo, salterà fuori tutto! E questo non possiamo permetterlo, è il nostro punto debole! »

« Ma è anche la nostra forza », ribatté fieramente Beringar. « Perché nemmeno lui può permetterlo. Lui vuole il favore del re, vuole incarichi importanti, ma vuole anche Aline... credete che non lo sappia? E quali probabilità avrebbe con lei se anche un solo sospiro di questa storia dovesse giungere alle sue orecchie? No, sarà ansioso almeno quanto noi di vedere questa vicenda sepolta per sempre e se gli offriremo la minima possibilità di sistemare ogni cosa alla chetichella, vi si getterà senza esitazioni. »

« Capisco la vostra preoccupazione », riconobbe prontamente il frate. « Ma voi dovete capire la mia. Io ho anche un'altra responsabilità. Nicholas Faintree non potrà riposare in pace finché non sarà fatta giustizia. »

« Fidatevi di me e siate pronto a seguirmi, qualunque cosa io faccia stasera alla tavola del re. Giustizia sarà fatta, e anche una giusta vendetta, ma lasciate che sia io a condurre il gioco. »

Cadfael si recò sul posto, dietro la seggiola dell'abate, in preda al dubbio e all'incertezza, completamente all'oscuro delle intenzioni di Beringar e convinto soltanto che senza la daga mutilata non avrebbero potuto fare niente contro Courcelle. Il fiammingo non lo aveva visto prenderla e quel che lui aveva detto ad Aline davanti al cadavere di suo fratello, pur con la sua palese disperazione, non era una prova. Pure, il viso di Beringar aveva rivelato un risoluto desiderio di vendetta e di morte, tanto per la causa di Aline Siward quanto per quella di Nicholas Faintree. Ciò che gli premeva più di ogni altra cosa al mondo, in quel momento, era che Aline non avesse mai a sapere che suo fratello aveva disonorato il proprio nome e il proprio sangue, e per quello scopo non avrebbe esitato a sacrificare non soltanto la vita di Adam Courcelle ma anche la propria. "Ma non capisco come", rifletté mestamente Cadfael. "Mi sono molto affezionato a quel giovane e non mi piacerebbe affatto che gli accadesse qualcosa di male. Preferirei piuttosto che il caso finisse davanti ai giudici, anche se dovremmo muoverci con la massima cautela per evitare nel modo più assoluto qualunque accenno a Torold Blund e Godith Adeney. Ma per arrivare a un processo dovremmo avere una prova irrefutabile che la daga di Giles Siward è passata nelle mani di Adam Courcelle, o meglio ancora trovare la daga stessa, per poter dimostrare che il pezzo trovato da me sul luogo del delitto combacia perfettamente. Altrimenti lui si limiterà a mentire, a negare tutto, a dire che non ha mai visto né il topazio né la daga cui apparteneva, e l'alta posizione che occupa presso il re lo renderà inattaccabile."

Non v'erano dame alla festa di quella sera che era una riunione strettamente politica e militare, ma la grande sala era stata preparata con addobbi presi a prestito e splendidamente illuminata con torce. E il re era di ottimo umore, perché gli approvvigionamenti per la guarnigione erano assicurati e coloro che avevano rubato in nome di Sua Maestà avevano fatto un ottimo lavoro. Dal suo posto dietro l'abate Heribert alla tavola del re, posta su un piano più alto, Cadfael osservava la sala affollatissima, dove si stipavano almeno cinquecento ospiti. Cercò Beringar e lo vide seduto a uno dei tavoli in fondo alla sala: lussuosamente vestito, chiacchierava con vivace disinvoltura come se non avesse una preoccupazione al mondo. Controllava attentamente l'espressione del proprio viso e quando lanciò una fuggevole occhiata a Courcelle, non vi fu nel suo sguardo alcun segno di particolare interesse e men che meno di minacciosi proponimenti.

Courcelle sedeva alla tavola del re, affollata da un capo all'altro di grandi dignitari. Alto e robusto, bello, esperto nell'uso delle armi e stimato dal re, sembrava inconcepibile che avesse potuto degradarsi fino al punto di commettere un ladrocinio, e con mezzi tanto disonorevoli! Tuttavia, nel pauroso caos di una guerra civile, era poi davvero tanto strano? Quando il favore di un re poteva mutarsi in disgrazia da un momento all'altro, quando i baroni del regno mutavano partito col mutare delle sue fortune, quando persino i conti pensavano al proprio vantaggio più che a quello di una causa che poteva sprofondare sotto i loro piedi lasciandoli in preda al nemico, spogliati di tutto! Courcelle era soltanto un uomo del suo tempo: nel giro di pochi anni ci sarebbero stati uomini come lui a tendere la mano in ogni angolo del regno.

"Non mi piace la strada sulla quale si sta avviando l'Inghilterra", disse a se stesso Cadfael oppresso da un triste presentimento, "e soprattutto non mi piace ciò che sta per accadere, perché, certo com'è certo che Dio ci vede, quel figliolo è deciso a lanciarsi su un terreno infido con armi spuntate."

Seguì impaziente l'interminabile cena, senza fare troppo caso alle proteste dell'abate Heribert, che di solito non beveva vino e mangiava frugalmente. Servendo cibi e bevande al suo superiore, porgendogli tovagliolo e lavadita, Cadfael aspettava con cupa rassegnazione.

Quando, sgombrati finalmente i tavoli da piatti e vassoi, lasciando solamente il vino, servitori, cuochi e sguatteri furono liberi di servirsi a loro volta di ciò che era rimasto nelle cucine, Cadfael mise sopra un tagliere pane, carne a pezzetti e vino e portò il tutto al povero Osbern. Perché, una volta tanto, anche i poveri non avrebbero dovuto godersela un poco a spese del re? Spese che alla resa dei conti erano poi sempre loro a pagare, senza mai ricevere nulla in cambio.

Il frate stava tornando al castello quando gli cadde l'occhio su un ragazzino di circa dodici anni che, comodamente seduto a ridosso del posto di guardia, alla luce delle torce, era intento a tagliarsi, con un coltello a lama stretta, una porzione di carne. Cadfael lo aveva già visto prima, in cucina, mentre puliva un pesce con quello stesso coltello, ma non aveva avuto modo di vedere il manico, così come non lo avrebbe visto ora se il ragazzo non lo avesse posato in terra, accanto a sé, mentre mangiava.

Cadfael si fermò di botto, fissando l'oggetto. Non era un coltello da cucina, ma una bella daga dalla snella impugnatura d'argento lavorata a filigrana, con una corona di piccole pietre scintillanti alla base e un torciglione d'argento bruscamente spezzato alla sommità. Era difficile crederlo, ma impossibile non crederlo. Forse il pensiero era davvero preghiera!

Il frate parlò al ragazzino con molta gentilezza. Non si devono allarmare gli inconsapevoli strumenti della giustizia. « Figliolo, dove lo hai preso questo bel coltello? »

Il ragazzino alzò gli occhi a guardare il frate e sorrise. « L'ho trovato. Non l'ho rubato, lo giuro », dichiarò quando ebbe deglutito il grosso boccone che gli arrotondava le guance.

« Dio me ne scampi, figliolo, non ho mai pensato una cosa simile! E dove l'hai trovato? Hai anche la guaina? »

Il ragazzo batté orgogliosamente una mano sulla lama posata accanto a lui. « L'ho ripescato dal fiume. Ho dovuto tuffarmi sott'acqua, ma sono riuscito a recuperarlo. Ora è proprio mio, padre, il proprietario lo aveva gettato via. Forse perché era rotto. Ma è il più bel coltello che io abbia mai avuto per sventrar pesci. »

Dunque l'aveva gettata via! Ma non perché l'impugnatura era spezzata!

« Lo hai visto tu gettarlo nel fiume? Dove? E quando? »

« Stavo pescando sotto il castello quando ho visto quell'uomo scendere, solo, fino in riva al fiume, gettare il coltello nell'acqua e poi risalire. Dopo che lui se n'è andato, io mi sono tuffato nel punto in cui avevo visto cadere il coltello e sono riuscito a trovarlo. Erano le prime ore della sera, il giorno che erano stati portati all'abbazia tutti quei morti. Una settimana domani, il primo giorno che si poteva andare di nuovo a pescare nel fiume. »

Concordava. Proprio quel pomeriggio Aline aveva portato il corpo del fratello a St. Alkmund, lasciando Courcelle in preda a terribili rimorsi e in possesso di un oggetto che, se mai la fanciulla lo avesse visto, gliela avrebbe inimicata per sempre. Così, lui aveva fatto l'unica cosa ovvia e possibile: l'aveva gettato nel fiume, mai più pensando che l'angelo della vendetta, sotto le sembianze di un ragazzino che pescava, lo avrebbe riportato alla luce per metterglielo davanti proprio quando lui pensava di essere ormai al sicuro.

« Non sai chi fosse quell'uomo? Com'era? Di che età, press'a poco? » Sussisteva per sempre qualche dubbio: in fin dei conti, a sostegno dei propri sospetti, Cadfael non aveva altro che il ricordo dell'espressione inorridita di Courcelle e della sua voce spezzata mentre proclamava la propria devozione ad Aline davanti al cadavere di suo fratello.

Il ragazzo si strinse nelle spalle, incapace di descrivere la figura che pure aveva visto chiaramente e che ricordava benissimo.

« Mah... un uomo! Non lo conoscevo. Non vecchio come voi, padre, però era vecchio. » Ma a un ragazzo di quell'età poteva sembrare vecchio anche un uomo di trenta o trentacinque anni, quanti probabilmente ne aveva suo padre.

« Lo riconosceresti, se lo vedessi? Saresti in grado di individuarlo in mezzo ad altra gente? »

« Ma certo! » esclamò il ragazzino indignato. Anche se non aveva la parola facile, aveva occhi acuti e intelligenti, osservatori. Certo che lo avrebbe riconosciuto!

« Rimetti il tuo coltello nel fodero, figliolo, prendilo e vieni con me », disse risolutamente Cadfael. « Oh, non avere paura, nessuno intende portarti via il tuo tesoro. E se caso mai in seguito vorrai consegnarlo spontaneamente, sarai generosamente ricompensato. Tutto ciò che voglio da te è che tu ripeta ciò che mi hai raccontato, e non avrai da pentirtene, te lo assicuro. »

Non appena mise piede nella grande sala, insieme col suo ragazzino un po' intimidito ma anche molto eccitato, Cadfael si rese conto d'essere arrivato tardi. I musicanti avevano smesso di suonare e Hugh Beringar si stava dirigendo a grandi passi verso la predella su cui stava il tavolo del re. La sua voce echeggiò per tutta la sala, alta e squillante, quando, saliti i gradini, si piantò risolutamente davanti a Stefano. « Sire, prima che vi mettiate in viaggio per Worcester, vi supplico di voler prestare la vostra attenzione a quanto debbo comunicarvi e di decidere poi secondo giustizia. Chiedo che sia giudicato un uomo, presente in questa sala, che ha abusato della propria posizione presso di voi derubando un cadavere, a onta della sua nobiltà, e ha commesso un omicidio, a onta dell'umanità intera. Io lo accuso qui, pubblicamente, pronto a provare l'accusa con la mia persona. E questo è il mio pegno! »

Superando ogni dubbio, Beringar aveva fatto proprie le convinzioni di Cadfael, al punto da mettere in gioco persino la propria vita. Chinandosi leggermente in avanti, il giovane fece rotolare sul tavolo un piccolo oggetto scintillante che andò a fermarsi con un tonfo leggero contro la coppa del re. Intanto si era fatto un profondo silenzio, mentre tutt'intorno al tavolo i convitati allungavano il collo per seguire il lampo dorato che zigzagava sulla tovaglia, sobbalzando nella sua incastonatura spezzata. Poi tutti gli sguardi si appuntarono di nuovo sul giovane che aveva gettato l'oggetto. Il re prese il topazio e il suo viso, dapprima sorpreso e perplesso, si fece grave e pensieroso. Anche lui guardò a lungo Beringar. Intanto Cadfael si faceva strada fra i tavoli trascinandosi dietro il ragazzino sbalordito e tenendo d'occhio Courcelle, che sedeva rigido e attento ma perfettamente padrone di sé. Non sembrava né più sorpreso né più incuriosito degli altri; soltanto la sua mano, stretta con forza intorno al boccale di corno, tradiva la sua costernazione. O forse era frutto dell'immaginazione, per far concordare la realtà con un'opinione preconcetta? Cadfael non era più sicuro del proprio giudizio e quello stato d'animo lo infuriava e lo sgomentava a un tempo.

« Avete aspettato proprio il momento giusto per lanciare la vostra saetta », disse finalmente il re alzando gli occhi dalla pietra che rigirava fra le mani e fissando Beringar.

« Non avrei voluto rovinare la cena del re, sire, ma non volevo nemmeno rimandare una questione che non poteva essere rimandata. La giustizia del re è un diritto di tutti. »

« Avete molto da spiegare, messer Beringar. Che cos'è questo? »

« È il pomo dell'impugnatura di una daga, una daga appartenente di diritto a lady Aline Siward, che ha lealmente messo a disposizione di Vostra Maestà tutti i beni della propria casata. Quella daga apparteneva a suo fratello Giles, che faceva parte della guarnigione di questo castello e che ha pagato con la vita l'errore di essersi schierato contro Vostra Maestà. Gli è stata rubata quando lui era già morto, un atto non insolito fra la soldataglia, ma assolutamente indegno di un cavaliere o di un gentiluomo. Questo è il primo delitto. Il secondo è un omicidio, quello del quale vi ha già parlato fratello Cadfael, il benedettino dell'abbazia di Shrewsbury, dopo avere contato i cadaveri. L'uomo che ha ucciso un proprio simile aggredendolo alle spalle per strangolarlo si è servito di voi, sire, e degli esecutori dei vostri ordini per celare il proprio delitto. »

« Sì, lo so », ammise cupamente il re, dibattuto fra la contrarietà per essere chiamato a fare da giudice quando pensava di potersi godere in pace la sua bella festa e la crescente curiosità di conoscere il resto della storia. « Ma che c'entra questa pietra con l'omicidio? »

« Sire, è presente in questa sala anche fratello Cadfael, che vi riferirà come abbia scoperto il posto dove l'omicidio è stato commesso e dove egli ha rinvenuto, conficcata nel pavimento, la pietra che si era staccata dalla daga durante la lotta mortale tra la vittima e il suo aggressore. Fratello Cadfael è pronto a giurare, come lo giuro io, che l'uomo che ha rubato la daga è lo stesso che ha ucciso Nicholas Faintree e che si è lasciato dietro, senza avvedersene, questa prova della sua colpa. »

Frattanto Cadfael si era avvicinato alla tavola del re, ma i convitati erano tutti così interessati alla scena che nessuno si accorse di lui. Courcelle se ne stava placidamente seduto con le spalle appoggiate allo schienale della seggiola e un'espressione di tranquillo interesse sul viso, ma questo che cosa significava? Era senza dubbio in grado di vedere il punto debole di quella storia; non era nemmeno il caso di controbattere la tesi che chi aveva rubato la daga aveva anche ucciso Faintree, tanto chi mai avrebbe potuto risalire fino a lui? La daga era ormai in fondo al Severn, sparita per sempre. Si poteva pure dare credito a quella storia, deplorare e condannare il delitto, purché nessuno fosse in grado di avanzare un nome, di presentare una prova. E tuttavia, una volta ancora, il suo poteva anche essere l'atteggiamento di un uomo dalla coscienza tranquilla!

« Pertanto », proseguiva intanto Hugh Beringar, implacabile, « io ripeto e sostengo le accuse che ho già fatto, sire. Accuso di furto e di omicidio un uomo che è qui con noi, in questa sala, e chiedo di poter provare l'accusa battendomi in singolar tenzone con il colpevole: Adam Courcelle. »

Si era girato a guardare l'uomo che aveva accusato e che era balzato in piedi sorpreso e allibito. Ma lo stupore si mutò rapidamente in collera sprezzante, esattamente come sarebbe accaduto a un innocente messo improvvisamente di fronte a un'accusa tanto pazzesca da diventare ridicola.

« Mio signore, questa o è pura follia o è un insulto intollerabile! Come può entrare il mio nome in questa faccenda? Sarà anche vero che qualcuno ha rubato una daga a un morto, e sarà anche vero che il ladro ha poi ucciso un uomo lasciando quella pietra come prova, ma che io sia comunque implicato in una storia simile, sfido Hugh Beringar a dimostrarlo... sempre che non si tratti delle menzogne di un invidioso! Quando mai ho visto quella daga? E quando mai l'ho avuta in mio possesso? E dov'è adesso? Messer Beringar me l'ha forse vista addosso? Mio signore, mandate qualcuno a rovistare fra le mie cose e se si troverà l'oggetto incriminato fatemelo sapere! »

« Un momento! » esclamò imperiosamente il re, girando lo sguardo dall'uno all'altro con espressione accigliata. « Questa è davvero una questione che va esaminata a fondo e se le accuse sono state mosse soltanto per malvagità, ci sarà un grave scotto da pagare. Quel che dice Adam è il nocciolo della questione. È presente il frate? E conferma di avere trovato veramente questa pietra nel posto dove l'uomo è stato ucciso? È certo che essa provenga proprio dalla daga rubata? »

« Io stesso ho portato qui fratello Cadfael, stasera », dichiarò l'abate guardandosi intorno con aria smarrita.

« Sono qui, fratello abate », disse Cadfael facendosi avanti, con un braccio attorno alle spalle del suo ragazzino che a quel punto era addirittura incantato, tutto occhi e orecchie.

« Confermate ciò che ha detto Beringar? » domandò re Stefano. « Avete davvero rinvenuto questa pietra nel posto dove quell'uomo è stato ucciso? »

« Sì, sire. Conficcata nel pavimento di terra battuta, dove erano evidenti i segni di una lotta durante la quale due corpi dovevano essersi rotolati l'uno sopra l'altro. »

« E quale prova abbiamo che essa provenga proprio dalla daga appartenuta al fratello di lady Siward? »

« La parola della stessa lady Aline, sire. Le è stata mostrata e lei l'ha riconosciuta. »

« Bene, questa potrebbe essere dunque la prova che il ladro e l'assassino sono una persona sola », affermò il re. « Ma perché da questa premessa voi o Beringar dobbiate dedurre che questa persona è Adam non riesco proprio a capirlo. Non c'è alcun filo che possa collegarlo alla daga o al delitto. Alla stessa stregua potreste scegliere uno qualsiasi di noi, magari il vescovo Robert di Salisbury, o infilzare a occhi chiusi la punta di un coltello in un elenco di nomi. Dov'è la logica? »

« Mi fa piacere che Vostra Maestà abbia posto autorevolmente il dito sul punto cruciale della questione », proruppe Courcelle, paonazzo in viso, accompagnando le proprie parole con una risatina sforzata. « Mi associo di tutto cuore al nostro buon fratello nel condannare un furto così vile e un'uccisione a tradimento, ma voi, Beringar, andateci cauto a collegare me o qualunque altra persona onesta a fatti tanto ignobili. Seguite pure il filo offertovi da quella pietra, se un filo esiste, ma fintanto che quel filo non vi avrà condotto fino a me, riflettete bene prima di lanciare sfide per duelli all'ultimo sangue: potrebbero anche essere raccolte, e sarebbe peggio per voi! »

« Il mio pegno è ancora lì sul tavolo », ribattè Beringar con temibile calma. « Non avete che da prenderlo. »

« Mio signore », s'intromise Cadfael, rivolgendosi al re alzando la voce per superare i sussurri e i mormorii che crescevano come venti contrastanti tutto intorno alla tavola, « consentitemi di dire che non è vero che non esistano prove per collegare la daga con qualcuno. Intanto possiamo provare che la pietra proviene veramente dalla daga appartenuta a Giles Siward. Ecco l'arma. Prego Vostra Maestà di controllare personalmente. »

Tese la daga e Beringar si chinò dal palco a prenderla, fissandola come trasognato, poi la porse al re in attonito silenzio. Gli occhi del ragazzino ne seguirono i successivi passaggi con ansia possessiva, mentre Courcelle sembrava ora in preda a un incredulo sbigottimento, come se gli fosse apparso all'improvviso lo spettro di un annegato.

Osservando la daga con occhio da intenditore, re Stefano prese il topazio stretto nell'artiglio d'argento e lo sistemò sopra l'impugnatura spezzata. Combaciava perfettamente.

« Non v'è dubbio », esclamò. « È il suo, lo vedete tutti! » Poi guardò Cadfael. « Come ne siete venuto in possesso? »

Il frate si voltò verso il ragazzino. « Diglielo tu, figliolo », lo esortò in tono incoraggiante. « Racconta al re ciò che hai detto a me. »

Rosso in viso e con gli occhi splendenti per l'eccitazione, che aveva sopraffatto tutti i suoi timori, il ragazzo raccontò la sua storia con voce stridula per l'emozione ma con le parole semplici che aveva usato col frate e che avevano l'inconfondibile accento della verità.

« ... ero lì in mezzo ai cespugli in riva al fiume e lui non mi ha visto. Ma io l'ho visto bene. E appena lui se n'è andato, io mi sono buttato in acqua dove era caduta quella cosa e l'ho ripescata. Io vivo vicino al fiume, sono nato da quelle parti. Mia madre dice sempre che ho imparato a nuotare prima che a camminare. Era un coltello e io me lo sono tenuto. Non pensavo di far male, lui l'aveva buttato via, non lo voleva più. È proprio quel coltello lì, signore, potrei averlo indietro quando avete finito? »

Distratto per un momento dalle cure ben più gravi che incombevano su di lui, il re sorrise al ragazzino eccitato e ansioso con il buonumore e l'accativante benevolenza che si addicevano al suo carattere assai più delle dure e imperiose maniere che aveva imparato ad assumere nel corso delle aspre lotte per il trono che si era messo in testa di conquistare.

« Sicché il nostro pesce stasera è stato sventrato con un coltello gemmato! Una cosa veramente principesca! Ed era anche un ottimo pesce. Oltre a sventrarlo, lo avevi anche pescato tu, figliolo? »

Timidamente, il ragazzino spiegò che aveva soltanto aiutato.

« Bene, hai fatto un ottimo lavoro. E adesso dimmi: lo conoscevi, l'uomo che ha gettato il coltello nel fiume? »

« No, signore, non conosco il suo nome, ma lui lo conosco, se lo vedo. »

« E lo vedi, ora? È qui, in questa sala? »

« Sì, signore », rispose pronto il ragazzino e puntò l'indice verso Adam Courcelle. « È quello. »

Tutti gli sguardi si appuntarono su Courcelle, quello del re più severo e pensieroso degli altri, e il silenzio che seguì, per quanto non più lungo di un sospiro, parve scuotere la sala dalle fondamenta e fermare il cuore di tutti i presenti. Fu Courcelle a romperlo, protestando con una gelida calma che mal celava la collera: « È assolutamente falso, mio signore. Come avrei potuto gettare quella daga nel fiume se non l'ho mai avuta fra le mani? Non soltanto non è mai stata in mio possesso, ma non l'ho mai nemmeno vista, lo giuro! »

« Stai dunque dicendo che il ragazzo mente? » domandò il re, in tono molto grave. « E per istigazione di chi mentirebbe? Non certo di Beringar, che è stato palesemente colto di sorpresa da questa storia come lo sono stato io... e come lo sei stato tu. O dovrei pensare che siano stati i benedettini a inscenare una commedia di questo genere? E a quale scopo? »

« Sto soltanto dicendo, mio signore, che c'è un terribile errore. Può anche essere che il ragazzo abbia visto ciò che afferma di aver visto e che abbia ripescato la daga come sostiene di avere fatto, ma sbaglia quando dice di avere visto me. Non sono io l'uomo che ha visto. Nego recisamente tutto ciò che è stato detto sul mio conto. »

« E io mantengo quanto ho detto », dichiarò Beringar. « E chiedo di poterlo provare. »

Il re battè un pugno sul tavolo con tanta violenza da far sussultare le coppe colme di vino. « Una prova ormai è indispensabile, non posso lasciar perdere tutto, al punto in cui siamo. » Si rivolse di nuovo al ragazzo, frenando la propria esasperazione per chiedere, con una certa gentilezza: « Ripensaci bene, figliolo, e dimmi: sei proprio certo che sia quello l'uomo che hai visto? Se hai il minimo dubbio, dillo tranquillamente, non è una colpa sbagliarsi. Non potresti aver visto qualcun altro che gli somigliava? Ma se sei proprio certo dillo senza timore. »

« Sono certo », dichiarò il ragazzo, tremante ma risoluto « È lui l'uomo che ho visto. »

Il re si appoggiò all'alto schienale dell'enorme seggiolone e battè i pugni sui braccioli, riflettendo. Poi guardò Hugh Beringar con palese contrarietà. « A quanto pare mi avete legato al collo una macina da mulino, proprio quando avrei maggior bisogno di essere libero e di muovermi in fretta. Ormai non posso più cancellare ciò che è stato detto, devo andare fino in fondo. Altrimenti bisognerebbe deferire il caso ai giudici, il che comporterebbe un interminabile processo e io non posso, né per voi né per chiunque altro, rinviare la mia partenza oltre dopodomani. Ho già fatto tutti i miei piani, non posso azzardarmi a cambiarli. »

« Non c'è bisogno di alcun rinvio », asserì Beringar. « Basterà che Vostra Maestà mi consenta di provare con le armi la verità di quanto ho affermato. Ho accusato Adam Courcelle di omicidio e rinnovo l'accusa. Se accetta la sfida, sono pronto a battermi con lui senza cerimonie e senza preparativi. Domani stesso si vedrà l'esito e doman l'altro Vostra Maestà potrà partire, libero da ogni preoccupazione. »

Cadfael, frattanto, non aveva staccato un istante gli occhi da Courcelle e non gli erano sfuggiti i malauguranti segni di una nuova crescente sicurezza di sé. Il lieve sudore che gli imperlava la fronte e il labbro superiore era scomparso, lo sbigottimento che gli si leggeva negli occhi era diventato freddo calcolo, sulle sue labbra era apparso persino un lieve sorriso. Sapeva di essere con le spalle al muro, ma ora aveva davanti a sé due vie d'uscita: una, lunga e pericolosa, lastricata di indagini e di interrogatori, l'altra breve e veloce, costituita da un semplice scontro in campo aperto, e in quell'alternativa Courcelle cominciava a intravedere la salvezza. Seguendo lo sguardo calcolatore che stava misurando Hugh Beringar dalla testa ai piedi, Cadfael poteva indovinare i pensieri che vi stavano dietro. Un uomo giovane, meno robusto, di mezza testa più piccolo e quindi più corto di braccia, inesperto, presuntuoso... una vittima fin troppo facile. Non sarebbe stato un problema spedirlo all'altro mondo. Dopo di che lui, Courcelle, non avrebbe avuto più niente da temere. Il giudizio di Dio sarebbe stato irrevocabilmente pronunciato, senza possibilità di appello, e Aline sarebbe stata ancora lì, a portata della sua mano, ignara di quanto c'era stato fra lui e Giles e liberata da un pretendente troppo assiduo, mentre lui, Courcelle, avrebbe potuto gloriarsi per soprammercato dell'aureola dell'innocente ingiustamente accusato. Oh no, la situazione non era poi tanto grave, tutto sommato. Sarebbe finito tutto nel migliore dei modi.

Courcelle si chinò in avanti, tese un braccio a prendere il topazio e lo fece rotolare sprezzantemente verso Beringar.

« E così sia, mio signore », disse. « Accetto la sfida. Domani, senza formalità, senza prove generali. E doman l'altro Vostra Maestà potrà partire. » E io sarò al vostro seguito, diceva il suo atteggiamento fiducioso.

« Così sia », confermò cupamente il re. « Poiché siete entrambi risoluti a privarmi di un valoroso seguace, meglio che mi rimanga il migliore. Domani, allora, alle nove, dopo la messa. Ma non qui. In campo aperto, nei prati fuori porta, fra la strada e il fiume. Prestcote, voi e Willem provvederete a delimitare il terreno. Ah, e niente cavalli, non possiamo rischiare di perderne nemmeno uno », aggiunse con spirito pratico. « A piedi, con la spada. »

Hugh Beringar accettò con un inchino mentre Courcelle esclamava: « D'accordo! » e sorrideva pensando alla propria superiorità nel maneggiare la spada.

« *À outrance*! » concluse il re e si alzò bruscamente da tavola, indicando così che la festa era finita. Miseramente.

## CAPITOLO XII

SULLA VIA del ritorno lungo le strade della città, buie ma non silenziose, percorse da sussurri e fruscii come se un branco di topi corresse in una casa deserta, Hugh Beringar, in sella al suo gigante grigio, si accostò a fratello Cadfael e regolò il passo del cavallo a quello del frate, ignorando tranquillamente la vicinanza e le orecchie attente del suo compagno, fratello Jerome. Davanti a loro, l'abate Heribert e il priore Robert conversavano in tono sommesso ma animato, preoccupati del pericolo che minacciava una vita umana ma impossibilitati a intervenire in alcun modo. Due giovani, irriducibilmente nemici, si erano sfidati a morte e una volta accettata la sfida da ambo le parti, non c'era più modo di tornare indietro. Chi perdeva era stato giudicato da Dio. Se sopravviveva alla spada, lo aspettava la galera.

« Chiamatemi pure pazzo incurabile, se può servire a farvi star meglio », disse Beringar in tono accomodante. La sua voce sembrava gaia e ironica come sempre, ma Cadfael non si lasciò ingannare.

« Oh, non tocca certo a me », si schermì, « biasimare o compatire o men che meno deprecare ciò che avete fatto. »

« Come monaco? » domandò la voce gentile nella quale un orecchio attento avrebbe colto un accenno di risa.

« Come uomo, che il diavolo vi porti! »

« Sapete, fratello Cadfael », riprese gaiamente Hugh, « voi mi piacete! Sappiamo entrambi che al mio posto avreste fatto altrettanto! »

« No davvero! Non certo sulla base di pure supposizioni avanzate da un vecchio sciocco che conoscevo appena. E se mi fossi sbagliato? »

« Oh, ma voi non vi siete sbagliato! È proprio lui il nostro uomo, due volte assassino perché ha abbandonato il povero, codardo Giles alla propria sorte, vigliaccamente come ha strangolato Faintree. Ma ricordate, nemmeno una parola ad Aline su tutta la vicenda, finché non sarà finita... in una maniera o nell'altra. »

« Nemmeno una, a meno che non sia lei a parlarne. Ma credete forse che la notizia non si sia già sparsa per tutta la città, ormai? »

« Lo so, ma prego il cielo che a quest'ora lei sia addormentata da un pezzo e che non abbia modo di udirne niente finché non uscirà di casa per andare alla messa delle dieci. A quell'ora, forse, potremmo avere la risposta definitiva. »

« E nel frattempo, voi », proruppe il frate con asprezza, perché aveva nel cuore una pena immensa cui doveva pur dare qualche sfogo, « ve ne starete a vegliare umilmente inginocchiato, esaurendo così le vostre forze ancora prima di scendere in campo? »

« Non sono così sciocco », ribatté Beringar in tono di rimprovero, agitando un dito in direzione del frate. « Vergognatevi, fratello! Voi, un monaco, dubitate forse che Iddio abbia a decidere secondo giustizia? Io me ne andrò a letto e dormirò come un ghiro e domattina sarò fresco come una rosa, pronto alla grande prova. E ora immagino che insisterete per farmi da intermediario e pregare il cielo per me? »

« No », dichiarò Cadfael, ingrugnato. « Me ne andrò a dormire anch'io e mi alzerò soltanto quando suonerà la campana. Dovrei forse avere meno fede di un pagano impudente come voi? »

« Oh, questo è il mio Cadfael! Tuttavia », concesse Beringar, « potreste forse sussurrare un paio di paroline al buon Dio, in mio favore, al mattutino e alle laudi. Se dovesse essere sordo alle vostre preghiere, varrebbe assai poco anche se noi tutti ci consumassimo le ginocchia! » Si chinò a sfiorare con una mano l'ampia tonsura del frate, come per una giocosa benedizione, poi diede un colpo di sproni e, sorpassato l'abate con un rispettoso inchino, sparì oltre una curva della strada.

Subito dopo l'ora prima, fratello Cadfael si presentò all'abate che non parve troppo sorpreso né di vederlo né di udire la sua richiesta.

« Fratello abate, mi sono schierato al fianco del giovane Hugh Beringar fin dall'inizio di questa vicenda. Sono stato io a trovare le prove sulle quali si basano le sue accuse e anche se lui ha voluto addossarsi tutte le responsabilità, impedendomi di correre la mia parte di pericoli, questo non mi scagiona affatto. Vi chiedo dunque di permettere che io assista al combattimento. Che possa o no essergli di aiuto, il mio posto è là. Non posso voltare le spalle a un amico che si è fatto mio portavoce in una questione tanto grave. »

« Faccio lavorare anch'io il cervello », ammise l'abate con un sospiro. « E nonostante ciò che ha detto il re, posso soltanto pregare che la prova non sia spinta fino alle estreme conseguenze. »

"E io", pensò tristemente Cadfael, "non oso nemmeno pregare per quello, visto che lo scopo ultimo della sfida è quello di sigillare una bocca per sempre."

« Ma ditemi », riprese l'abate, « è proprio certo che sia stato quel Courcelle a uccidere il povero ragazzo che abbiamo seppellito nella nostra chiesa? »

« Certissimo, fratello abate. Soltanto lui era in possesso della daga, quindi soltanto lui poteva perdere quel pezzo là dove io l'ho trovato. »

« Bene, andate, allora », concluse l'abate. « Finché questa vicenda non sia finita, siete esonerato da tutti i vostri obblighi. » Duelli di quel genere, infatti, potevano durare anche un'intera giornata, finché uno dei due contendenti, esausto, non era più in grado di battersi o non restava sul terreno ferito a morte. E se le armi si spezzavano, i due dovevano continuare a battersi, con le mani, coi piedi, coi denti, finché l'uno o l'altro non avesse ceduto e chiesto mercé, cosa che per altro quasi nessuno faceva perché equivaleva a dichiararsi sconfitti e, dunque, condannati da Dio, e la conseguenza sarebbe stata soltanto la prigione, con una morte ancor più ignominiosa. Una ben triste faccenda, pensava Cadfael allontanandosi a passo deciso dall'abbazia, tale da far persino dubitare che si tratti veramente di un verdetto divino! In questo caso, tuttavia, poteva essere una conclusione appropriata e forse la voce divina si sarebbe fatta sentire. La mia fede è pari a quella di Beringar? si chiese il frate, pensando all'affermazione del giovane sul fatto che avrebbe dormito tranquillo. Cadfael, stranamente, credeva che ci fosse davvero riuscito; quanto a lui, aveva passato una notte inquieta e tormentata.

Aveva lasciato nella sua cella la daga e il topazio che si era portato via la sera avanti, promettendo all'ansioso piccolo pescatore la loro restituzione o un'adeguata ricompensa, ma non era ancora il momento di parlarne con Aline. Bisognava prima aspettare l'esito di quella giornata. Se tutto andava bene, sarebbe stato Hugh Beringar a riportarglieli, altrimenti... ma no, non voleva neppure prendere in considerazione quella possibilità!

"Il mio guaio", pensò, "è che sono vissuto nel mondo abbastanza a lungo per capire che i piani del Signore, anche se sempre perfetti, a volte non prendono forma come vorremmo noi. E io mi ritrovo un immenso potenziale di ribellione in questo vecchio cuore all'idea che Iddio, per qualche suo scopo perfetto, possa avere deciso di togliere Hugh Beringar da questo mondo per lasciarvi invece Adam Courcelle."

Nei prati pianeggianti che si stendevano appena fuori della porta settentrionale di Shrewsbury, fra due tratti opposti del fiume Severn, Prestcote e Ten Heyt avevano segnato un ampio quadrato, delimitato su ciascun lato da una fila di fiamminghi che stavano con le lance incrociate per impedire l'accesso ai curiosi e per rendere impossibile la fuga ai due contendenti. Oltre il quadrato, dove il terreno era un po' in salita, era stato collocato un grande seggiolone per il re e tutt'intorno si era tenuto libero lo spazio per il suo seguito, mentre lungo gli altri tre lati si andava assiepando una folla considerevole. La voce era corsa per tutta Shrewsbury come il vento tra le foglie ma lì, ora, regnava uno strano silenzio, non perché nessuno parlasse, ma perché lo facevano tutti a voce così sommessa che l'insieme non superava il soffocato ronzio di un alveare.

Il sole ancora basso disegnava sull'erba lunghe ombre leggere e una tenue bruma velava l'azzurro del cielo quando Cadfael superò il varco lasciato libero dalle guardie per il passaggio del corteo proveniente dal castello, un insieme di splendori metallici e di vivaci colori scaturito proprio allora dall'ombra dell'arcata sovrastante la porta settentrionale della città. Re Stefano, alto, biondo e bello, si era ormai rassegnato a perdere l'uno o l'altro di due tra i suoi migliori ufficiali, ma non per questo era disposto a concessioni che potessero prolungare il combattimento. A giudicare dalla sua espressione non avrebbe concesso nessuna interruzione né avrebbe posto limiti alla ferocia dello scontro.

Non vedeva l'ora che fosse finito tutto e nobili e clero del suo seguito si comportavano quindi con la massima discrezione, pronti a prendere l'imbeccata da lui.

I due contendenti apparvero mentre il corteo reale raggiungeva il campo. Senza scudo né cottamaglia, notò Cadfael, ma protetti soltanto da una semplice corazza di cuoio. Sì, il re voleva una conclusione rapida, non una lotta estenuante e inconcludente, fatta di finte e di parate, che sarebbe terminata solamente quando i due contendenti non avessero avuto più nemmeno la forza di alzare un braccio. Re Stefano non aveva tempo da perdere. Qualunque dei due fosse rimasto sul terreno, l'esercito doveva essere pronto a muoversi il giorno seguente e il re aveva ancora tante cose da sistemare. Beringar, l'accusatore, fu il primo a inginocchiarsi a capo chino davanti al re, rialzandosi poi con uno scatto vivace e avviandosi baldanzoso verso il punto in cui lo steccato di lance si era aperto per lasciarlo entrare nell'arena. Passando, scorse un po' in disparte fratello Cadfael e nel suo viso, insolitamente teso e grave, i brillanti occhi neri sorrisero.

« Lo sapevo che non mi avreste abbandonato », mormorò.

« Fate in modo di non essere voi ad abbandonare me », ribattè mestamente il frate.

« Nessun timore! Io sono candido come l'agnellino pasquale », lo rassicurò Beringar con la massima calma. « E perfettamente pronto. Il vostro braccio guiderà il mio. »

Colpo per colpo, pensò Cadfael angosciato, chiedendosi se i lunghi anni trascorsi nella quiete del chiostro avessero veramente apportato qualche cambiamento nel suo spirito un tempo tanto turbolento, insubordinato e incorreggibilmente impulsivo. Si sentiva ribollire il sangue, come se fosse stato lui a dover entrare in lizza.

Dopo essersi inginocchiato a sua volta davanti al re, Courcelle seguì il suo accusatore dentro il quadrato. I due contendenti presero posto in due angoli opposti mentre Prestcote, al centro dell'arena, con la mazza alzata, attendeva il segnale del re. Un araldo, intanto, stava leggendo ad alta voce l'accusa, il nome dello sfidante e la confutazione dell'accusato e dalla folla ondeggiante si alzava un rumore simile a un enorme sospiro che pareva incresparsi tutt'intorno al quadrato.

Cadfael poteva vedere chiaramente il viso di Beringar, non più sorridente, ma grave, attento e impassibile, con lo sguardo fisso sull'avversario.

Finalmente il re alzò la destra. Prestcote abbassò la mazza e si trasse in disparte, mentre i due contendenti avanzavano l'uno verso l'altro.

A prima vista, il contrasto era stridente. Courcelle, più robusto e più maturo, aveva in proprio favore altezza, peso e portata delle braccia, la sua superiorità in abilità ed esperienza era inequivocabile; la sua statura imponente e il suo colorito acceso facevano apparire Beringar niente più di un esile ragazzo e benché quell'esilità potesse far pensare a una maggiore agilità e sveltezza, fin dalle prime battute fu chiaro che Courcelle era agile e svelto quanto lui. Al primo fragore dell'acciaio contro l'acciaio, Cadfael sentì il proprio braccio destro sollevarsi a deviare il colpo e roteò di lato con lo stesso movimento col quale Beringar schivava l'avversario, così che finì per ritrovarsi col viso rivolto verso la porta della città.

Potè così vedere una fanciulla che saettava dall'ombra dell'arcata come una rondine, un lampo di bianco e di nero e di capelli d'oro. Correva a perdifiato, con le gonne sollevate quasi fino al ginocchio, e un bel pezzetto dietro di lei, ansante ma risoluta, correva un'altra giovane donna. Constance sprecava il poco fiato che le era rimasto per gridare alla sua signora di fermarsi, di venir via, di non avvicinarsi oltre. Ma, senza badare a lei, Aline continuò a correre verso il quadrato dove i suoi due corteggiatori si stavano lanciando di nuovo l'uno contro l'altro in un risoluto tentativo di uccidersi a vicenda. Cadfael si affrettò ad andarle incontro e, come lo vide, Aline gli si gettò ansante fra le braccia.

« Fratello Cadfael, ma che succede? Che cosa ha fatto? E voi, voi lo sapevate e non mi avete mai detto niente! Se Constance non fosse andata in città per comprare della farina, non avrei mai saputo... »

« Non dovreste essere qui, voi », esclamò il frate e la strinse al suo petto, affannata e tremante. « Tanto non potete far niente. Ho dovuto promettergli che non ve lo avrei detto, lo ha voluto lui. Non guardate, ve ne prego! »

« Ma io voglio vedere! » proruppe lei, appassionatamente. « Pensate forse che possa andarmene via buona buona, abbandonandolo alla sua sorte? Piuttosto, ditemi una cosa: è vero che ha accusato Adam di avere ucciso quel giovane? E che la prova è stata la daga di Giles? »

« È vero », ammise il frate. Mentre di sopra la sua spalla gli occhi color ametista di Aline fissavano l'arena dove le spade guizzavano sibilando e cozzavano rumorosamente.

« E l'accusa... è fondata? »

« Sì. »

« Oh, Signore! » gemette lei. « E Hugh è così esile... come può resistere? È la metà dell'altro... e ha avuto il coraggio di affrontare una prova simile! Oh, fratello Cadfael, come avete potuto permetterglielo? »

"Oh", pensò il frate stranamente sollevato, "ora finalmente so chi è *lui* per la dolce fanciulla. Finora non potevo esserne certo, e forse non lo era nemmeno lei."

« Se mai vi riuscirà di impedire a Hugh Beringar di fare qualcosa che ha deciso di fare, venite a dirmi quali mezzi avete usato, anche se probabilmente con me non funzionerebbero! Ha creduto bene di scegliere questa via, figliola, e aveva i suoi motivi, ottimi motivi! E noi non possiamo fare altro che aspettare. »

« No, possiamo stargli vicino, dargli forza con la nostra presenza. Possiamo pregare per lui, e io intendo farlo. Venite, portatemi più vicino, voglio vedere! »

Stava già cercando di farsi strada verso la siepe di lance, ma Cadfael la trattenne. « No, credo sia meglio che non veda proprio voi, in questo momento », disse dolcemente.

Dalle labbra di Aline uscì un lieve rumore che avrebbe potuto essere una risatina ironica. « Oh, non mi vedrebbe di certo, in questo momento, a meno che non mi mettessi davanti alla sua spada. E lo farei, se questi uomini me lo permettessero », mormorò la fanciulla. « Ma avete ragione. Tutto quel che posso fare è guardare, pregare e tenere la bocca chiusa! »

Il destino delle donne in un mondo di uomini bellicosi, pensò mestamente il frate. Ma forse meno passivo di quanto non appaia, dopo tutto! Così la guidò in un punto leggermente rialzato da dove poteva seguire, non vista, l'implacabile accanimento di Hugh Beringar. C'era del sangue sulla punta della sua spada, ora, ma si era trattato soltanto di un graffio a una guancia di Courcelle, e c'era altro sangue sulla sua manica sinistra, appena sotto la protezione del cuoio.

« È ferito! » gemette Aline con un filo di voce ma subito si portò una mano alla bocca, mordendosi le dita per restare zitta come aveva promesso.

« Non è niente di grave », la consolò Cadfael. « Ed è lui il più veloce. Guardate, guardate quella parata! Esile com'è, ha muscoli d'acciaio. Farà quel che vuole, ve lo assicuro. E ha la verità a dargli forza! »

« Lo amo », disse Aline, in un sussurro lieve ma risoluto. « Non lo sapevo, fino a questo momento, ma lo amo! »

« Anch'io figliola », dichiarò Cadfael. « Anch'io! »

Erano nell'arena da due ore, senza un attimo di respiro, e sotto il sole ormai alto e ardente soffrivano entrambi, ma continuavano con accanita determinazione, cercando di non sprecare le forze, e sul loro viso si leggeva l'inflessibile proponimento di provare l'accusa, da una parte, e di provare la sua infondatezza, dall'altra, con l'unico mezzo che restava a entrambi: uccidere l'avversario. Ormai avevano capito, se ci fosse stato qualche dubbio, che a parte gli ovvi vantaggi di Courcelle erano pari in tutto, in uno scontro di quel tipo. Uguale tecnica e velocità quasi uguale, ed entrambi sanguinavano da piccole ferite.

Era quasi mezzogiorno quando Beringar, incalzando senza tregua il rivale, lo fece indietreggiare con un improvviso affondo e vide il suo piede scivolare sull'erba macchiata di sangue. Courcelle cercò di parare il colpo ma sentendosi cadere alzò istintivamente il braccio così che la botta successiva di Beringar gli fece quasi saltare la spada di mano e la spezzò lasciandolo semidisteso sul terreno, stringendo la sola impugnatura, mentre la lama volava lontano.

Beringar si ritrasse immediatamente, lasciando che il suo nemico si rialzasse indisturbato, appoggiò contro il terreno la punta della spada e guardò Prestcote che a sua volta stava guardando il re.

« Continuate », ordinò seccamente il sovrano. La sua irritazione non si era placata.

Asciugandosi il sudore dal viso, Beringar rimase a guardare Courcelle che si rialzava lentamente, osservava l'inservibile impugnatura rimastagli in mano e respirava a fondo prima di scagliarla lontano, infuriato. Beringar spostò lo sguardo da lui al re, accigliato, poi indietreggiò di altri due o tre passi riflettendo. Il re alzò una mano in un gesto impaziente che esortava i contendenti a continuare. Avvicinatosi rapidamente al margine del campo, Beringar gettò la spada oltre le lance incrociate dei fiamminghi e portò la destra alla daga che aveva alla cintura.

Courcelle fu un po' lento a capire, ma s'illuminò in viso quando si rese conto del dono che l'avversario gli stava facendo.

« Bene, bene », mormorò tra sé re Stefano. « Chissà che non abbia sbagliato il mio giudizio su quale dei due è l'uomo migliore. »

Armati soltanto di daga, ora i contendenti dovevano battersi a distanza ravvicinata, così che assumeva un'enorme importanza la lunghezza del braccio. Inoltre il pugnale che Courcelle sfilò dalla guaina era molto più lungo del decorativo giocattolo che Beringar stringeva nella mano. Re Stefano si animò di nuovo interesse, scordando l'irritazione che quella malaugurata faccenda aveva provocato in lui.

« È pazzo! » gemette Aline stringendosi a Cadfael con le narici frementi e gli occhi fiammeggianti, in un'espressione che ricordava quella dei suoi battaglieri antenati. « Poteva ucciderlo liberamente! Oh, è matto da legare. E io lo amo! »

La danza mortale continuò, sotto il sole a picco che dardeggiava impietoso i duellanti mentre avanzavano, si ritraevano, scattavano di fianco col sudore che scorreva a rivoli sotto le loro corazze di cuoio. Beringar, che maneggiava un'arma più corta e leggera, si teneva ora sulla difensiva e Courcelle lo incalzava senza tregua, risoluto a sfruttare fino in fondo il proprio vantaggio. Soltanto la prontezza di riflessi salvò più volte Beringar da fendenti che avrebbero potuto ucciderlo, ma già si cominciava a notare in lui qualche segno di stanchezza: minore precisione di giudizio, minore velocità e sicurezza nei movimenti, mentre Courcelle, forse per la seconda opportunità ricevuta o forse perché stava raccogliendo tutte le sue forze per l'attacco finale, pareva avere ritrovato a un tratto tutto il suo primitivo ardore. Lungo la mano destra di Hugh scorreva un rivolo di sangue che raggiungeva l'impugnatura della daga rendendola viscida e difficile da stringere, mentre i brandelli svolazzanti della manica sinistra di Courcelle disturbavano il suo campo visivo e la sua facoltà di concentrazione. Anche Beringar aveva sferrato parecchi attacchi fulminei e ferito ripetutamente l'avversario, ma la minor lunghezza della sua arma e delle sue braccia costituivano un irriducibile svantaggio. Ciò nonostante, il giovane resisteva accanitamente, ritirandosi quando era indispensabile, finché i frenetici attacchi di Courcelle cominciarono, com'era fatale, a perdere vigore.

« Oh, Signore! » sospirò Aline con voce appena percettibile. « È stato troppo generoso, ha gettato via la propria vita... Adam gioca con lui come il gatto col topo! »

« Nessuno può giocare impunemente con Hugh Beringar », ribatté risolutamente Cadfael. « È ancora lui il più fresco. Courcelle ce la sta mettendo tutta per farla finita, non può reggere a lungo. »

Hugh indietreggiava passo a passo, ma solamente di quel tanto sufficiente a eludere i colpi e passo a passo Courcelle lo incalzava dappresso, con veemenza. Pareva deciso a inchiodare l'avversario in un angolo, dove non avrebbe avuto più scampo, ma all'ultimo momento un errore suo o l'agilità del rivale sventavano il suo piano e l'inseguimento proseguiva lungo il cordone di fiamminghi immobili come rocce: Beringar incapace di aprirsi un varco per tornare al centro dell'arena, Courcelle incapace di spezzare la sua accanita difesa o di impedire le sue successive ritirate che finivano per portarli entrambi in un altro angolo.

A un tratto, a metà di un lato del quadrato, Courcelle si ritrasse velocemente di un passo, come se rinunciasse all'inseguimento e, gettato nell'erba il suo pugnale, si chinò rapidamente sotto le lance incrociate e, con un roco grido di trionfo, si rialzò brandendo la spada che Hugh, per un cavalleresco riguardo verso il nemico disarmato, aveva gettato più di un'ora prima.

Beringar non si era neppure accorto che erano arrivati proprio in quel punto e men che meno si era reso conto di esservi stato trascinato di proposito. Da qualche parte echeggiò il grido di una donna. Courcelle, con la spada in mano e gli occhi bruni fiammeggianti per l'esultanza, era però ancora in equilibrio instabile quando Hugh si lanciò su di lui con un balzo felino. Un altro secondo e sarebbe stato troppo tardi. Mentre la spada scattava verso l'alto, si gettò con tutto il proprio peso contro il petto di Courcelle, gli si avvinghiò col braccio destro, senza lasciare la daga, e con la mano sinistra attanagliò il polso destro dell'avversario. Così avvinti, i due ondeggiarono per un istante, poi caddero insieme, pesantemente, lottando e rotolando sull'erba in una stretta disperata, ai piedi degli degli impassibili fiamminghi.

Aline si morsicò le labbra per non gridare un'altra volta e si coprì gli occhi con le mani, ma dopo un attimo li scoprì di nuovo, risolutamente. « No, voglio vedere tutto, devo vedere! Devo farcela. Non voglio che si vergogni di me! Oh, Cadfael, Cadfael... che sta succedendo? Non li vedo più... »

« Courcelle si è impadronito della spada ma non ha avuto il tempo di servirsene. Un momento, uno dei due si sta rialzando... » Erano caduti entrambi, ma soltanto uno si era rialzato, fermandosi a guardare verso il basso, barcollante e stupito. Il suo nemico si era abbandonato sotto di lui e ora giaceva immobile sul terreno, con le braccia inerti e gli occhi spalancati fissi nel sole, mentre un lento rivolo di sangue scorreva sotto di lui formando una pozza scura sull'erba calpestata.

Beringar spostò lo sguardo da quella pozza alla punta della daga che stringeva ancora nella destra e scosse la testa sbalordito, in preda a un'improvvisa, mortale stanchezza di fronte alla fine inaspettata del duello: inaspettata e incomprensibile, perché sulla sua daga non c'era una goccia di sangue fresco e la spada di Courcelle, ancora stretta mollemente nella sua mano inerte, giaceva discosta dal suo corpo e non poteva evidentemente essere stata lo strumento della sua morte. Eppure Courcelle era stato ucciso, la vita lo stava abbandonando insieme col sangue che inzuppava l'erba. Quale tremendo miracolo era avvenuto perché un uomo morisse così, quando su nessuna delle due armi c'era una goccia del suo sangue?

Hugh si chinò e girò bocconi il corpo senza vita per vedere di dove usciva il sangue e lì, conficcato fino all'impugnatura nel giubbetto di cuoio, apparve il pugnale del morto, che lui stesso aveva gettato per impadronirsi della spada dell'avversario. Cadendo fra l'erba, il pugnale doveva essere finito, con la lama rivolta verso l'alto, contro lo stivale di un fiammingo e Courcelle, travolto dall'attacco improvviso di Beringar, doveva essersi abbattuto proprio su quella lama che, quando i due corpi si erano rotolati sul terreno lottando furiosamente, gli si era conficcata fra le spalle in tutta la sua lunghezza.

"Dunque non l'ho ucciso io", pensò Beringar, "è stata la sua stessa viltà a ucciderlo." Ma era così esausto che non riusciva a capire se ne fosse contento o deluso. Comunque, Cadfael ne sarebbe stato soddisfatto: Nicholas Faintree era stato vendicato e giustizia era fatta. Il suo uccisore era stato accusato pubblicamente e pubblicamente era stato riconosciuto colpevole da Dio. E ora era morto, aveva ormai esalato l'ultimo respiro.

Beringar si chinò a raccattare la propria spada, che scivolò via dalla mano di Courcelle ormai inerte, si girò lentamente e alzò l'arma nel saluto al re poi si avviò zoppicando verso lo sbarramento di lance che si scostarono per lasciarlo passare.

Ma aveva fatto a malapena due o tre passi in direzione del punto dove sedeva il re quando Aline gli volò tra le braccia, stringendolo a sé con un ardore possessivo che gli restituì di colpo tutte le forze. In mezzo alla nube dei capelli d'oro, il visetto di lei si alzò a guardarlo, rapito, esultante ed esausto, mentre le sue labbra sussurravano: « Hugh... oh, Hugh... », e le sue dita tremanti accarezzavano teneramente le ferite ancora sanguinanti.

« Perché non me lo avete detto? Oh, ho creduto di morire! Ma ora siamo vivi, vivi entrambi... Datemi un bacio! »

Lui si chinò a baciarla, quasi incredulo, mentre Aline continuava a stringerlo, a carezzarlo, a fargli mille moine.

« Ma ora basta, amor mio », disse poi, felice e rincuorato. « Continuate a maltrattarmi, invece, perché se vi mostrate tanto tenera verso di me, io sono perduto. Non posso crollare proprio ora! Il re mi aspetta. Se volete essere la mia signora, datemi il vostro braccio perché possa appoggiarmi e accompagnatemi e sostenetemi come farebbe una moglie, se non volete che cada lungo disteso ai suoi piedi! »

Aline ubbidì di buon grado e insieme andarono a fermarsi davanti a Stefano. « Mio signore », disse Hugh, tornando alla realtà, « confido di avere provato la fondatezza delle mie accuse e di essermi guadagnato la vostra approvazione e il vostro favore. »

« Il vostro avversario ha provato da solo la propria colpevolezza », ribatté magnanimamente Stefano, osservando con be nevolo e divertito interesse l'inattesa apparizione di una coppia di innamorati. « Tuttavia rimane il fatto che, colpevole o no, voi mi avete privato di un abile ufficiale che avevo destinato a reggere per me questa contea. E io vi punisco chiamando voi a occupare il posto rimasto vacante, senza che questo pregiudichi i vostri diritti di guarnigione sui castelli e sugli altri vostri possedimenti che avete messo a mia disposizione. Che avete da dire? »

« Col permesso di Vostra Maestà », rispose Beringar in tono grave e solenne, « debbo prima consultarmi con la mia sposa. »

« Quel che piace al mio signore », disse subito Aline con pari gravità, « va bene anche per me. »

"Bene, bene", pensò Cadfael interessatissimo alla scena, "dubito che una promessa di matrimonio sia mai stata fatta davanti a una folla simile! Ora dovranno invitare alle nozze tutta Shrewsbury."

Prima di compièta, fratello Cadfael si avviò verso la foresteria portando uno dei suoi unguenti miracolosi per le ferite di Hugh Beringar e la daga di Giles Siward perfettamente restaurata.

« Fratello Oswald è un orafo abilissimo e questo è il nostro dono di nozze. Datela voi stesso alla vostra sposa, ma pregatela a nome mio di compensare generosamente il ragazzo che l'ha ripescata dal fiume. Non sarà necessario dirle altro. Della parte avuta da suo fratello in tutta questa triste vicenda, non una parola né ora né mai. Per lei, suo fratello è stato e deve restare solo uno dei molti che si sono schierati con la parte perdente e che sono morti per la propria idea. »

Beringar prese la daga e l'osservò a lungo, pensieroso. « Però non è giusto », disse alla fine. « Voi e io insieme ci siamo adoperati per portare alla luce le colpe di un uomo; ma teniamo nascosta la verità riguardante un altro. » Quella sera, nonostante tutto ciò che aveva conquistato, Beringar era molto serio e insolitamente cupo, e non soltanto per le ferite e per i muscoli maltrattati che dolevano a ogni movimento. La reazione al trionfo lo induceva a riflettere onestamente sugli aspetti del fallimento, il destino che a lui era stato risparmiato.

« Si deve giustizia soltanto a chi è senza colpa? Se non fosse stato esposto a una simile tentazione, forse nemmeno Courcelle si sarebbe ingolfato in tale infamia! »

« Noi possiamo soltanto considerare le cose come sono », ammonì Cadfael. « Il giudizio su ciò che sarebbe potuto essere lasciamolo a occhi che sanno vedere più a fondo dei nostri. Prendetevi ciò che vi siete legalmente e onestamente guadagnato, apprezzatelo e godetevelo. Ne avete pieno diritto. Avete il favore del re, siete sceriffo della contea di Salop e il promesso sposo di una fanciulla bella e buona quanto si può desiderare, quella che avevate scelto non appena l'avete vista! Certo che me n'ero accorto! E se domani vi sentirete con le ossa a pezzi, consideratelo una piccola penitenza in cambio dei vostri successi. »

« Mi domando dove saranno quegli altri due », esclamò a un tratto Beringar, rischiarandosi in viso.

« In prossimità della costa gallese, ad aspettare la nave che li porterà in Francia. Andrà tutto bene anche per loro. » Cadfael non parteggiava né per Stefano né per Maud e quei giovani, benché due fossero seguaci del re e due della regina, appartenevano al futuro, il futuro di un'Inghilterra liberata dall'anarchia e guarita dalle ferite della guerra civile.

« Quanto alla giustizia », riprese soprappensiero, « è soltanto una parte della storia. » A compièta avrebbe recitato una preghiera per Nicholas Faintree, un giovane puro di mente e di cuore che poteva finalmente riposare in pace. Ma avrebbe pregato anche per l'anima di Adam Courcelle, morto in peccato mortale, perché anche un uomo stroncato prematuramente, nel pieno delle forze e del vigore, senza lasciargli tempo per il pentimento e la penitenza, era un morto in più, un cadavere di troppo.

« Non avrete alcun bisogno di guardarvi alle spalle o di provare rimorsi », concluse il frate. « Avete fatto soltanto ciò che siete stato chiamato a fare e lo avete fatto nel migliore dei modi. È Dio che dispone. Dal culmine più eccelso all'abisso più profondo entro i quali può spaziare un essere umano, ovunque possano raggiungerlo la giustizia e la ricompensa, può raggiungerlo anche la grazia. »

Finito di stampare nel mese di aprile 2000
presso il Nuovo Istituto Italiano d'Arti Grafiche - Bergamo
Printed in Italy

SUPERPOCKET

Periodico settimanale, anno IV, n. 108
Registrazione n. 707 del 30.11.1996 presso il Tribunale di Milano
Direttore responsabile: Rosaria Carpinelli

ELLIS PETERS

Nome d'arte di Edith Pargeter (1913-1995), ha esordito come scrittrice nel 1930. Dopo aver affrontato il romanzo storico ed essersi affermata come abile giallista, nel 1977 ha inventato il personaggio di fratello Cadfael, ottenendo un clamoroso successo mondiale. I suoi libri sono pubblicati in Italia da Longanesi e TEA.

ELLIS PETERS
L'APPRENDISTA ERETICO
Romanzo
Longanesi & C.

ULTIMI VOLUMI PUBBLICATI

63. Jacques Prévert, *Poesie d'amore e libertà*
64. Wilbur Smith, *Il canto dell'elefante*
65. Andy McNab, *Pattuglia Bravo Two Zero*
66. Maria Venturi, *L'amore stretto*
67. Christiane F., *Noi, i ragazzi dello zoo di Berlino*
68. Noah Gordon, *L'eredità dello sciamano*
69. Marco Buticchi, *Menorah*
70. Patrick Robinson, *Classe Kilo*
71. Ellis Peters, *Il novizio del diavolo*
72. Helen Fielding, *Il diario di Bridget Jones*
73. Milan Kundera, *L'immortalità*
74. Tiziano Terzani, *La porta proibita*
75. Marion Zimmer Bradley, *Le querce di Albion*
76. Tom Clancy, *Op-Center Parallelo Russia*
77. Jung Chang, *Cigni selvatici*
78. Luis Sepúlveda, *Incontro d'amore in un paese in guerra*
79. John G. Neihardt, *Alce Nero parla*

80. James Patterson, *Il collezionista*
81. Beppe Severgnini, *Italiani con valigia*
82. Nicholas Evans, *L'uomo che sussurrava ai cavalli*
83. Irvine Welsh, *Trainspotting*
84. Michael Crichton, *Jurassic Park*
85. Umberto Eco, *Il pendolo di Foucault*
86. Wilbur Smith, *La Volpe dorata*
87. Torey L. Hayden, *La figlia della tigre*
88. Isabella Bossi Fedrigotti, *Il catalogo delle amiche*
89. Andrew Klavan, *Non dire una parola*
90. Francisco Coloane, *Capo Horn*
91. Stephen King, *Carrie*
92. Enzo Biagi, *Cara Italia*
93. Steve Martini, *La classifica*
94. Pietro Citati, *L'armonia del mondo*
95. Tom Clancy, *Op-Center Giochi di Stato*
96. Marianne Fredriksson, *Le figlie di Hanna*
97. Pablo Neruda, *Poesie d'amore e di vita*
98. Kathy Reichs, *Corpi freddi*
99. Andrea De Carlo, *Tecniche di seduzione*
100. Patricia Highsmith, *Il talento di Mr. Ripley*
101. Joanna Trollope, *Semplici amori*
102. Luca Goldoni, *Vita da bestie*
103. Catherine Dunne, *La metà di niente*
104. Wilbur Smith, *Il destino del leone*
105. Beppe Severgnini, *Italiani si diventa*
106. Dacia Maraini, *La lunga vita di Marianna Ucrìa*
107. Daniel Goleman, *Intelligenza emotiva*
108. Ellis Peters, *Un cadavere di troppo*